Susanne Hornfeck

INA AUS CHINA

ODER

WAS HAT SCHON PLATZ IN EINEM KOFFER

Roman

陳
銀
娜

dtv

Ausführliche Informationen über
unsere Autoren und Bücher
www.dtv.de

Susanne Hornfeck in der *Reihe Hanser*:

›Torte mit Stäbchen‹ (dtv 62609)
›Mulan – Verliebt in Shanghai‹ (dtv 65022)

Dieses Buch ist all jenen gewidmet,
die Fremde freundlich aufnehmen.

FSC MIX Papier aus verantwortungsvollen Quellen FSC® C019821 www.fsc.org

2017 dtv Verlagsgesellschaft mbH & Co. KG, München
Umschlaggestaltung: Peter Schössow unter Verwendung
einer Fotografie
Karte: Achim Norweg

Gesetzt aus der Caslon 10,5/14'
Gesamtherstellung: C.H.Beck, Nördlingen
Gedruckt auf säurefreiem, chlorfrei gebleichtem Papier
Printed in Germany · ISBN 978-3-423-62673-6

1

Taipeh, Taiwan, 1955

ERINNERUNG

Niemand dreht sich um nach der jungen Frau, die sich durch das Gedränge der Käufer und Schaulustigen in den Arkaden schiebt. Gerüche, Geräusche, Sprachlaute wie aus einem schwach erinnerten Traum. Bei einem Händler, der sein dreirädriges Lastenfahrrad als Verkaufsstand benutzt, bleibt sie stehen. In den beiden Kesseln auf der Ladefläche schwimmen im heißen Wasser kleine weiße Kugeln, die aussehen wie Pingpongbälle. In kurzen Abständen preist der Mann seine Ware an: »*Re tangyuan, mai tangyuan!*«

Zwei Silben schälen sich aus dem unverständlichen Singsang – *tangyuan.* Sofort ist sie wieder das kleine Mädchen an der Hand ihrer *ama*, spürt, wie die Zähne durch die Hülle aus weißem Reismehl ins Innere dringen und einen heißen Strom süßer Sesampaste freisetzen. Mit dem Speichel, der ihr bei dieser Vorstellung in den Mund schießt, kommen die Wörter wie ein Reflex.

»*Qing gei wo wu ge* – bitte geben Sie mir fünf Stück«, sagt sie und deutet auf die Kugeln.

Der Verkäufer antwortet mit einem freundlichen

Wortschwall in raschem Stakkato und schaut sie fragend an.

Die junge Frau versteht nicht. Hilflos wandert ihr Blick zwischen dem Gesicht des Mannes und seiner Ware hin und her.

Ein neuer unverständlicher Wortschwall. Er deutet mal auf den einen, mal auf den anderen Kessel.

Sie zuckt mit den Schultern, dann begreift sie: Es gibt zwei verschiedene Sorten.

»*San ge, san ge* – von jeder Sorte drei«, deutet Ina.

Lächelnd fischt der Verkäufer aus jedem Kessel drei Kugeln in eine Schale, füllt sie mit heißem Wasser auf und gibt aus einer Streudose Zucker darüber, der mit kleinen getrockneten Blüten aromatisiert ist. Ein süß vertrauter Duft steigt ihr in die Nase. *Guihua* – wie lange hat sie die nicht mehr gerochen. Sofort entsteht das Bild eines von blühenden Büschen gesäumten Gartenwegs in ihrem Kopf. Den winzigen weißen Blütchen entsteigt ein betörender Duft. Der erwartungsvolle Blick des Verkäufers reißt sie aus ihren Gedanken. Sie hat ja noch gar nicht bezahlt.

Die junge Frau reicht ihm eine Münze, auf die der Verkäufer herausgibt. Dabei redet er ununterbrochen auf sie ein. Das einzige seiner Worte, das bei ihr ankommt, ist *wei shenme* – warum.

Ja, warum? Die Lust auf Süßigkeiten ist ihr vergangen. Eigentlich meinte sie zu wissen, wie sich das anfühlt, fremd sein. Und sie dachte, das sei vorbei, jetzt wo sie wieder unter ihren Landsleuten ist. Doch schon zum zweiten Mal in ihrem jungen Leben fehlen ihr die Wörter – und diesmal auch noch die Töne, die einer einzigen chinesischen Silbe vier verschiedene Bedeutungen geben können. Damals als Siebenjährige in Deutschland hat ihr Äußeres die richtigen Signale gegeben, Mandelaugen und schwarzes Haar schienen dort zu sagen: Ich komme aus einem anderen Land, ich bin fremd hier. Die Leute haben darauf Rücksicht genommen und besonders langsam und deutlich gesprochen. Außerdem war sie ein Kind, anpassungsfähig und aufnahmebereit; schnell war die Hürde der neuen Sprache genommen. Hier aber sieht sie aus wie alle anderen, Augenschnitt und Haarfarbe stimmen, und man erwartet perfektes Funktionieren von ihr.

Fremd in der Heimat ist schlimmer als fremd in der Fremde, das hat sie in den Wochen seit ihrer Ankunft auf der Insel Taiwan gelernt. Die einst so vertraute Sprache ist ihr zur fremden Sprache geworden. Und Schanghai, ihrer eigentlichen Heimat, nachzutrauern würde nichts nützen. Dorthin kann sie nicht zurück.

Immer ist irgendetwas verkehrt an mir, denkt sie. Nie gehöre ich richtig dazu. Wo bin ich denn nun zu Hause? Gibt es für mich überhaupt einen Ort dieses Namens?

Wei shenme – warum? Das Wort kreiselt in ihrem

Kopf. Der Krieg ist schuld gewesen, immer wieder der Krieg. Aber angefangen hat es mit einem Schulranzen, damals in Schanghai, als die Welt noch in Ordnung und Ina noch Yinna, das Silbermädchen, war.

1.

Schanghai, Mai 1937

DAHEIM

»*Zaogao* – so ein Mist! Schon wieder Regen!«

Yinna braucht gar nicht erst aus dem Fenster zu sehen, um zu wissen, dass draußen ein dichter, grauer Regenvorhang niedergeht. Das Trommeln der dicken Tropfen auf dem Vordach hat sie geweckt, noch bevor Liuma an die Türe poltert. Also hat Yinna noch eine kleine Galgenfrist, um im Bett ihren Gedanken nachzuhängen.

Um diese Jahreszeit ist nichts anderes zu erwarten. Frühsommer in Schanghai, das heißt feuchtwarme Regenzeit. Trotzdem hat so ein Regenguss auch sein Gutes. Bei solchem Wetter darf Yinna mit der Rikscha in die Schule fahren, statt den Weg bis ins Internationale Viertel zu Fuß zu gehen. Eine richtige Schule ist das nicht, was die Nonnen aus Europa in einem Seitengebäude ihres Gemeindezentrums eingerichtet haben, eher eine Art Vorschule für chinesische und ausländische Kinder. Dort lernen sie Lieder, spielen, malen und rechnen auch schon ein bisschen auf dem Abakus, der Rechenmaschine mit den verschiebbaren Kugeln. Und zu Beginn des Unterrichts machen immer alle zusammen Gymnastik.

Heute kommt Yinna das Regenwetter gerade recht. Sie will ihren neuen Schulranzen mitnehmen und ihn den Mitschülern zeigen. Ihre Cousine hat ihn aus Deutschland mitgebracht. Die ist nämlich in Deutschland in die Schule gegangen und hat dort eine Prüfung gemacht, die Reifeprüfung heißt. Wörtlich ins Chinesische übersetzt klingt das ziemlich albern. Yinna stellt sich dabei vor, wie die *amas* und Hausfrauen auf dem Markt kritisch an den Mangos herumdrücken, um nur die besten und reifsten zu erwischen. Und jetzt wird Meihua, die in Deutschland Marta genannt wurde, hier in Schanghai erst mal eine Zeit lang im Haushalt des Onkels wohnen, bis die Sache mit ihrem Stipendium für ein Studium in Deutschland entschieden ist.

Bei dem Gedanken an den Schulranzen hält es Yinna nicht länger im Bett. Noch vor Liumas Weckruf steht sie auf und zieht sich an. Die Sachen hat ihr Liuma schon gestern Abend bereitgelegt. Für die Kleinen ist noch keine Schuluniform vorgeschrieben, und Yinna schlüpft rasch in das ärmellose Sommerkleid. Einmal mit der Bürste über den kurzen Pagenkopf gefahren, dann rennt sie hinunter in die Küche.

Das ist das Reich von Liuma, die im Hause Chen mit ihrer eigenen Tochter Baobao als *ama* lebt. Das heißt, sie ist Köchin, Kinderfrau und in diesem Fall auch ein wenig Muttterersatz, ganz wie der Name sagt:

die Liu-Mutter. Yinnas Mutter ist nämlich kurz nach der Geburt ihrer einzigen Tochter gestorben.

»Liuma, hast du dem Rikscha-Mann Bescheid gesagt?«, ruft sie anstelle eines Guten Morgen. »Heute kann ich nicht zu Fuß in die Schule gehen. Da wird mein neuer Schulranzen nass. Ich will ihn den anderen zeigen. Keiner hat so einen wie ich!«

»*Manman*. Nur langsam. Was ist denn heute los mit dir? Sonst kommst du doch morgens nicht aus dem Bett. Und das alles wegen dieser komischen Tasche? Jetzt iss erst mal. Die Rikscha wird in einer Viertelstunde hier sein.«

Liuma hat ein breites, rundes, freundliches Gesicht mit einem großen Mund voller schlechter Zähne und große Buddha-Ohren. Lange Ohrläppchen bringen Glück, sagt Liuma. Dass sie so lang sind, vermutet Yinna, könnte allerdings auch von den schweren Jadeohrringen kommen, die Liuma immer trägt. Das schwarze Haar dreht sich Liuma im Nacken zu einem Knoten zusammen. Damit er nicht so winzig ist, flicht sie sich ein paar falsche Strähnen mit hinein. Liuma ist nie anders gekleidet als in weite schwarze Baumwollhosen und einen passenden, seitlich geknöpften Kittel mit großen Taschen. Sie kommt aus einem Dorf nördlich von Schanghai und spricht einen sonderbar abgehackten Dialekt, über den Yinna manchmal kichern muss. Aber nur heimlich. Über Liuma lacht man nicht; zu wichtig ist ihre Position in diesem mutterlosen Haushalt. Ihre starken Augenbrauen treffen sich in der Mitte, direkt über ihrer flachen Nase, und wenn ihr etwas nicht passt, dann bildet sich dort eine tiefe Falte.

Jetzt steht sie am Herd und füllt die Proviantdose, die Yinna für die Mittagspause mit in die Schule nimmt: ein Bett aus weißem Reis, in den sie liebevoll mit Sojasoße geschmortes Gemüse und ein paar Streifen gebratenes Hühnchen drückt. Das Frühstück steht schon auf dem Tisch bereit: Reissuppe mit Süßkartoffelstückchen, dazu süßsauer eingelegtes Gemüse und gesalzene Erdnüsse.

Liuma schließt den Deckel der Aluminiumdose mit zwei Klemmen, befestigt mit einem Gummi ein Paar Essstäbchen darauf und fragt: »Soll ich sie dir in dieses Ding packen?«

»Das ist keine komische Tasche und auch kein Ding. Das ist mein neuer Schulranzen aus Deutschland«, klärt sie Liuma auf und lässt es sich nicht nehmen, die Dose selbst zu verstauen. Anstatt der Stofftasche zum Umhängen, die sie sonst immer nimmt, öffnet sie andächtig die beiden blitzenden Schnallen und legt Abakus, Papier und Buntstifte in den Schulranzen aus dunkelblauem Leder. Stolz streift sie sich die beiden Tragegurte über, stolziert durch die Küche und lässt sich bewundern. Dann drückt Liuma ihr das abgezählte Geld für die Rikschafahrt in die Hand und winkt ihr nach.

»Mach's gut, Afei. Und pass auf!« Obwohl Yinna den Babyspeck längst abgelegt hat, ist sie für Liuma noch immer »Afei«, das Dickerchen.

Dass es keine Mama gibt, die ihr winkt, macht Yinna manchmal schon zu schaffen. Noch dazu, wo Papa, der für eine große internationale Bank arbeitet, so wenig Zeit hat. Zum Glück gibt es die gute, verlässliche, grummelige Liuma, die immer zur Stelle ist, wenn man sie braucht. Schnell dreht sich Yinna noch einmal nach ihr um, dann rennt sie den Gartenweg entlang, dass der Ranzen hüpft.

Yinna wohnt mit ihrer Familie in einem der geräumigen Häuser in der Französischen Konzession. Liuma und Baobao haben ihr Zimmer in einem Anbau, der direkt an die Küche anschließt und zum Hof hinausgeht. Im Hof macht Liuma auch die Wäsche der Familie. Nach vorne, zur Straße hin, gibt es einen kleinen Vorgarten, der Plattenweg ist gesäumt von duftenden Guihua-Büschen.

Vor dem Gartentor wartet schon die Rikscha. Yinna gibt dem alten Mann das Geld, schlüpft unter das ausgeklappte Dach aus gewachster Leinwand, und schon nimmt er die Deichseln auf und läuft los.

Durch ein paar kleine Straßen geht es auf die Tibet Road, eine der Hauptverkehrsadern der Französischen Konzession. Schanghai besteht nämlich genau genommen aus drei verschiedenen Städten. Seit der Mitte des letzten Jahrhunderts leben »Langnasen«

verschiedenster Nationalitäten hier, und sie haben sich Wohn- und Geschäftsquartiere geschaffen, in denen es eine eigene Gesetzgebung, eine eigene Polizei, ja sogar unterschiedliche Stromspannung gibt. Die Gebäude erinnern an die Architektur ihrer jeweiligen Heimatländer. Es gibt die Französische Konzession, deren Straßen von Platanen gesäumt sind, und die Britische und Amerikanische Konzession, die zusammen das International Settlement bilden. Dort liegt die Rennbahn und die breite Uferstraße am Huangpu, der Bund, wo die modernen Hochhäuser der Banken, Hotels und Reedereien stehen. In einem der großen Bankgebäude arbeitet Yinnas Vater.

Und dann gibt es die Chinesenstadt mit dem Stadtgott-Tempel und seinem Gewirr enger Gässchen. Aber im Grunde ist natürlich ganz Schanghai eine chinesische Stadt. Überall bieten Garküchen ihre Köstlichkeiten an, und die Straßen sind bunt gesäumt von Ladenschildern, die man von oben nach unten lesen muss.

Yinna kann das noch nicht, sie ist schließlich gerade erst sieben geworden, und in ihrer Vorschule lernt man noch keine Schriftzeichen. Dort werden erst einmal die Grundstriche geübt, aus denen diese komplizierten Gebilde zusammengesetzt sind, und zwar mit dem Finger in der Luft. Würde man gleich zu Anfang Tusche und Pinsel verwenden, gäbe das eine ziemliche Kleckserei.

Wo die Tibet Road die Avenue Edouard VII kreuzt, passiert Ina die Grenze zum International Settlement. Dort regelt ein dunkelhäutiger Mann mit Turban den Verkehr, und der Rikschafahrer muss warten. Schrille Blasmusik dringt aus der Querstraße; aha, eine Beerdigung. Jetzt bewegt sich der Leichenzug über die Kreuzung. Angehörige in weißer Trauerkleidung und Priester in orangefarbenen und goldenen Gewändern begleiten den Sarg auf seiner letzten Fahrt durch die Stadt, die um möglichst viele Ecken führt, damit die bösen Geister ihm nicht folgen können. Die Wartezeit kommt Yinna gerade recht, so kann sie einen Blick auf das Vergnügungszentrum »Große Welt« werfen. In dem mehrstöckigen Gebäude befinden sich Restaurants, Tanzbars, Theater, Spielsalons und worauf Erwachsene sonst noch ihre Zeit und ihr Geld verwenden. Sie selbst ist natürlich nie dort drinnen gewesen, hat aber die Großen darüber reden hören und erkennt das Gebäude an seinem weithin sichtbaren Türmchen und den bunten Plakaten. Endlich winkt der Lange im Turban sie weiter. Das ist ein Sikh, einer der indischen Polizisten in britischen Diensten, die im International Settlement für Recht und Ordnung sorgen. Diese Stadt ist wirklich ein buntes Völker- und Architekturgemisch.

Auch im Hause Chen war man Fremdem gegenüber schon immer aufgeschlossen. Deshalb geht Yinna ja auch in die Schule der Ordensschwestern. Dort heißt sie Ina. Diesen deutschen Namen hat ihr Vater für sie ausgesucht. Er klingt ähnlich wie ihr chinesischer Name: Chen Yinna. In China kommt der Familienname immer zuerst. Die Familie heißt Chen, und Yinna bedeutet »Silbermädchen«.

Weil sie wegen des Trauerzugs so lange an der Kreuzung warten mussten, ist Yinna heute spät dran. Den Ranzen auf dem Rücken, rennt sie über den leeren Schulhof. Die anderen sind schon im Klassenzimmer und haben mit der Frühgymnastik begonnen: *Yi, er, san, si* ... eins, zwei, drei, vier ... die Arme vor, die Knie beugen. Niemand beachtet sie und ihren Ranzen. Dann muss der große Auftritt eben bis zur Pause warten. Entsprechend langsam vergehen die Stunden. Die Schwester liest aus den »Vierundzwanzig Erzählungen über kindliche Pietät«, lauter Geschichten über musterhaft brave Kinder, die alles tun, um Mutter und Vater eine Freude zu machen. Heute ist Wu Meng dran. Seine Eltern waren so arm, dass sie sich kein Moskitonetz leisten konnten. Also hat sich der kleine Wu Meng, bevor sie schlafen gingen, mit nackter Brust auf ihr Bett gelegt, damit die blutrünstigen Moskitos sich satt trinken konnten und seine Eltern später in Ruhe ließen. Allein vom Zuhören juckt es Yinna überall. Wie gut, dass bei ihr zu Hause jeder sein eigenes Moskitonetz über dem Bett hat, eine transparente und zugleich sichere Festung, in die die Biester nicht eindringen können.

Endlich ist Mittagspause. Die Schwestern sammeln die Proviantdosen aus Aluminium ein, um sie in einem Wärmeschrank aufzuwärmen. Bis das Essen so weit ist, dürfen die Kinder im Hof spielen. Der Regen hat inzwischen nachgelassen. Obwohl es nur in den Pausenhof geht, setzt Yinna bewusst umständlich ihren Ranzen auf und wird auch gleich neugierig von den anderen umringt.

»He, Yinna, was hast du denn da? Zeig mal!«

»Tust du da deine Schulsachen rein? Ist das deine neue Schultasche?«, fragt ein kleines Mädchen und betastet bewundernd das glänzende Leder.

»Die sieht aber toll aus. Wo hast du die denn her?«

Gerade will Yinna erzählen, dass das ein echter deutscher Schulranzen ist, als einer der Jungen mit dem Finger auf sie zeigt und ruft: »*Tungyang zelao*, Japanischer Teufel!«

Yinna erstarrt. Was fällt dem ein? Japanischer Teufel genannt zu werden, ist so ziemlich das Schlimmste. Die Japaner sind die Feinde, die den Norden des Landes besetzt halten. Wie kommt der auf so was? Meint der etwa den Ranzen? Der kommt doch aus Deutschland. Der blöde Kerl will sie bloß ärgern und ihr die Schau stehlen. Yinna merkt, wie sie einen knallroten Kopf bekommt. Ihre Erklärungsversuche gehen im Gejohle der anderen Kinder unter. Ihr Triumph hat sich in Scham verwandelt. Jetzt hat sie ihren Spitznamen weg. »Japanischer Teufel! Japanischer Teufel!« Alle haben ihren Spaß. Endlich ruft die Schwester zum Mittagessen. Schnell lässt Yinna den peinlichen Ranzen unter ihrem Pult verschwinden.

Als es Zeit zum Heimgehen ist, drückt sie sich hinaus, den Ranzen diesmal nicht auf dem Rücken, sondern verschämt in der Hand. Der Rikschafahrer von heute Morgen wartet schon. Während der Fahrt nach Hause lässt sie den Ranzen zwischen Sitzbank und aufgeklappte Regenplane rutschen. Erst wenn es wieder trocken ist und der Fahrer das Verdeck zurückschlägt, wird er ihn dort finden. Aber jetzt ist Regenzeit, und wenn der Ranzen wieder auftaucht, wird der Fahrer ihn nicht mehr mit dem kleinen Mädchen in Verbindung bringen, das er damals in die Schule gebracht und wieder abgeholt hat. Erleichtert springt sie vor dem Haus aus der Rikscha. Dieses Problem wäre gelöst.

Wie immer, wenn sie aus der Schule kommt, führt Yinnas erster Weg in die Küche zu Liuma und Baobao. Liuma hockt breitbeinig auf einem winzigen Hocker im Hof und putzt Gemüse. Vom Herd duftet schon das Abendessen. Baobao übt im Hof mit dem Federball. Sonst überschüttet Yinna die beiden mit ihren Erlebnissen aus der Schule, aber heute ist sie einsilbig. Auch ihre quirlige, gleichaltrige Freundin, mit der sie so gerne tobt und spielt, kann sie nicht aufheitern.

»Rat mal, wie oft ich's geschafft habe?«, ruft ihr Baobao herausfordernd zu und winkt mit dem chinesischen Federball, einem ausgestopften Stoffball mit eingesteckten Hühnerfedern, den man mit der Innenkante des Fußes in die Luft kicken und auch wieder mit dem Fuß auffangen muss.

»Während du in deiner Schule warst, hab ich geübt. Einmal hab ich's zwanzigmal hintereinander ohne Runterfallen hingekriegt. Wetten, dass du das nicht schaffst?«

»Keine Lust.«

»Bist du krank, oder was?«

Statt einer Antwort nimmt sie sich den zweiten Küchenhocker und brütet vor sich hin. Sie versteht nicht, warum der Junge in der Schule sie wegen ihres Ranzens verspottet hat. Einfach hundsgemein war das. Was hat ein deutscher Schulranzen mit den Japanern zu tun? Die Schwestern hat sie sich nicht zu fragen getraut, aber Papa wird sie alles erzählen. Natürlich ist der wieder mal nicht da, wenn man ihn braucht. Bloß Cousine Meihua, aber die hat sowieso von nichts eine Ahnung, die ist ja gerade erst aus Deutschland gekommen. Ach herrje, Meihua. Wie soll Yinna ihr erklären, dass der Ranzen – hoffentlich auf immer – verschwunden ist? Daran hat sie überhaupt noch nicht gedacht. Das wird Ärger geben. Vor allem weil Meihua immer so streng ist. Außerdem wird sie einen neuen Abakus, Stifte und eine neue

Proviantdose brauchen, die Papa bezahlen muss. Vielleicht war das mit dem Ranzen ja doch keine so gute Idee.

Meihua hat in Deutschland bei einer deutschen Dame gewohnt und ist in eine deutsche Schule gegangen. All die strengen Regeln, nach denen ihr Alltag dort ablief, möchte sie nun an Yinna ausprobieren. Meihua will nämlich Lehrerin werden, und da kommt ihr die kleine Cousine gerade recht. Die kann man herumkommandieren, und keinesfalls sollte man ihre Erziehung der Hausangestellten überlassen. So behauptet Meihua beispielsweise, dass es für Kinder ungesund und gefährlich sei, sich in der Küche aufzuhalten. Die Hitze und der Qualm des Herdfeuers sollen angeblich schädlich sein. Und das große Hackmesser, das Liuma auf die Lauchzwiebeln niedersausen lässt, und die Töpfe mit brodelndem Wasser, in denen würzige Teigtäschchen oder süße, mit Sesam gefüllte *tangyuan* schwimmen, sind viel zu gefährlich. Die klebrigen Bonbons, mit denen Liuma Yinna und den Küchengott, der in einem kleinen Schrein in der Küche wohnt, gleichermaßen verwöhnt, machen schlechte Zähne, und überhaupt ist das Aberglaube. Das behauptet jedenfalls Meihua.

Yinna sieht das ganz anders. Liumas Küchenschrein ist ein lustiges buntes Häuschen mit zwei roten Lampen, in dem ein ebenso bunt bemalter, bärtiger kleiner Gott aus Holz wohnt und von seinem Schrein aus das Geschehen in der Küche beobachtet. Einmal im Jahr kurz vor Neujahr, so hat ihr Liuma erklärt, reist er in den Himmel hinauf und berichtet, wie es in der Küche der Chens zugeht. Will man vermeiden, dass er dort oben von ungespülten Töpfen, Kakerlaken und Staubmäusen erzählt, kann man ihm mit den dargebrachten Süßigkeiten den Mund verkleben. Yinna leuchtet das ganz und gar ein, denn auch sie lässt sich nur zu gern auf diese angenehme Art den Mund verkleben. An ihre Zähne hat sie dabei noch nie gedacht.

Außerdem erzählt Liuma wunderbar gruselige Geistergeschichten; zum Beispiel von Fuchsgeistern, die in Gestalt schöner Frauen Gelehrte verführen und ins Unglück stürzen, oder von dem sagenhaften *qilin*, einem Fabeltier mit dem Körper eines Hirschs, dem Schwanz eines Rinds, den Schuppen eines Fischs und einem einzelnen Horn. Yinna weiß, wie so ein *qilin* aussieht, weil Liuma eines aus grüner Jade an einer roten Kordel um den Hals trägt. Das bringt Glück und Kindersegen, sagt Liuma. Und außerdem hat sie ihr das Fingerraten beigebracht, was Yinna und Baobao lautstark und leidenschaftlich spielen.

Bisher waren Meihuas Anweisungen und Küchenverbote nicht weiter ernst zu nehmen. Wenn Meihua Besorgungen macht oder in ihrem Zimmer sitzt und liest oder Musik hört, kann Yinna nach wie vor unbemerkt in die Küche schlüpfen. Heute aber, wo die

Beichte wegen des Schulranzens bevorsteht, will sie den Unmut der großen Cousine nicht vorsätzlich auf sich ziehen.

»Was ist? Spielen wir oder nicht?«, drängelt Baobao.

»Ich geh lieber rauf in mein Zimmer.«

Kaum hat sie sich auf die weiche, mit Baumwollwatte gefüllte Steppdecke gekuschelt und versucht, den Ranzen zu vergessen, tritt Meihua ins Zimmer: ordentlich frisierter Pagenkopf, schlank, groß gewachsen, in korrekter Hemdbluse und strengem Faltenrock. Sie hat ihr Geschenk natürlich nicht vergessen. Dummerweise hatte Yinna ihr erzählt, dass sie den Ranzen heute allen vorführen wollte.

»Na, wie war's in der Schule, Yinna? Was haben denn die anderen zu deinem Ranzen gesagt?«

Yinna druckst verlegen herum.

»Ich glaube, den hab ich in der Rikscha verloren«, stammelt sie.

»Was heißt hier, ›ich glaube‹?«

»Na ja, wegen dem Regen war das Dach hochgeklappt, und da muss er wohl zwischen Sitzbank und Verdeck durchgerutscht sein. Als wir ankamen, war er jedenfalls nicht mehr da.«

»Und du hast dem Fahrer nichts gesagt?«

»Der war doch längst weg. Der Ranzen ist mir erst wieder eingefallen, als ich schon im Haus war«, erklärt Yinna.

»Ja, bist du denn von allen guten Geistern verlassen? Kannst du nicht besser auf deine Sachen aufpassen? Die ganze lange Bahn- und Schiffsreise hab ich den mit mir herumgeschleppt, und du lässt ihn einfach in der Rikscha liegen! Was glaubst du, wie teuer so ein Schulranzen ist!«

Yinna weicht ihrem zornigen Blick aus. Die Sache mit dem Jungen will sie nicht erzählen. ›Japanischer Teufel‹ genannt zu werden, ist einfach zu schlimm. Und die Cousine aus Deutschland kapiert sowieso nichts.

»Wie kann man nur so undankbar sein«, zetert sie weiter und hat dank ihrer deutschen Erziehung auch gleich eine passende Strafe parat: Stubenarrest. »Heute isst du in deinem Zimmer, verstanden? Da hast du Zeit, dir zu überlegen, wie man ordentlich mit seinen Sachen umgeht. Und wehe, ich erwische dich noch mal in der Küche. Wie oft habe ich dir schon gesagt, dass das kein Spielzimmer ist!«

Wütend knallt Meihua die Tür hinter sich zu.

So eine Gemeinheit! Die hat ja keine Ahnung! Erst muss man sich von allen auslachen lassen, und dann auch noch Stubenarrest, und das alles wegen diesem doofen Schulranzen! Was glaubt die eigentlich? Kommt aus Deutschland und will hier bestimmen. Spielt sich auf wie die Hausherrin persönlich! Das ist ja alles so ungerecht, so furchtbar ungerecht!

Yinna rollt sich auf dem Bett zusammen und schmollt. Nichts ist mehr wie früher, seit Meihua im

Haus ist. Und Papa ist wie immer nicht da. Zum Glück gibt es Liuma. Das wird diese blöde Cousine nicht schaffen, ihr die einzige Verbündete zu nehmen.

Nach einer halben Stunde klopft es leise an der Tür. Liuma kommt mit einem Schälchen dunkelrotem Brei herein. *Babaotang* – Acht-Kostbarkeiten-Suppe aus roten Datteln, Erdnüssen, Lotoskernen und Hülsenfrüchten, die mit viel braunem Zucker zu einer süßen Suppe gekocht werden; dick, nahrhaft und tröstlich. Genau das Richtige für geschwätzige Küchengötter und unglückliche kleine Mädchen.

»Hier, Dickerchen, iss!«

Bei Liuma geht die Liebe eben durch den Magen.

Als es draußen schon langsam dunkel wird, kommt auch Papa. Das vertraute längliche Gesicht mit dem präzise gescheitelten Haar und der runden Brille erscheint in der Türöffnung.

»Was ist denn los?«, fragt er und setzt sich auf die Bettkante. »Warum bist du schon im Bett? Du wirst mir doch nicht krank werden?«

Schluchzend wirft Yinna sich in seine Arme und erzählt von all dem Unrecht, das ihr widerfahren ist. Endlich kann sie die Frage loswerden, die sie die ganze Zeit beschäftigt hat.

»Papa, warum hat der Junge ›Japanischer Teufel‹ zu mir gesagt?«

»Das war natürlich gemein von ihm«, sagt Papa.

»Aber so ganz unrecht hatte er auch nicht. Die Japaner haben am Ende des letzten Jahrhunderts ihre Gesellschaft nach westlichem Muster umgestaltet. Da haben sie sich neben dem preußischen Militär auch das dortige Schulsystem, samt Schulranzen, zum Vorbild genommen. So kommt es, dass japanische Kinder die einzigen in ganz Asien sind, die, wie die deutschen Schulkinder, mit Ranzen aus Leder zur Schule gehen.«

»Mit so was kann ich mich doch nicht noch mal in der Schule blicken lassen. Weißt du, Papa, ich war so wütend, dass ich das Ding absichtlich in der Rikscha habe liegen lassen. Bist du jetzt sehr böse?«

»Mach dir keine Gedanken, mein Mädchen. Ist ja verständlich, dass du diesen Ranzen loswerden wolltest. Wer will sich schon ›Japanischer Teufel‹ schimpfen lassen. Ich kann das gut verstehen. Aber Meihua ist natürlich enttäuscht. Sie wollte dir damit doch eine Freude machen. Ich werde mit ihr reden und ihr alles erklären. Wir besorgen dir einen neuen Abakus und Schreibzeug, die tust du dann wieder in deine alte Umhängetasche. Aber jetzt komm runter zum Essen. Und anschließend spielen wir beide eine Partie Domino.«

»Und was ist mit meiner Proviantdose?«, fragt Yinna, während sie sich aus der Baumwolldecke schält. Doch Papa ist schon zur Tür hinaus.

3.

Tsingtau, Sommer 1937

IM KINDERHEIM

»Hänschen-Klein ging allein in die weite Welt hinein,
Stock und Hut stehn ihm gut, ist auch wohlgemut.
Doch die Mutter weinet sehr,
hat ja nun kein Hänschen mehr.
Da besinnt
sich das Kind
läuft nach Haus geschwind«, singt Yinna, die hier Ina heißt, mit den anderen Kindern.

»Gut machst du das, Ina«, lobt Schwester Adelheid. »Wo hast du denn dieses deutsche Lied gelernt?«

»Das singen wir in der Schule in Schanghai auch.«

Während in Schanghai der Sommer immer heißer geworden war, hatten sich immer tiefere Sorgenfalten in Papas Stirn gegraben. Die Erwachsenen redeten über nichts anderes als über Politik. Und dann, Anfang Juli, kam die befürchtete Schreckensnachricht: In der Nähe von Peking ist es zu Kämpfen zwischen chinesischen und japanischen Truppen gekommen!

»Das bedeutet Krieg«, hatte Papa gesagt. »Bald werden sie auch Schanghai angreifen, weil das ein wichtiger Hafen ist. Dann ist es hier nicht mehr sicher.« Und dann sprach er mit den Schwestern von der Schule und es wurde vereinbart, dass Ina den Sommer in einem Kinderheim in Tsingtau verbringen kann, das vom selben Orden geleitet wird.

»Dort kannst du im Meer baden und mit den anderen Kindern im Sand spielen.« So hatte er versucht, ihr die Sache schmackhaft zu machen. »In der heißen Jahreszeit ist es dort viel schöner als hier in der Stadt. In Tsingtau bist du den Sommer über gut aufgehoben, und zum Mondfest wirst du wieder zurück sein.«

Beim ersten Herbstvollmond, meist Mitte September, macht jede Familie ein Picknick. Mit einem Korb voll guter Sachen, vor allem den runden, gefüllten Mondkuchen, gehen die Leute in einen der Parks oder auf die großen Plätze und bewundern den riesigen, runden Mond, der als der größte des ganzen Jahres gilt. Dabei denken sie an Freunde und Verwandte in der Ferne.

Das war nun wirklich kein Trost, denn bis zum Mondfest war es noch ewig lange hin. Warum müssen mir immer diese Japaner in die Quere kommen?, hatte Ina wütend gedacht. Was habe ich denen eigentlich getan?

Vor Inas Abreise aus Schanghai war nichts mehr so gewesen wie sonst. Die Erwachsenen waren nervös; sie rissen den Zeitungsjungen, die an fast jeder Straßenecke standen, die druckfrischen Zeitungen aus der Hand. Und als Liuma ihr dann den Koffer mit Sommerkleidern und Spielsachen für den Strand packte, war es überhaupt nicht so, als würde man fröhlich in die Ferien fahren. Die allgemeine Unruhe und Ungewissheit wirkte ansteckend und machte die Trennung umso schwerer. Von Meihua fiel ihr der Abschied leicht, nicht aber von Papa, Liuma und Baobao. Als es dann schließlich so weit war, konnte sie sich gar nicht mehr beruhigen. Alle Vorsätze, tapfer zu sein, waren dahin. Schluchzend hatte sie sich an Liuma geklammert, der selbst die Tränen über die Wangen liefen. Und im letzten Moment hatte die ihr etwas Kleines, Hartes in die feuchte Hand gedrückt – das grüne *qilin* aus Jade an der roten Seidenschnur, noch ganz warm von ihrer Haut.

Aber Weinen hatte nichts genützt. Papa hatte sie im Wagen zum Bahnhof gebracht durch eine aufgeregte Stadt, die Ina noch hektischer und voller erschienen war als sonst. Vorbei an den Stationen ihres Schulwegs, die sie diesmal nicht im eigenen Trödelschritt oder im gemächlichen Trab des Rikscha-Manns, sondern in ungewohntem Tempo eines Dienstwagens der Bank passierte: der Mann, der an der Straßenecke stinkenden Tofu briet, die Frau mit den heißen Süßkartoffeln, die Auslage der deutschen Konditorei, das Türmchen der »Großen Welt« an der Kreuzung.

Am Bahnhof hatte Papa sie samt ihrem Gepäck der Obhut einiger Schwestern anvertraut. Sie war nicht allein. Viele chinesische und ausländische Kinder verabschiedeten sich auf dem Bahnsteig von ihren Eltern. Alle wollten ihre Kinder für den Fall eines japanischen Angriffs in Sicherheit wissen. Ein ganzer Zug voller Kinder hatte sich Richtung Tsingtau in Bewegung gesetzt.

»Mach's gut, meine Kleine.« Papa hatte sie hochgehoben und fest an sich gedrückt. »Bald bist du wieder da, und dann machen wir alle zusammen ein Picknick, wie sich das gehört.«

Als der Zug dann losfuhr, konnte sie Papas große, schlanke Gestalt im hellen Sommeranzug durch den Tränenschleier kaum erkennen. Nur den Sonnenhut aus Stroh mit dem dunklen Hutband, den er über dem Kopf schwenkte.

Papa hat ja mal wieder recht gehabt. Tsingtau ist wirklich zum Staunen. Hier sieht es genauso aus wie auf den Postkarten, die Meihua aus Deutschland geschickt hat. Vom lauten und wuseligen Schanghai fühlt sich Ina in ein Spielzeugdorf versetzt. Das Bahnhofsgebäude aus roten Ziegelsteinen, weißen Mauern und schwarzem Fachwerk wirkt wie ein Puppenhaus. In Schanghai gibt es zwar viele Häuser in fremdländischen Baustilen, aber hier meint man, tatsächlich in Deutschland zu sein. Das liegt daran, dass Tsingtau bis 1914 deutsches Pachtgebiet gewesen ist. Ina kann sich unter »Pachtgebiet« nichts vorstellen, aber so haben es die Schwestern vom Kinderheim erklärt, von denen einige auch aus Deutschland kommen. Schon zu Beginn des Jahrhunderts haben viele Deutsche hier gelebt und Häuser gebaut wie bei sich daheim. Wären da nicht die vielen schwarzhaarigen Chinesen und die Ladenschilder mit den vertrauten Schriftzeichen, dann würde man nicht glauben, dass man in China ist. Am meisten beeindrucken Ina die Kirchen mit ihren spitzen Kirchtürmen und großen Uhren. Sie scheinen direkt aus den Märchen zu stammen, die die Schwestern manchmal vorlesen.

Und dann das Meer. Schanghai liegt zwar an einem breiten Fluss, dem Huangpu, der kurz darauf ins Meer mündet, und in den sogar große Überseeschiffe hineinfahren können, aber das große weite Meer ist noch mal was ganz anderes. Das Kinderheim liegt direkt am Strand, in einer Bucht, die früher nach einer Kaiserin benannt war: Auguste-Viktoria. Endlos weit kann man da schauen, so weit, dass einem ganz mulmig wird, weil das Wasser gar kein Ende mehr nimmt. Gibt es überhaupt ein anderes Ufer? Kommen die großen Schiffe, die sie manchmal zwischen Himmel und Wasser entlanggleiten sieht, jemals irgendwo an?

Aber im Sand spielen, Muscheln sammeln und im seichten Wasser planschen ist wunderbar und macht in der Sommerhitze viel mehr Spaß, als in Schanghai zu schwitzen. Nach ein paar Tagen ist Ina richtig braun gebrannt. Liuma wäre gar nicht begeistert, wenn sie es sehen könnte. Sie sagt immer, dass nur Bauern und Rikschakulis sich der Sonne aussetzen. Weiße Haut ist schön und vornehm; wer es sich leisten kann, hält sich von der Sonne fern oder nimmt einen Sonnenschirm. Die Schwestern jedoch sind da anderer Ansicht. »Hinaus mit euch an die frische Luft«, heißt es jeden Morgen, und das lässt sich Ina nicht zweimal sagen. Aber vorher gibt es immer einen Becher mit warmer Kuhmilch. Auch das soll nach Meinung der ausländischen Schwestern gesund sein. Schon bei dem Geruch dreht sich Ina fast der Magen um. Am meisten graust ihr vor der Haut, die sich beim Abkühlen auf der Milch bildet, und die ihr am Gaumen kleben bleibt.

Davon einmal abgesehen sind die Schwestern sehr lieb, und zum Glück sprechen sie alle mehr oder weniger gut chinesisch, obwohl sie aus ganz unterschiedlichen Ländern kommen. Nur vor dem Einschlafen hat Ina manchmal ein bisschen Heimweh. Sie überlegt, was Papa, Liuma und Baobao gerade machen. Dann spielt sie mit dem *qilin*, das an ihrem Handgelenk hängt. Die rote Kordel mit dem hübschen Zierknoten ist schon ganz schmuddelig und verblichen vom Spielen in Sand und Meerwasser. Ina wünscht sich dann, dass der Mond ganz schnell dick wird, damit sie zurück nach Schanghai darf und zusammen mit den anderen das Mondfest feiern kann.

»Ina-Klein ging allein in die weite Welt hinein …«

Heute hat Schwester Adelheid das Lied, das Ina so gut kann, ihr zu Ehren abgewandelt, um ihr eine Freude zu machen. Sie darf inmitten der Kinder stehen, die einen Kreis um sie bilden und singen. Doch plötzlich fängt sie unvermittelt an zu weinen. Sie will nicht in die weite Welt hinein und schon gar nicht allein. Sie hat ja auch keine Mama, die um sie weint, nur einen Papa und Liuma, und zu denen will sie zurück, jetzt sofort und auf der Stelle – »geschwind«, wie das komische Wort in dem doofen Lied heißt.

»Aber Ina, was hast du denn?« Schwester Adelheid versteht nicht, was sie falsch gemacht hat. Sie hat es doch nur gut gemeint, aber ihre tröstenden Worte erreichen Ina nicht. Schluchzend kauert sie am Boden und umklammert ihre Knie. Plötzlich sieht sie nur noch fremdländische Gesichter, besorgte blaue Augen, ein riesiges, bedrohliches Meer. Wieder einmal kann sie keinem erklären, was mit ihr los ist.

Während Ina in Tsingtau Sandburgen baut und dem Wachsen des Mondes zusieht, führen ihr Vater und Meihua in Schanghai ein ernstes Gespräch. Ein paar Tage, nachdem Meihua die Zusage für ein Stipendium und einen Studienplatz in Berlin erhalten hat, ruft ihr Onkel sie zu sich.

»Es freut mich für dich, Meihua, dass du das Stipendium für die Pädagogische Hochschule in Berlin bekommen hast. Das ist ein entscheidender Schritt in die Zukunft. Auch angesichts der politischen Lage ist es gut, dass du bald abreist. Schanghai ist nicht mehr sicher. Schon einmal, 1932, haben die Japaner die Stadt bombardiert. Ich traue denen nicht. Damals sind viele Menschen umgekommen. Der Schreck sitzt mir heute noch in den Knochen. Yinna war noch ganz klein. Und jetzt, wo die japanischen Truppen nach Süden vorrücken, kann sich das jederzeit wiederholen. Ich mache mir große Sorgen, was mit ihr geschehen soll. Ich möchte nicht, dass sie nach Schanghai zurückkommt. Es ist einfach zu unsicher hier.«

»Aber wo soll sie hin, Onkel Chen? Sie kann ja nicht ewig in diesem Kinderheim bleiben.«

»Eben darüber wollte ich mit dir reden. Du hast doch bei Frau von Steinitz gewohnt, als du in Brandenburg zur Schule gegangen bist. Und auch deine Brüder waren dort. Ihre und unsere Familie verbindet eine lange Freundschaft. Meinst du, ich könnte sie bitten, Yinna bei sich aufzunehmen?«

»Yinna? Nach Deutschland? Aber die ist doch noch so klein. Außerdem kann sie kein Wort Deutsch. Als wir dorthin kamen, waren wir viel älter und hatten in der Missionsschule schon Deutsch gelernt.«

»Ich weiß, es ist ein Wagnis, aber ich bin mir sicher, dass Krieg kommen wird. Wer weiß, was dann mit mir passiert. Schließlich arbeite ich für eine ausländische Bank. Yinna hat ja keine Mutter, die sich um sie kümmern kann. Und Liuma wird mit ihrer Tochter in ihr Dorf zurückkehren wollen, wenn es ernst wird. Ich weiß nicht, wie ich sie sonst in Sicherheit bringen soll. Könntest du für mich an Frau von Steinitz schreiben und ihr die Lage erklären? Sie ist eine vernünftige Frau, die sicher helfen wird, wenn sie kann. Falls sie Yinna bei sich aufnimmt, könntet ihr die Reise zusammen machen. Dein Semester beginnt doch im Herbst. Du würdest mir damit einen großen Gefallen tun, Meihua.«

»Gut, Onkel Chen, ich werde es versuchen.«

Inas Vater sollte recht behalten. Seit dem 14. September fallen Bomben auf Schanghai. Kurz darauf erhält er einen Brief aus Deutschland. Die früh verwitwete Frau von Steinitz, die sich ihre Rente dadurch aufbessert, dass sie Pflegekinder in ihre große Wohnung aufnimmt, hat selbst schon erfahren müssen, dass Krieg und Not, egal ob sie vor der eigenen Haustür oder in fernen Kontinenten wüten, unmittelbare Hilfe erfordern. Sie erklärt sich bereit, Ina ab Herbst bei sich in Brandenburg aufzunehmen.

Eines Morgens, als sich die Kinder gerade paarweise in der Halle aufstellen, um an den Strand zu gehen, hört Ina plötzlich, wie ihr Name ausgerufen wird.

»Ina Chen, bitte ins Büro der Schwester Oberin.«

Sie legt Sandeimer und Schwimmring beiseite und

folgt einer Schwester in den kühlen, hohen, holzgetäfelten Raum, zu dem die Kinder sonst keinen Zutritt haben. Was das wohl zu bedeuten hat? Ob sie nach Hause darf? Dann entdeckt sie Meihua, die auf dem Stuhl vor dem Schreibtisch der Oberin sitzt.

Augenblicklich ist der Groll gegen die große Cousine vergessen.

»Meihua!«, schreit sie und wirft sich in deren weit geöffnete Arme. Endlich ein vertrautes Gesicht, auch wenn es nicht das von Papa oder Liuma ist. »Was machst du denn hier? Kommst du mich abholen? Fahren wir heim?«

»Ja«, sagt Meihua, nachdem sie sich ausgiebig begrüßt haben. »Ich komme dich abholen. Aber nach Hause können wir nicht. Dort ist Krieg. Die Japaner halten Teile der Stadt besetzt, und es fallen immer wieder Bomben.«

»Und Papa? Und Liuma und Baobao?«

»Onkel Chen ist in Tschungking, da ist es bisher noch ruhig. Seine Bank hat ihren Hauptsitz dorthin verlegt. Und Liuma ist mit Baobao zu ihrer Familie aufs Land zurückgekehrt.«

»Dann fahren wir zu Papa nach Tschungking!«

»Nein, das ist viel zu gefährlich. Man weiß nicht, wo die Japaner als Nächstes angreifen. Wir beide werden zusammen nach Deutschland fahren. Auf einem großen Schiff. Zu Frau von Steinitz, wo ich früher gewohnt habe.«

Ina traut ihren Ohren nicht. »Aber das geht nicht«, will sie hervorstoßen. Doch die Stimme versagt. Einen Moment ist sie völlig leer vor Schreck. Die Knie werden ihr weich. Sprachlos, mit hängenden Armen steht sie da.

»Es wird dir bestimmt gefallen. Frau von Steinitz ist sehr nett. Mein Bruder und ich sind wirklich sehr gern bei ihr gewesen. Außerdem bin ich nicht weit weg. Ich hab einen Studienplatz in Berlin bekommen. Das ist nur eine Stunde mit der Eisenbahn. Und an den Wochenenden werde ich dich besuchen. Es ist ja nur für kurze Zeit. Lang wird der Krieg nicht dauern. Dann wird alles wieder so sein wie früher.«

Aber Ina hört gar nicht, was die Cousine da redet. Das Blut rauscht ihr in den Ohren. Die Schwester Oberin, das Büro, das Kinderheim, alles um sie herum beginnt sich zu drehen.

In ihrem Kopf dröhnt Schwester Adelheids Stimme. Aus dem harmlosen Lied ist bitterer Ernst geworden: Ina-Klein muss allein in die weite Welt hinein. Aber sie ist alles andere als wohlgemut, sie ist verzweifelt. Sie ist sieben Jahre alt und soll auf einem großen Schiff nach Deutschland fahren. Weit fort von Papa und Liuma. In das Land, wo es Stubenarrest, Schulranzen und diese schreckliche warme Milch gibt. Und es ist niemand da, der sie rettet, sie tröstet – niemand.

Zwischen Tsingtau und Genua, September 1937

MONDFEST AUF HOHER SEE

Statt mit der Familie ein fröhliches Picknick zu veranstalten, liegen Meihua und Ina in ihren Liegestühlen auf dem Oberdeck der »SMS Scharnhorst«. Dieses deutsche Schiff der Hamburger Linie Norddeutscher Lloyd wird während der dreiwöchigen Überfahrt nach Genua ihr Zuhause sein. Zwischen ihnen auf dem kleinen Tischchen liegen die Dominosteine. Auch wenn Meihua meist keine Lust dazu hat, Ina besteht darauf, mit ihr Domino zu spielen. Die Holzschachtel, die man aufschieben kann wie einen Griffelkasten, hat Meihua ihr vom Vater aus Schanghai mitgebracht, als sie ins Kinderheim kam. Mit diesem Spiel haben Papa und sie immer gespielt, wenn er ein bisschen Zeit hatte. Es hat nämlich eine besondere Bewandtnis damit. Papa hat es von einem Onkel geerbt, der einmal mit einem deutschen Offizier befreundet war. Dieser Offizier hätte eigentlich sein Feind sein sollen vor langer Zeit, als deutsche Truppen in Peking einmarschierten. Aber sie haben sich angefreundet und lieber zusammen Domino gespielt. So jedenfalls hat Papa es ihr erzählt. Und dann hat dieser Deutsche das Spiel seinem Freund als Erinnerung dagelassen, als er wieder in seine Heimat zurückkehrte.

Als Meihua ihr das Kästchen im Kinderheim übergab, lag ein Brief von Papa darin, in dem er ihr die Situation erklärt hat. Meihua musste ihn ihr wieder und wieder vorlesen. So oft, dass sie das Gedicht, das Papa am Ende des Briefes zitiert hat, inzwischen auswendig kann. Es ist von dem Dichter Su Dongpo, der vor neunhundert Jahren lebte, und geht so:

Wie die Menschen Kummer und Freude empfinden
bei Wiederkehr und Trennung,
wie der Mond zunimmt und abnimmt
am klaren oder von Wolken verhangenen Himmel,
so sind die Dinge niemals perfekt.
Mögen wir alle lange leben
im Licht desselben hellen Mondes,
auch wenn Tausende von Meilen uns trennen.

Heute also ist Mondfest. Kein Picknick, kein Wiedersehen mit den Lieben. Die meisten anderen Passagiere sind Europäer, die wegen des Krieges in ihre Heimat zurückfahren. Deshalb nimmt man hier auf dem Schiff von Ereignissen wie dem Mondfest keine Notiz. Außer einigen Paaren, die Händchen haltend an der Reling stehen, ist an diesem Abend niemand mehr an Deck. In Europa interessieren sich offenbar nur Liebespaare für den Vollmond.

Dick und leuchtend hebt sich die perfekt gerundete Scheibe über den Horizont und klettert zwischen den Streben der Reling hinauf wie eine Melodie auf den fünf Notenlinien. Auf hoher See, wo keine Hochhäuser oder Bergrücken den Blick verstellen, wirkt der Mond tatsächlich riesengroß. Und weil er seine Lichtstraße übers Wasser direkt zu Ina schickt, sieht es so aus, als wollte er ihr etwas mitteilen. Und sie weiß auch, was. Während das Schiff stampfend eine immer größere Wasserfläche zwischen sie und China legt, sehen Papa und Liuma dort an unterschiedlichen Orten denselben Mond und denken ganz fest an Ina. So wie Ina an sie.

Meihua, der Inas Schweigsamkeit aufgefallen ist, nimmt ihre Hand. »Sei nicht traurig, *biaomei.* Ich weiß genau, wo du jetzt lieber wärst.«

Das Heimweh steckt ihr im Hals wie ein Kloß, der sie würgt und sich jeden Moment in Tränen aufzulösen droht.

Da fängt Meihua an, in ihrer Tasche zu kramen. »Schau, was ich hier habe.« Sie hält Ina ein in Papier gewickeltes Päckchen unter die Nase.

»Rat mal, was da drin ist.«

Weil sie nicht sicher ist, ob ihre Stimme an diesem Kloß vorbeikommt, macht Ina es kurz: »Keine Ahnung.«

Meihua wickelt zwei runde Mondkuchen aus dem fettigen Papier und reicht ihr einen. »So können wenigstens wir beide ein kleines Picknick machen.«

»Wo hast du denn die her?«

»Einer der Köche ist Chinese«, erklärt Meihua. »Ich bin ihm vor ein paar Tagen auf der Treppe begegnet, und da haben wir uns ein bisschen unterhalten. Er hat gesagt, ich soll heute mal in der Küche vorbeikommen. Die Mondkuchen hat er selbst gemacht. Für sich und ein paar Landsleute von der Besatzung.«

Genüsslich beißt Ina in den Teigmantel. An beiden Mundwinkeln quillt die dunkle, pappige Füllmasse aus Früchten und Nüssen heraus. Lecker. Aber das Beste ist das ganze, harte Eigelb, das darin versteckt ist und den Mond darstellt. Immer schon wollte sie Liuma fragen, wie sie es schafft, es heil da hineinzubringen. Iss, Dickerchen!, würde Liuma jetzt sagen. Mit der vertrauten Süßigkeit lässt sich auch der Heimwehkloß für eine kurze Zeit hinunterschlucken.

Aber dieses riesengroße Meer, das sie hier umgibt, ist ihr nach wie vor unheimlich. Schon in Tsingtau war ihr das viele Wasser nicht geheuer gewesen. Da hatte sie immerhin noch Boden unter den Füßen, heimatlichen, chinesischen Boden. Hier aber kann sich der Blick nirgends mehr festhalten. Egal ob sie zurück nach China oder vorwärts nach Deutschland denkt, alles ist ungewiss und bedrohlich: Wie ist es da, wo das Schiff hinfährt? Was wird aus Papa und Liuma, wenn diese schrecklichen Japaner angreifen? Und bestimmt ist die Frau mit dem unaussprechlichen Namen, zu der sie fahren muss, ganz furchtbar streng. Meihua erzählt zwar immer, wie nett sie ist, aber wo hat die Cousine dann solche Sachen wie Stubenarrest kennengelernt? Auch wird es dort keine Liuma geben, die sie tröstet, keinen Papa, der alles erklärt, keine Baobao, mit der man spielen kann. Aber da ist noch etwas, das sie bedrückt.

»Sag mal, Meihua, kann diese Frau, bei der ich wohnen werde, eigentlich Chinesisch?«

»Frau von Steinitz«, korrigiert Meihua prompt. »Natürlich nicht. Du musst deutsch mit ihr sprechen. Aber das wirst du schnell lernen. Am besten fangen wir gleich an. Ich werde dir jeden Tag ein paar deutsche Wörter und Sätze beibringen. Pass auf. Sag mal: Gu-ten Tag.«

Ina müht sich mit den abgehackten Silben. Alles an der deutschen Sprache klingt so spitz wie der Name dieser Frau.

Das ist nun also ihr Mondfest, irgendwo zwischen Hongkong und Manila, mitten im riesengroßen Südchinesischen Meer. Der Mond hat die Reling längst unter sich gelassen und steht nun hoch am wolkenlosen, schwarzen Himmel. Am liebsten würde Ina die Nacht hier draußen verbringen, in der Nähe des Mondes, der sie immerhin ein bisschen mit Zuhause verbindet. Aber nachdem Meihua sie mehrmals beim Gähnen erwischt hat, scheucht sie die kleine Cousine ins Bett.

Die Passagierkabinen sind auf drei Ebenen angeordnet und ihre, die mit der Nummer 227, liegt auf dem Mitteldeck. Sie hat zwei Betten, die hier Kojen heißen, und zwei runde Bullaugen. Das Bad ist auf dem Flur, und sie müssen es mit anderen Passagieren teilen. Immer schon hat Ina sich gewünscht, im Dunkeln vor dem Einschlafen noch mit jemandem reden zu können. Oft hat sie sich vorgestellt, wie schön es wäre, eine Schwester zu haben, mit der man tuscheln kann, lange nachdem das Licht ausgeknipst ist. Für die drei Wochen, die sie hier auf dem Schiff verbringen, ist es nun fast so, als hätte sie diese Schwester. Genau wie das chinesische Wort es ausdrückt: Meihua ist Inas *biaojie,* ihre ›Cousine-große Schwester‹; und Ina ist Meihuas *biaomei,* die ›Cousine-kleine Schwester‹. Seit sie unterwegs sind, ist Meihua auch viel netter.

Als sie jetzt aus dem Badezimmer zurückkommt, liegt Ina schon in ihrer Koje. Das ist der beste Zeitpunkt, um die große Cousine über das neue Zuhause auszufragen.

»Du, Meihua, wie ist denn diese *ayi,* bei der ich wohnen werde?« Den schwierigen Namen vermeidet sie, denn er will ihr noch immer nicht über die Lippen kommen, und einen weiteren Lehrerinnen-Rüffel von Meihua will sie sich nicht einfangen. Stattdessen benutzt sie das chinesische Wort für Tante, das man als Anrede für ältere Frauen verwendet, die nicht zur Familie gehören.

»Du wirst sie mögen, sie ist sehr lieb. Sie zeigt das vielleicht nicht so und ist ein bisschen streng, aber sie kann gut mit Kindern umgehen. Du wirst viel bei ihr lernen.«

»Sag mal, gibt es dort auch eine *ama,* die den Haushalt macht?«

»Nein, Dienstboten haben in Deutschland nur die ganz reichen Leute. Frau von Steinitz macht alles selbst, bis auf die Wäsche. Dafür kommt alle zwei Wochen eine Waschfrau. Du wirst sicher auch ein bisschen helfen müssen, einkaufen, abräumen oder Geschirr abtrocknen.«

»Sind da noch andere Kinder?«

»Eigene Kinder hat sie keine, ihr Mann ist früh gestorben, im Krieg gefallen. Seither nimmt sie Pflegekinder bei sich auf. Auf jeden Fall wirst du dein eigenes Zimmer haben. Die Wohnung ist groß. Sie liegt im dritten Stock, aber in Deutschland sagt man dazu zweiter Stock, weil man das Erdgeschoss nicht mitzählt.«

Dann fällt Ina das Kinderheim ein und die schreckliche warme Milch, die sie dort immer trinken musste.

»Gibt's da auch Milch mit Haut drauf zum Frühstück?«

»Keine Angst. Frau von Steinitz hat schon bei mir und meinen Brüdern gemerkt, dass viele Chinesen Kuhmilch nicht vertragen. Wenn du ihr sagst, dass du die nicht trinken kannst, dann macht sie dir stattdessen Malzkaffee.«

Malzkaffee, was ist das nun wieder? Eine Antwort von Meihua wirft hundert neue Fragen auf. Aber immerhin erfährt sie bei diesen Gesprächen vor dem Einschlafen eine Menge über das fremde Land. Zum Beispiel über den Winter dort.

»Wenn wir in Brandenburg ankommen«, sagt Meihua, »ist bald Winter. Dann ist es draußen ziemlich kalt. Viel kälter als in Schanghai. Keine Angst, die Häuser sind gut geheizt. Aber das Schönste ist der Schnee.«

»Was soll da dran schön sein?«

In Schanghai hat Ina gelegentlich mal ein paar wirbelnde Flocken gesehen, die ihr wie eklige Haarschuppen vorgekommen sind und die sofort wieder schmolzen.

»In Deutschland bleibt der Schnee im Winter liegen; dann ist alles weiß, und man kann wunderbar draußen spielen. Man kann damit Figuren bauen, die ›Schneemänner‹ heißen, oder auf einem hölzernen Gestell, einem Schlitten, den Berg hinunterrutschen.«

Das klingt ja nicht schlecht. Nach dem Ding, mit

dem man den Berg hinunterrutscht, wird sie sich noch genauer erkundigen, aber vor lauter wirbelndem Weiß fallen Ina jetzt erst mal die Augen zu.

»Gutenmorgen, Gutenabend, Entschuldigung, Jabitte, Vielendank.«

Mittlerweile kann Ina schon eine Menge Wörter, die sie an den deutschen Passagieren ausprobiert. Das Dumme ist bloß, dass die Erwachsenen sich dann überrascht und erfreut zu ihr herunterbeugen und ein Schwall unverständlicher, abgehackter Laute auf sie herabregnet. Aber sie hat schnell eine Methode gefunden, wie sie sich dann am besten aus der Affäre zieht. Sie macht einen artigen Knicks, wie sie es mit Meihua in der Kabine geübt hat, sagt ihr »Aufwiedersehen« und saust kichernd davon.

Am liebsten würde die Cousine den ganzen Tag zu einer einzigen Schulstunde machen. Kein Wunder, schließlich möchte sie Lehrerin werden. Aber warum muss ausgerechnet ich ihr Versuchskaninchen sein?, denkt sich Ina. Zahlen, Wörter, Sätze – jede Situation nutzt Meihua zur Vorbereitung auf Deutschland, nicht einmal bei den Mahlzeiten ist man vor ihren Belehrungen sicher. Da muss Ina lernen, wie man mit Messer und Gabel isst. Schließlich kann man sich ein Wurstbrot oder ein Schnitzel nicht mit Stäbchen in den Mund schieben. Ina findet es schrecklich, dass hier jeder ungeniert mit dem Messer an seinem Stück

Fleisch auf dem Teller herumsäbelt. In China wird das Fleisch schon vor dem Braten in mundgerechte, feine Streifen geschnitten, die man gut mit den Stäbchen greifen kann. So braucht kein Messer auf dem Tisch zu erscheinen, denn das gilt als unfein.

Überhaupt das Essen. Jeder bekommt hier Fleisch, Kartoffeln und Gemüse zusammen auf seinen Teller gepampt, und alles schwimmt in einer fettigen, braunen Soße. Zu Hause bei Liuma haben sich die Platten mit den einzelnen Gerichten in der Mitte des Tisches auf einer Scheibe gedreht, und jeder konnte sich davon auf seine mit Reis gefüllte Schale häufen. Diese Schale wurde dicht an den Mund geführt, und man brauchte kullernde Erbsen und sperrige Nudeln nicht auf einer Gabel den weiten Weg vom Teller bis in den Mund zu balancieren. Ach, die vielen leckeren Gerichte, die Liuma auftischte! Immer wieder entwischen Inas Gedanken zurück nach Schanghai, in Liumas warme, wohlriechende, vom Küchengott bewachte Küche. Dann streichelt sie das kleine grüne *qilin*. Sein Anblick tröstet und schmerzt zugleich.

Zum Glück gibt es noch andere Kinder an Bord, die sie aus ihren Grübeleien reißen. Gleich in den ersten Tagen hatte eines der kleinen Mädchen Geburtstag. Es ist mit seinen Eltern unterwegs, und die haben eine richtige Geburtstagsparty mit Kuchen und Limonade veranstaltet. Alle Kinder auf dem Schiff waren eingeladen. Ein ganzer lauter, lustiger Tisch voller Mädchen mit Haarschleifen und Jungs in Matrosenanzügen kam da zusammen. Eine gute Gelegenheit, sich kennenzulernen, auch wenn es mit der Verständigung manchmal Schwierigkeiten gibt. Hier werden nämlich viele verschiedene Sprachen gesprochen. Deutsch von Familien, die mit ihren Kindern das bombardierte Schanghai verlassen, englisch von den Kindern, die mit ihren Eltern in Hongkong, der englischen Kronkolonie, zugestiegen sind, wo man ebenfalls Angst vor einer japanischen Besatzung hat. Andere, aus dem von Franzosen verwalteten Indochina, sprechen Französisch. Aber beim Spielen stört das kaum. Gemeinsam durchstreifen sie das riesige Schiff, das man wie eine kleine Stadt erkunden kann. Natürlich gibt es auch Bereiche, die die Kinder nicht betreten dürfen, und die daher besonders spannend sind, etwa die Maschinenräume unten im Bauch des Schiffs oder die Kommandobrücke, wo der Kapitän arbeitet.

Am liebsten spielen sie auf dem Promenadendeck. Auch die Erwachsenen spielen, da sie sonst nichts zu tun haben. Eines ihrer Spiele heißt Shuffle-Board. Mit einem Schieber an einem langen Stiel versuchen sie, eine schwarze Scheibe in Kästchen zu befördern, die am Boden aufgezeichnet und von -10 bis +10 nummeriert sind. Dabei machen sie die sonderbarsten Verrenkungen. Vor allem die Männer. Sie meinen, mit einem kraftvollen Schubs die gegnerische Scheibe aus dem Feld schlagen zu können. Dann prallen die Scheiben krachend zusammen und spritzen wieder auseinander. Auf diesen Moment haben die zuschauenden Kinder nur gewartet. Sie versuchen, die verirrte Scheibe zu ergattern und heimlich verschwinden zu lassen. Auf diese Weise haben sie sich ein eigenes Spiel zusammengeräubert. Mit Kreide haben sie in einer ruhigen Ecke ein Spielfeld aufgezeichnet, und mit Schrubbern, die sie von der Putzkolonne geliehen haben, spielen sie nach eigenen Regeln.

Einmal wäre Ina fast in Schwierigkeiten geraten. Eine der Scheiben war nach dem Zusammenprall in ihre Richtung gesaust. Schnell hatte sie sie aufgehoben und wollte sich eben davonmachen, als ein älterer Herr im hellen Leinenanzug sich zu ihr heruntergebeugte.

»Wie nett von dir, kleines Fräulein, dass du die Scheibe für mich aufhebst.« Ina reichte sie ihm verlegen. »Bitte sehr.«

Puh, das war knapp.

Heute jedoch hat niemand Zeit für solche Ablenkungen. Der Navigationsoffizier, der jeden Morgen beim Frühstück die aktuelle Position und Tagesroute des Schiffes auf der großen Karte im Speisesaal mit Fähnchen markiert, hat angekündigt, dass die »Scharnhorst« gegen Mittag in den Hafen von Singapur einlaufen wird. Den ersten Halt auf ihrer Reise, die britische Kronkolonie Hongkong, hat Ina verschlafen. Die aussteigenden Passagiere sind von Bord gegangen, als sie schon im Bett war, und am nächsten Morgen war das Schiff bereits wieder auf hoher See. Diesmal will sie unbedingt alles genau mitverfolgen.

Singapur mit seinen vielen vorgelagerten Inselchen liegt an der Spitze der Halbinsel Malakka, hat der Navigationsoffizier erklärt, am Eingang zur Straße von Malakka. Durch diese Meerenge werden sie weiter Richtung Ceylon und Indien fahren. Das ist die kürzeste Schiffsroute zwischen Europa und Asien und daher sehr befahren. Schon am Vormittag kommen die ersten Inseln in Sicht, und tatsächlich wird der Schiffsverkehr immer dichter. Ina klebt an der Reling. Endlich gibt es etwas anderes zu sehen als Wasser, Wasser, Wasser: Dschunken, auf denen ganze Familien wohnen, kochen und Wäsche waschen; Schlepper, die schwarzen Rauch spucken, Frachtschiffe jeder Größe und ein paar große schneeweiße Passagierdampfer, so wie die »Scharnhorst«. Die wirken richtig vornehm in dem Gewimmel. Zum Glück kommen zwei der wendigen Lotsenboote angetuckert, um den Dampfer ins Schlepptau zu nehmen. Von außen muss es ziemlich komisch aussehen, wie die beiden Winzlinge den gewaltigen Ozeanriesen hinter sich herziehen. Ohne ihre Hilfe würde das große Schiff den Weg durch die riesige Hafenanlage zum Empire Dock wohl nicht so leicht finden. Plötzlich deuten die Erwachsenen ganz aufgeregt in Richtung Land. »Da, dort drüben, die Stadt!«

Die eindrucksvolle Kulisse von Singapur schiebt sich ins Bild. Über einem majestätischen Gebäude mit vielen Säulen weht die britische Flagge. Das ist das Gerichtsgebäude, wie ein Engländer, der dort an Land gehen wird, sie belehrt. Und der spitze weiße Kirchturm dahinter gehört zur St. Andrew's Kathedrale.

Dann verfolgt Ina das Anlegemanöver. Am Kai wartet schon eine Menschenmenge: neue Passagiere, die mit nach Europa reisen wollen, Abholer, die erwartungsvoll winken, Lieferanten, die frischen Proviant an Bord schaffen, und Gepäckträger, die sich um die Schrankkoffer der Passagiere streiten. Doch ihre Geduld wird auf eine harte Probe gestellt. Unendlich langsam und unter ständigem Rufen des Navigationsoffiziers und der Hafenarbeiter manövriert das große Schiff sich längsseits an die Kaimauer. Als es nahe genug herangekommen ist, wirft ein Matrose ein Tau, so dick wie Inas Arm, einem der Hafenarbeiter zu, der es mit einem Haken an langer Stange geschickt auffängt. Dann geht ein Ruck durch den weißen Riesen: Landberührung. Erst nachdem das Schiff sicher an dicken Eisenpollern vertäut ist, wird das Fallreep hinübergeschoben, auf dem die Passagiere von Bord gehen können. Sofort beginnt ein gewaltiges Gedränge und Hallo, ein Wiedersehen und Abschiednehmen. Leider dürfen Meihua und Ina nicht von Bord. Aber auch so haben die beiden ihren Spaß.

»Meinst du, der Dicke mit dem roten Kopf und dem Schrankkoffer, der gerade an Land geht, ist mit der dunkelhäutigen Frau im Sari verheiratet?«, fängt Ina an.

»Niemals«, erwidert Meihua. »Die ist viel zu vornehm für den. Das ist eine indische Maharani. Die würde nie einen so hässlichen Engländer heiraten. Nein, die erwartet ihren Sohn. Der hat in Oxford studiert. Anschließend hat er eine Weltreise gemacht und jetzt soll er das Erbe seines früh verstorbenen Vaters antreten.«

»Den musst du mir zeigen!« Ina ist ganz in das Spiel vertieft und hält Ausschau nach einem hübschen, jungen Prinzen. Doch kein Mann im geeigneten Alter will sich zeigen.

Ein paar aufregende interessante Stunden lang hat sie die Sehnsucht nach dem, was hinter ihr liegt, und die Angst vor dem, was vor ihr liegt, beinahe vergessen.

Doch dann setzt das dreimalige Tuten der Schiffssirene dem bunten Treiben ein Ende. Das Fallreep wird eingezogen, die Taue gelöst, die Bordkapelle spielt das Abschiedslied, ein deutsches Lied, wie Meihua ihr erklärt hat: »Muss i denn, muss i denn zum Städtele hinaus«. Die Deutschen müssen Experten in Sachen Abschiednehmen sein, weil sie so viele

Lieder haben, die davon handeln. Ina ist das nicht geheuer.

Zum Glück versteht sie den Text nicht, sonst würde sie vermutlich jedes Mal von Neuem in Tränen ausbrechen. Der Anblick der fröhlich wirkenden bunten Papierschlangen reicht ihr schon. Die werden zwischen den Abfahrenden an Bord und den Zurückbleibenden am Kai ausgespannt. Wenn sie dann aber beim Ablegen des Schiffes nacheinander zerreißen, meint Ina jedes Mal, das tief in ihrem Inneren zu spüren.

5
Oktober 1937

ANKUNFT IN DEUTSCHLAND

Am 19. Oktober läuft die »Scharnhorst« in den Hafen von Genua ein. Endlich wieder fester Boden unter den Füßen! Aber sosehr Ina dieses Gefühl herbeigesehnt hat, so sehr erschrickt sie nun, als das Land unter ihr nicht aufhören will, sich zu heben und zu senken. Der Boden scheint ihr entgegenzukommen, dann wieder zurückzuweichen.

»Meihua, ist dir auch so komisch? Hier schwankt ja alles. Hier können wir nicht bleiben!«

»Das vergeht wieder«, beruhigt die Cousine. »Der Körper hat sich so auf die Bewegung der Wellen eingestellt, dass er sich nicht schnell genug an festes Land gewöhnen kann. Das lässt bald wieder nach.«

Natürlich hat die siebengescheite Meihua für alles eine Erklärung. Aber für Ina steht fest: Dieses Land ist ihr unheimlich. Müde stolpert sie hinter Meihua her in das Hotel, in dem sie ihre erste Nacht an Land verbringen.

Sie bleiben nicht lange. Vor ihnen liegt die zweitägige Bahnfahrt nach Berlin, über die Alpen und quer durch Deutschland. Die Landschaft, die am Abteilfenster vorbeizieht, ist anders als alles, was Ina kennt. Langsam schraubt sich der Zug in die bedrohlich hohen, felsigen Berge hinauf. Kaum zu glauben, wie die schnaufende, dampfende Lokomotive das schafft.

»Siehst du das Weiße da oben auf den Bergspitzen? Das ist ewiger Schnee. Der schmilzt nie ganz weg«, erklärt Meihua. Aber dieses Weiß ist zu weit entfernt, als dass Ina es genauer in Augenschein nehmen könnte. Stattdessen wird ihre Aufmerksamkeit von den großen braunen Tieren gefesselt, die überall neben der Bahnstrecke in der Wiese stehen und Gras fressen.

»Die sehen so ähnlich aus wie unsere Wasserbüffel. Warum müssen sie nicht arbeiten?«, fragt sie Meihua.

»Das sind Milchkühe. Die dürfen den ganzen Tag weiden, damit sie viel Milch geben. Den Pflug ziehen hier meistens Pferde.«

»Du meinst, von denen kommt dieses widerliche Getränk, das wir im Kinderheim immer bekommen haben? Dabei sehen die doch so lieb aus.«

Irgendwann erlahmt Inas Interesse an der Gegend draußen. Zu viel Neues für einen kurzen Tag. Auch neue Wörter kann ihr Kopf nicht mehr behalten. Jetzt muss selbst Meihua passen: Da hilft nur noch Ablenkung, Frau Lehrerin. Fürs Domino ist das Klapptischchen im Abteil nicht groß genug. Bloß gut, dass Ina bei Liuma Fingerraten gelernt hat. Jetzt kann sie es Meihua, die sich damals so geziert und von schlechtem Einfluss gesprochen hat, beibringen.

»*Dao, shitou, zhi* ... Schere, Stein, Papier. Also, das geht so: Wir zählen gemeinsam bis drei, dabei machst du eine Faust. Bei drei musst du dich entscheiden, was deine Finger anzeigen sollen: Die Faust ist der Stein, zwei Finger sind die Schere und die geöffnete Hand ist das Papier. Schnell muss es gehen, damit der andere nicht erahnen kann, was du zeigen wirst. Und dann steht fest, wer Sieger ist, denn die Schere schneidet das Papier, das Papier umwickelt den Stein, der Stein macht die Schere stumpf.«

Dennoch vergeht die Zeit quälend langsam. Schlafen, dösen, wachen und hinausschauen. Regenwolken hängen über der Landschaft. Ina beobachtet die Wassertropfen, die sich langsam in der oberen Fensterecke bilden und dann, wenn sie dick und schwer genug sind, quer über die Scheibe ihr entgegensausen. Hypnotisiert von diesem unaufhörlichen, nie zu gewinnenden Wettlauf nickt sie ein.

Je näher der Zug der Hauptstadt Berlin kommt, umso zappeliger wird Meihua. Sie wird in Berlin ihren Bruder Haini treffen; auch er hatte bei Frau von Steinitz gewohnt und studiert inzwischen Volkswirtschaft. Der ältere Bruder hat sein Schiffsbau-Studium bereits abgeschlossen und arbeitet auf einer Werft in Rostock. Für Meihua ist die Ankunft ein Heimkommen zu vertrauten Menschen und zu einer Sprache, in die sie mühelos zurückfindet. Schon die ganze Zeit hat sie ihr Deutsch an den Mitreisenden und Schaffnern ausprobiert. Ina dagegen sinkt immer mehr in ihrem Sitz zusammen. Der Kloß in ihrem Hals wird größer und größer. Selbst wenn sie mehr Deutsch könnte, kämen die sperrigen Wörter jetzt kaum daran vorbei. Schließlich fasst sie sich ein Herz und fragt vorsichtig:

»Meihua, kommst du mit bis nach Brandenburg?«

»Nein, Ina, das geht nicht. Das Semester fängt bald an und ich muss noch so viel erledigen; Bücher kaufen, meinen Stundenplan zusammenstellen. Die erste Zeit kann ich bei Haini wohnen, aber ich muss mir ein Zimmer suchen. Keine Bange, Frau von Steinitz holt uns in Berlin ab.«

Keine Bange – das sagt die so einfach. Ina wird schlagartig klar, dass sie mit Meihua ja auch ihre Sprache verlieren wird. Meihua ist ihre Brücke in diese neue Welt. Wie soll sie sich ohne Cousine darin zurechtfinden? Schon wieder ein Abschied. Sie kennt dieses hohle Gefühl im Bauch inzwischen nur allzu gut. Doch Inas Befürchtungen gehen im allgemeinen Aufbruch unter. Während sie in die Bahnhofshalle einfahren, beginnt das große Suchen nach Mänteln, Hüten, Taschen, Regenschirmen und Koffern.

»Berlin Anhalter Bahnhof! Berlin Anhalter Bahnhof! Endstation! Alles aussteigen!«

Meihua entdeckt die große, schlanke Frau mit dem grau durchzogenen Haarknoten sofort und winkt ihr aufgeregt zu:

»Frau von Steinitz, hier sind wir, hiii-er!«

Sie drängt sich durch die Menge der Fahrgäste und Wartenden auf dem Bahnsteig und zerrt die kleine Cousine und den großen Koffer hinter sich her. Ina fröstelt in ihrem dünnen Sommerkleid, da hilft auch die Strickjacke nicht, die sie sich vorher noch aus dem Koffer geholt hat. Schließlich steht sie vor der Fremden und streckt ihr verschüchtert die Hand hin.

»Das muss die kleine Ina sein. Guten Tag, Ina. Willkommen in Deutschland.«

Alles, was Ina versteht, ist »Gutentag« und ihren Namen. Immerhin weiß sie, wie man darauf antwortet. Sie macht einen höflichen Knicks und erwidert den Gruß. Nur dass sie diesmal nicht kichernd davonrennen kann wie noch auf dem Schiff. Jetzt gibt es kein Weglaufen mehr, weder vor dieser Frau, die sie aus graublauen Augen freundlich und interessiert ansieht, noch vor der Sprache mit ihren Ecken und Kanten.

Diese Frau winkt jetzt erst mal einen Gepäckträger herbei. Dann wendet sie ihre Aufmerksamkeit Meihua zu, die sich augenblicklich in Marta verwandelt und aufgeregt lossprudelt: »Drei Wochen sind wir auf dem Schiff gewesen, und einmal hat es sogar einen Sturm gegeben. Ach, und beinahe hätte ich's vergessen: Mein Onkel lässt herzlich grüßen. Ich soll ausrichten, wie froh er ist, dass Ina eine Weile hierbleiben kann, jetzt wo es so gefährlich geworden ist in

Schanghai. Auf der Reise habe ich ihr auch schon ein bisschen Deutsch beigebracht.«

Der Bahnsteig beginnt sich bereits langsam zu leeren, als ein Chinese mit wehendem Mantel angerannt kommt. Es ist Martas älterer Bruder, Inas *da biaoge*, der Große Cousin-Bruder. Marta hatte ihn noch gar nicht vermisst, so beschäftigt war sie, Frau von Steinitz von der Reise zu berichten. Ina, die Martas lebhaftem Erzählen nicht folgen kann und stattdessen die Umgebung in Augenschein nimmt, hat ihn zuerst entdeckt.

Ein Chinese fällt ganz schön auf zwischen lauter »Langnasen«. Das wird mir in Zukunft auch so gehen, denkt sich Ina.

»Ach, da ist ja auch Heinrich«, begrüßt ihn Frau von Steinitz. »Jetzt ist meine chinesische Familie komplett. Ihr müsst schrecklich hungrig sein, zumindest unsere beiden Weltreisenden. Wir werden erst mal etwas essen, bevor die Reise weitergeht.«

Energisch schiebt sie die beiden jungen Leute und das kleine Mädchen vor sich her in Richtung Sperre. Der Dienstmann folgt mit dem Koffer. Marta erklärt Ina, wohin es geht; mühelos verwandelt sie die abgehackten Laute in melodisches Chinesisch.

Draußen vor dem Bahnhofsgebäude warten sie auf ein Taxi. Hier sind sie schwarz und haben lustige schwarz-weiß gewürfelte Borten. Während sie warten, hat Ina Gelegenheit, sich den Bahnhof von außen anzusehen. Offenbar sehen nicht alle Bahnhöfe in Deutschland so aus wie der in Tsingtau. Dieser hier ist riesig und wirkt eher wie eine Kirche. Während ihr Blick noch über die Backsteinfassade mit den Rundbögen wandert, wird sie sanft in den Rücksitz einer großen schwarzen Limousine gedrückt.

»Wo ist denn der Koffer?«, fragt sie Marta erschrocken, als das Auto anfährt. Eben hat er noch auf dem Gehsteig gestanden.

»Der ist im *Kofferraum*. Der Chauffeur hat ihn eingeladen.«

Langsam buchstabiert Ina dieses komplizierte Wort nach, das Marta deutsch eingeflochten hatte. *Kofferraum*. »Autos haben einen Raum extra für die Koffer«, erklärt Marta. Schon wieder so ein praktisches, deutsches Wort; man setzt einfach zwei zusammen und schon hat man ein neues.

Während sich die anderen in ihrer gemeinsamen Sprache unterhalten, hängt Ina ihren Gedanken nach und schaut aus dem Fenster. Der Verkehr ist beinahe so dicht wie in Schanghai, aber hier sind keine Rikschas unterwegs, dafür viel mehr Autos und eine große, quietschende Bahn, die auf Schienen fährt und durch einen Bügel auf dem Dach mit einer elektrischen Leitung verbunden ist. So eine Tram kennt sie auch aus Schanghai. Allerdings geht hier alles sehr viel geordneter zu. Kein Vergleich zu dem Durcheinander zu Hause. Anscheinend haben die Polizisten mit ihren Kapitänsmützen die Sache besser im Griff als die dunkelhäutigen Sikhs mit den Turbanen. Sogar die Fußgänger – es sind längst nicht so viele Menschen auf den Straßen unterwegs wie in Schanghai – bewegen sich diszipliniert auf breiten Gehsteigen. Kein Gedrängel und Geschubse, kein Geklingel, keine Düfte aus Garküchen, kein lautes Anpreisen von Waren, keine bunten Ladenschilder – oder doch? Ina sieht noch einmal genauer hin. Die sind hier waagerecht aufgehängt und ihr deshalb nicht gleich aufgefallen. Das Taxi biegt um ein paar Ecken und hält vor einem Restaurant. Vor lauter Aufregung und Herumschauen hat Ina ganz vergessen, dass sie tatsächlich ziemlich hungrig ist.

Ein Ober in weißer Jacke führt sie zu einem Tisch, der für vier Personen gedeckt ist. Auf dem Schiff war es ihr immer schrecklich peinlich, wenn Marta ihr vor allen Leuten den Umgang mit Messer und Gabel beibrachte. Jetzt ist sie froh, dass sie beides richtig benutzen kann.

Verlegen lächelt Ina in die Runde, sobald das Wort an sie gerichtet wird. Mit Rücksicht auf Frau von Steinitz wird deutsch gesprochen, aber zum Glück darf man ja in Deutschland nicht mit vollem Mund reden, auch das hat Marta ihr eingebläut. Damit nimmt man es in China nicht so genau. Im Moment allerdings kommt Ina diese Tischregel gerade recht.

Gierig schaufelt sie sich Fleisch, Kartoffeln und Gemüse in den Mund, damit er ja nie leer wird.

Kaum sind alle mit Essen fertig, schaut Frau von Steinitz nervös auf die Uhr.

»Ach du meine Güte, wie die Zeit vergeht! Ina, unser Zug geht in einer Viertelstunde. Gut, dass ich die Fahrkarten schon gekauft habe.«

Daraufhin erfolgt ein hektischer Aufbruch, woraus Ina folgern kann, dass es jetzt schnell gehen muss. Marta und Heinrich begleiten sie, diesmal zu einem anderen Bahnhof, der zum Glück gleich neben dem Restaurant liegt. Und schon wieder ist ein Abschied fällig. Marta schließt Ina in die Arme und flüstert ihr auf Chinesisch ins Ohr: »Sei tapfer und mach deinem Papa keine Schande.«

Typisch, dass ihr in einem solchen Moment nichts als Ermahnungen einfallen. Doch diesmal schmerzt sogar die Trennung von der neunmalklugen Cousine. Ina fühlt sich wie eine unsichere Schwimmerin, die man ohne Schwimmring in den tiefen Teil des Beckens geschubst hat.

Als sich ihre Augen mit Tränen füllen, findet Marta doch noch die richtigen Worte: »Ist ja nicht für lange, Dickerchen. Ich komm dich bald in Brandenburg besuchen.«

Nie zuvor hat Marta sie mit Liumas Kosenamen angesprochen.

Ina schluckt einmal kräftig. Jetzt bloß nicht heulen.

Dann steigt sie an der Hand von Frau von Steinitz in den Zug. Heinrich verstaut ihren Koffer im Gepäcknetz, und schon pfeift der Stationsvorsteher zur Abfahrt.

Sie machen es sich im Abteil bequem. Ina bekommt den Fensterplatz, aber sie hat keine Lust mehr hinauszuschauen. Außerdem wird es draußen allmählich dunkel. Gern würde sie fragen, wie lange die Fahrt nach Brandenburg dauert, wie weit der Weg vom Bahnhof noch ist, wo sie heute Nacht schlafen wird, aber keine Marta gibt mehr Auskunft. Frau von Steinitz redet leise und freundlich auf sie ein. Vielleicht sind das ja die Antworten auf all die Fragen, die sie nicht stellen kann. Vielleicht hat sie aber auch etwas ganz anderes gesagt.

Zunächst müht sich Ina noch, mit einem Lächeln zu antworten. Doch dann wird auch das zu anstrengend. Ihre Gesichtszüge wollen nicht mehr gehorchen, rutschen ab. Also lässt sie die fremden Laute einfach an sich vorbeigleiten wie die Landschaft draußen, wie die Regentropfen, die jetzt wieder über die Scheibe sausen. Das Ruckeln des Zugs lullt sie ein, und ihr Kopf fällt an die Schulter nebenan. Der Wollstoff des grauen Kostüms fühlt sich kratzig an, aber die Schulter darunter gibt Halt.

Als Ina behutsam wachgerüttelt wird, weiß sie nicht, wo sie ist. Sie hört eine unbekannte Stimme, blickt in ein fremdes Gesicht.

»Wach auf, Ina, wir sind in Brandenburg.«

Brandenburg, der Name bringt sie jäh in die Gegenwart zurück.

Ein Mann hilft ihnen mit dem Koffer. Wieder ein Bahnhof. Dieser hier sieht schon eher aus wie der in Tsingtau. Er ist um diese Abendstunde völlig ausgestorben. Keine schwarzen Taxis warteten hier, dafür fahren sie ein paar Stationen mit dieser Bahn auf Schienen, die sie schon in Berlin gesehen hat und die *Elektrische* heißt. Frau von Steinitz greift beherzt nach dem schweren Koffer und drückt Ina ihre eigene Handtasche in die Hand. Im Licht der Straßenlaternen kann sie sich kein rechtes Bild von ihrer neuen Umgebung machen. Alles hier kommt ihr unendlich still und friedlich vor. Die wenigen Leute, die ihnen auf den Straßen begegnen, grüßen Frau von Steinitz und tauschen ein paar Worte mit ihr. Kennen die sich hier alle? Und noch etwas fällt Ina auf: der seltsam holprige Straßenbelag, der aus einzelnen Steinbrocken zusammengefügt ist. Später wird sie das Wort *Kopfsteinpflaster* in ihre Kuriositätensammlung zusammengesetzter deutscher Hauptwörter aufnehmen: Wörter, wie aus Pflastersteinen zusammengefügt.

Dann steht sie vor den Haus Sankt Petri 2.

6

Brandenburg, Oktober 1937

DAS NEUE ZUHAUSE

Sieben dumpfe Schläge dröhnen durchs Zimmer. Der tiefe Klang lässt die Luft vibrieren und dringt bis unter das schwere Federbett. Was ist das? Legt der Dampfer schon wieder ab? Ruckartig richtet Ina sich auf.

Verwirrt blickt sie in einen ihr völlig unbekannten Raum: ein hohes Zimmer mit einem Fenster, durch dessen geschlossene, weiße Gardinen das Morgenlicht dringt. Davor ein Schreibtisch, ein Stuhl, eine Kommode, eine emaillierte Waschschüssel mit Wasserkanne und an der Längswand das Bett, in dem sie sitzt. Wo bin ich?

Erst als ihr Blick auf den Koffer fällt, der geöffnet, aber unausgepackt neben dem Bett liegt, kommt die Erinnerung an den gestrigen Abend zurück. Sie war so müde gewesen, dass Frau von Steinitz ihr nur schnell das Nachthemd herausgesucht und sie dann gleich ins Bett geschickt hat. Unter dem dicken, warmen Federbett ist Ina sofort eingeschlafen.

»Frau von Steinitz« – sie lässt den schwierigen Namen probeweise über die Zunge laufen – »Frau von Steinitz«. Das Bild einer grauhaarigen Frau mit

Haarknoten stellt sich ein, die sich über sie beugt, sie zudeckt, gute Nacht sagt. Ob da wohl auch falsche Haarsträhnen drin sind wie bei Liuma?

Und was hat es mit diesem sonderbaren Dröhnen auf sich, das im Zimmer nachhallt und klingt, als käme es von einer Schiffssirene? Ina lässt sich von der Bettkante gleiten und geht barfuß über knarrende Holzdielen zum Fenster. Vorsichtig schiebt sie den Vorhang zur Seite. Unter ihr liegt eine von Bäumen gesäumte Straße. Weit und breit kein Ozeandampfer in Sicht. Wenn sie den Kopf ein wenig nach links dreht, kann sie eine große Kirche aus roten Backsteinen sehen, daneben einen Turm. Bis hoch hinauf ist er viereckig gemauert, dann folgt ein Stück mit noch mehr Ecken und einer Uhr, und obenauf sitzt wie eine Mütze ein spitzes Dach mit goldener Kugel. Die Turmuhr zeigt sieben.

Ein Turm, der zu einer Kirche gehört wie in Tsingtau. Dort, so haben die Schwestern erzählt, hätten früher, als die Deutschen noch da waren, Glocken die Stunden geschlagen und zum Gottesdienst geläutet. Später wurden sie dann entfernt. Ja, das muss es sein! Es waren Kirchenglocken, die eben siebenmal geschlagen haben: sieben Uhr. Eigentlich praktisch, so einen Kirchturm in der Nähe zu haben, denkt Ina. Der wird mich also in Zukunft immer wecken.

Rasch gießt sie Wasser aus der Kanne in die Schüssel, wäscht sich das Gesicht, trocknet sich mit dem rauen weißen Handtuch ab und zieht ihre Sachen an, die jemand – bestimmt nicht sie selbst – ordentlich über die Stuhllehne gebreitet hat. Vor der Tür hört sie Geräusche. Sie öffnet sie einen Spalt und späht hinaus: ein langer, dunkler Flur, von dem mehrere Türen abgehen. Vorsichtig lauscht sie an jeder einzelnen und probiert es mit jener, hinter der Klappern und Wasserrauschen zu hören ist. Das muss die Küche sein. Ein zaghaftes Klopfen, und die Tür wird von innen geöffnet. Frau von Steinitz steht, eine Kittelschürze über Rock und Bluse, vor ihr und lächelt sie an: »Guten Morgen, Ina, hast du ausgeschlafen?«

»Guten Morgen«, ist alles, was Ina herausbringt. Immerhin passt das. Aber wie weiter? Keine Marta, keine Sprache. Aber die Dinge sprechen für sich, und Frau von Steinitz teilt ihnen mit klarer, deutlicher Stimme Bezeichnungen zu. »Hier sind Brot, Butter und Marmelade«, sie deutet auf ein Tablett, auf dem alles bereit steht. »Dein Frühstück.«

»Brot, Butter, Marmelade; Brot, Butter, Marmelade«, wiederholt Ina wie einen Abzählreim. Sie kennt diese Dinge vom Schiff. Jetzt haben sie ihre Namen bekommen und zusammen ergeben sie ein *Frühstück*.

Frau von Steinitz wendet sich fragend an Ina: »Milch?«

Sofort spürt Ina klebrige Haut an ihrem Gaumen haften und verzieht angewidert das Gesicht.

»Verstehe«, sagt Frau von Steinitz. »Dachte ich

mir schon. Deinen Cousins und deiner Cousine ist es genauso gegangen. Riech mal, ob dir das besser schmeckt?« Sie hält Ina eine Kanne mit heißer, dunkelbrauner Flüssigkeit unter die Nase. Die riecht so ähnlich, wie wenn Liuma aus Versehen den Reis anbrennen ließ. Ina hat sich dann immer die Krusten erbettelt.

»Das ist Malzkaffee.«

Ina lächelt dankbar. Jetzt hat auch dieses herrenlose Wort seinen Platz gefunden.

»Malzkaffee, bitte.«

»Gut machst du das. Du kannst mir beim Reintragen helfen.«

Frau von Steinitz nimmt die dampfende Kanne und überlässt Ina das Tablett. Dann geht sie über den Flur ins Speise- und Wohnzimmer voraus. Es hat mehrere große Fenster zur Straße hin und Gardinen aus schwerem, dunklem Stoff. In der Mitte, auf einem bunt gemusterten Teppich, steht ein ovaler Tisch aus rötlichem Holz mit cremefarbener Häkeldecke darauf. Dort nehmen sie ihr erstes gemeinsames Frühstück ein.

Plötzlich wieder Glockenschlag, diesmal hell und hoch. Er kommt von der großen Standuhr in der Ecke, die Ina bisher nicht bemerkt hat. Ding – dong – ding – dong. Die Melodie, die sie hervorbringt, lässt Inas Butterbrot auf dem Weg in den Mund innehalten. Sie fährt herum und starrt die Uhr an.

»Bist du erschrocken, Ina? Das ist mein kleiner Big Ben, der acht Uhr schlägt.«

Ina versteht nichts, hört auch gar nichts, denn sie ist ganz weit weg. Sie steht wieder mit ihrem Vater am Bund, eine der wenigen Gelegenheiten, wo er einmal Zeit hatte und am Sonntag mit ihr an Schanghais großartige Uferpromenade, den Bund, gefahren ist. Sie stehen über das steinerne Geländer gebeugt. Papa erklärt ihr die Flaggen der Schiffe aus aller Herren Länder, die auf dem Huangpu entlangfahren, dazwischen Fischerboote und Lastkähne, die sich zu langen Ketten zusammengeschlossen haben. Er zeigt ihr das spitze grüne Dach des Cathay-Hotels und den Huangpu-Park, den früher angeblich weder Hunde noch Chinesen betreten durften. Dahinter spannt sich die Stahlkonstruktion der Waibaidu-Brücke über den Soochow Creek, und auf der gegenüberliegenden Seite sieht man das imposante Gebäude des russischen Generalkonsulat. Da hört sie plötzlich hinter sich dieses Ding – dong – ding – dong – und blickt sich erstaunt um.

»Was ist das, Papa?«

»Das ist das Glockenspiel des Zollamts«, erklärt ihr Vater. »Die Engländer haben es in den Turm einbauen lassen, als das Gebäude 1927 erneuert wurde. Es ist dem berühmten Glockenspiel des Big Ben nachgebildet, dem Turm des Parlamentsgebäudes in London. Es sollte sie an ihre englische Heimat erinnern.«

Ina kehrt wieder in die Gegenwart zurück und

bringt von ihrem Ausflug in die Vergangenheit das Wort *Big Ben* mit. Komisch, dass ausgerechnet dieser englische Glockenschlag sie an ihre chinesische Heimat erinnert. Sie spricht den Namen laut aus und Frau von Steinitz lächelt bestätigend.

Ein außen stehender Betrachter könnte meinen, die beiden wären in perfektem Einverständnis miteinander. Ihm entginge dabei, dass die eine Bilder von London im Kopf hat, während die andere die Schanghaier Uferpromenade vor sich sieht.

»Zuerst müssen wir deinen Koffer auspacken, und dann werde ich mich um den Deutschunterricht kümmern. Du wirst erst einmal hier zu Hause bei Lehrer Altmann Deutsch lernen, bis es Zeit für die Schule ist«, sagt Frau von Steinitz, nachdem sie ihre Tasse leer getrunken und die Brotkrümel neben dem Teller mit der Hand ordentlich zusammengefegt hat. Es scheint sie nicht im Geringsten zu stören, dass Ina sie nicht versteht.

Aber versteht sie wirklich gar nichts? Immer wieder kann sie in den langen Ketten fremder Klänge bekannte Lautverbindungen ausmachen. Das Wort *Koffer* zum Beispiel ist ihr schon in *Kofferraum* begegnet, der Ort im Taxi, wo gestern ihr Koffer verschwand, und was *Deutschunterricht* bedeutet, das hat Marta ihr auf dem Schiff zur Genüge eingebläut. Wie soll das hier gehen, wo doch niemand ihre Sprache spricht?

Aber zuerst der Koffer. Das ist einfach. Wie auf Stichwort rutscht Ina von ihrem Stuhl und ist schon fast zur Tür hinaus, als ihr einfällt, dass Marta ja gesagt hat, bei Frau von Steinitz müsse man *abräumen*. Das bedeutet, dass man nach dem Essen das Geschirr zusammenstellen und in die Küche tragen soll. In Schanghai hat Liuma das gemacht. Ina kehrt also um, belädt das Tablett und trägt es in die Küche. Ein Lächeln huscht über das Gesicht der fremden Frau und lässt ihre strengen Züge für einen Moment lang weich aussehen.

Als der Koffer leer und die Kommode eingeräumt ist, nimmt Frau von Steinitz ein dickes Buch aus dem Regal und reicht es Ina. Die schlägt es auf, wie man ein chinesisches Buch aufschlägt: den Buchdeckel nach rechts aufklappen, während man das Buch in der Linken hält.

»So herum gehört das.« Frau von Steinitz nimmt ihr das Buch behutsam aus der Hand und drehte es um. »Siehst du? Hier fängt es an. Da steht: ›Bildwörterbuch der deutschen Sprache. Die Gegenstände und ihre Benennung‹. Schau es dir mal in Ruhe an.«

Ina versucht es noch einmal, diesmal auf die deutsche Art. Das Buch ist voller Bilder: Menschen, von außen und innen gesehen, Menschen bei der Arbeit mit ihren Werkzeugen und Maschinen, aber auch Tiere und Pflanzen, Häuser und Straßen. Von den

Zeichnungen führen Striche zu kleinen Nummern, diese sind in ordentlichen Spalten unter den Zeichnungen aufgelistet und mit Wörtern versehen. Fasziniert blättert Ina weiter, bis sie auf eine Seite mit Gebäuden aller Art stößt. Auch eine Kirche mit Kirchturm ist dabei. Hier ist alles versammelt, was sie braucht. Wenn sie doch nur lesen, diese Welt aus Wörtern zum Sprechen bringen könnte! Aber solange das noch nicht geht, hilft nur fragen. Marta hat ihr zu diesem Zweck einen sehr praktischen Satz beigebracht:

»Wie heißt das auf Deutsch?«, fragt sie Frau von Steinitz und deutet auf die Zeichnung des Kirchturms, in dem deutlich sichtbar Glocken aufgehängt sind. Dann zeigt sie aus dem Fenster zu dem roten Backsteinturm hinüber.

»Ja, Ina, das ist eine Kirche, aber bei uns hier heißt sie Dom, und im Kirchturm hängen die Glocken. Haben die dich heute Morgen aufgeweckt?«

Von nun an verläuft Inas Tagesablauf nach festen Regeln: Um sieben Uhr wird sie von den Domglocken geweckt. Nach dem Frühstück mit Frau von Steinitz gehen sie zusammen in die Stadt einkaufen. Auf diese Weise hat sie schon einiges von Brandenburg gesehen, das in Inas Augen die Bezeichnung Stadt kaum verdient. Kein Verkehrsgetümmel, keine Menschenmassen, keine hohen Häuser, keine großen

Schiffe. Auf den vielen Kanälen, die die Stadt durchziehen, sind nur kleine Schlepper, Fischerboote und Ausflugsdampfer unterwegs. Alles bewegt sich ruhig und geordnet: die Leute auf den breiten Gehsteigen, die wenigen Autos auf der Fahrbahn, die Elektrische in ihren Geleisen, die Schiffe auf den Kanälen. Polizisten scheinen hier überflüssig zu sein. Fast alle Leute auf der Straße grüßen einander; wer sich kennt, tauscht ein paar freundliche Worte; andere, meist in brauner Uniform, reißen zu einem knappen Gruß, der wie ein heiseres Räuspern klingt, den rechten Arm vor sich in die Höhe. Hier kennen sich tatsächlich fast alle, und selbstverständlich kennen bald alle Ina. Außer ihr gibt es hier nämlich keine Ausländer; kein exotischer Turban, kein fremdländisch geschnittenes Gesicht, keine dunkler getönte Hautfarbe, wie das in Schanghai zum Straßenbild gehörte. Und alle sprechen nur eine Sprache: Deutsch.

Der Markt besteht aus einer Reihe geordneter Stände und findet nur einmal die Woche statt, deshalb heißt er Wochenmarkt. Auch wenn das Lexikon behauptet, das hier sei dasselbe wie das lebhafte Gewimmel in Schangahi, so kann Ina keinerlei Gemeinsamkeiten entdecken mit der überdachten Markthalle, in die Liuma sie manchmal mitgenommen hat. Dort wurde alles täglich frisch gekauft, was Liuma in den Wok wandern ließ: vielgestaltige Blattgemüse, Schoten, Knollen und Wurzeln. Dann zu den Fischständen, wo sich Reisfeldaale in Bottichen tummeln und Garnelen ihre langen Fühler ausstrecken. Und weiter zu den Käfigen mit Geflügel und anderen essbaren Tieren, durch deren Gitterstäbe sich Schnauzen, Tatzen, Pfoten, Krallen und Schnäbel schieben. Liuma hätte nie ein Huhn gekauft, das sie nicht lebend gesehen hat. Schließlich die Obststände mit ihrer Farben- und Formenpracht: Melonen aller Größen und Sorten, grün gelockte Buddhaköpfe, leuchtend orangefarbene Kumquat und der große stinkende, stachelbewehrte Durian. Liuma betastet jede Frucht, bevor sie wählt, und feilscht anschließend gnadenlos. Düfte, Gerüche, Gestank und ein ständiges Stimmen- und Sprachengewirr, in dem das einzig Verlässliche das Anzeigen von Anzahl und Preis mit den Fingern ist. Zum Abschluss dann noch an den Stand mit den süß-sauer-salzigen Pflaumen, auf denen man ewig herumkauen und das letzte Aroma von dem völlig abgenagten Stein lutschen kann. Von denen hat Liuma Ina meist ein Tütchen spendiert, oder ein Stück Lauchpfannkuchen in öligem Papier direkt auf die Hand. *Renao* ging es zu auf den Schanghaier Märkten – heiß und laut, was für Chinesen so viel bedeutet wie fröhlich, geschäftig.

Ganz anders hier: Kühl und still ist es – ein Gegensatz, wie er größer nicht sein könnte. Alles geht geordnet, ruhig und höflich vor sich; Obst und Gemüse sind zu ordentlichen Stapeln aufgetürmt, die Tiere sind alle tot. »Gutenmorgenfrauvonsteinitz – wasdarfsdennheutesein?« Als ob die Auswahl so groß wäre: Lauch, Kohl, Kartoffeln vielleicht ein paar Radieschen und Runkelrüben, die weder schön anzuschauen sind noch gut schmecken, Ina gefallen sie nur wegen ihrer lustigen Namen. Man deutet auf die Ware, die man nicht berühren darf, dann wird sie abgewogen und widerspruchslos bezahlt.

Und genauso farb- und geschmacklos erscheint Inas Gaumen das, was Frau von Steinitz aus dem Gekauften kocht. Aber sie will nicht ungerecht sein, sie sieht ja selbst, wie begrenzt das Angebot ist. Trotzdem hat sie schon ein paar Lieblingsgerichte: Kartoffelpuffer oder Pfannkuchen mit Apfelmus, gebrannte Griessuppe und Buletten.

Nach dem Mittagessen, bei dessen Zubereitung Ina oft mithilft, macht Frau von Steinitz ihren Mittagsschlaf. Dabei darf sie auf keinen Fall gestört werden. Auch Ina ist dann ungestört, kann spielen oder ihren Gedanken nachhängen. Meist legt sie sich aufs Bett und sortiert die vielen neuen Eindrücke in ihrem Kopf, Namen und Gesichter, Gerüche und Geschmäcker. Doch der volle Bauch und die Wärme des Betts lassen die Gedanken oft in Liumas Küche, unter das Trommeldach des Monsunregens entschlüpfen. Eingehüllt in das Zirpen der Zikaden und den freundlichen Singsang von Papas Stimme schläft sie dann ein.

Jäh wird sie in die Wirklichkeit zurückgeholt, wenn Lehrer Altmann um halb drei an der Wohnungstür klingelt. Dann sitzen sie zwei lange Stunden zusammen am Wohnzimmertisch. Zuerst nehmen sie sich eine Seite des Bildwörterbuchs vor, die Ina sich jeden Tag aussuchen darf. Wie kann diese ganze fremde Welt zwischen zwei Buchdeckeln Platz finden? Welche der Seiten soll sie zuerst aufschlagen? Am besten mit dem Naheliegenden beginnen. Da ist zum Beispiel ein Wohnzimmer. Das im Lexikon sieht zwar etwas anders aus als das, in dem sie jetzt sitzen, aber viele der Wörter sind brauchbar: der Esstisch, das Sofa, die Anrichte, das Radio, der Bücherschrank, nur etwas, das Gummibaum heißt, kann Ina hier nicht entdecken. Die Zeichnung zeigt eine kümmerliche Pflanze in einem Topf. In Schanghai wucherte so etwas im Garten und war mehr als mannshoch! Aber dafür gibt es hier etwas, das im Lexikon Radio heißt und das Lehrer Altmann als »Volksempfänger« bezeichnet. Das spielt an den Abenden mit Frau von Steinitz eine wichtige Rolle.

In der zweiten Stunde ist Schreiben an der Reihe. Ina hat eine Fibel, aus der sie die neuen Buchstaben und Wörter lernt, und zwar in Deutscher Schreibschrift. Die ist genauso spitz und kantig wie die deutsche Sprache, aber äußerst praktisch, findet Ina. Heute zum Beispiel ist das »i« dran: »Rauf runter rauf, und ein Pünktchen drauf«, hat ihr Lehrer Altmann als

Merkvers beigebracht. Schon ist wieder ein Buchstabe fertig. Und von diesen simplen Gebilden gibt es gerade mal sechsundzwanzig. Wenn das kein Kinderspiel ist für jemanden, der sich zu Hause mit Hunderten von komplizierten Schriftzeichen herumschlagen muss! Deutsche Kinder wissen ja gar nicht, wie gut sie es haben.

Sobald Ina begriffen hat, welche Vorteile ein Alphabet hat, fällt ihr ein großer Stein vom Herzen: Wenn diese sechsundzwanzig Buchstaben genügen, um zu wissen, wie man die neuen Wörter ausspricht, dann kann sie ihr Bilderlexikon bald auch selbst zum Sprechen bringen. Keine lästigen Fragen mehr. Die Tür zur neuen Sprache hat sich einen Spalt weiter aufgetan.

Abends, nach dem Essen, sitzt sie wieder im Wohnzimmer. Diesmal mit Frau von Steinitz, und nicht am Tisch, sondern auf dem Sofa. Dann gehen sie gemeinsam die neuen Vokabeln des Tages durch. Frau von Steinitz fragt Ina ab. Wenn sie das einigermaßen gut hinter sich gebracht hat, schaltet Frau von Steinitz das Radio alias Volksempfänger ein.

Dort gibt es eine Sendung, die *Deutschlandecho* heißt und von der Ina fast nichts versteht. Da reden aufgeregte Männerstimmen, eindringlich, zackig, atemlos: »volksfremdeelemente« … »volkohneraum« … »einvolkeinreicheinführer« … »volksgenossenschaft« … Wahrscheinlich heißt das Radio hier »Volksempfänger« weil das Wort »Volk« so oft vorkommt. Besser gefallen ihr Sendungen mit Musik, die es immerhin auch gibt. Da wird allerdings meistens »Volksmusik« gespielt.

Musik ist überhaupt etwas sehr Praktisches, das hat Ina bald festgestellt. Gleich am ersten Tag in Sankt Petri ist ihr das glänzend schwarze Klavier aufgefallen, das in Frau von Steinitz' Wohnzimmer steht. So etwas kannte sie nicht. In der Vorschule gab es nur ein Harmonium, das erbärmlich röchelte, wenn die Schwestern in die Pedale traten, um den Morgenchoral zu begleiten. Nur einmal ist sie in Schanghai mit ihrem Vater in einem Haus gewesen, wo es einen Flügel gab, aus dem eine Frau wunderbare Töne hervorzauberte. Aber die Klavierspielerin hatte sehr über das feuchtwarme Klima geklagt, das dem Instrument gar nicht gut täte. Und nun steht so ein imposantes Instrument ganz in ihrer Reichweite. Es röchelt keineswegs – Ina hat es heimlich ausprobiert – und es leidet offenbar auch nicht unter dem Klima.

Frau von Steinitz hat rasch bemerkt, wie Ina immer wieder um das Instrument herumstrich, vorsichtig den Deckel hob und mit dem Finger probehalber auf die weißen und schwarzen Tasten drückte.

»Möchtest du spielen lernen, Ina? Ich könnte eine Klavierlehrerin für dich finden. Das wäre sicher kein Problem. Ich werde deinem Vater schreiben.«

»Lehrerin«, »Vater«, den Rest hat Ina sich zusammengereimt und nur heftig genickt. Daraufhin erschien Fräulein Biedermann, die jetzt jeden Samstag kommt. Warum eine Frau »-mann« heißt, leuchtet ihr zwar nicht ein, aber sie liebt ihre neue Klavierlehrerin. Sie ist jung, blond und einfach wunderschön, findet Ina. Vor allem dann, wenn sie ihre langen, schlanken Finger über die Tasten gleiten lässt. Immer weiß sie genau, wo sie hinfassen muss. Ina hat ihrer neuen Lehrerin inzwischen auch verziehen, dass sie ihr in der ersten Stunde, auf der Suche nach etwas Einfachem, *Hänschen klein* beibringen wollte.

Nein, nicht schon wieder! Wie sie dieses Lied und die damit verbundenen Erinnerungen hasst! Ina konnte sich einfach nicht beherrschen und hat vor Zorn und Enttäuschung mit dem Fuß aufgestampft, dass das junge Fräulein richtig erschrocken ist. Schließlich haben sie sich auf *Meister Jakob* geeinigt, den es auch in China gibt. Allerdings läuten dort zu dieser Melodie keine Glocken, stattdessen gibt es einen Tiger, der ganz schnell rennt. Aber das ist ja das Schöne an der Musik, jeder denkt sich seinen Teil, auf den Text kommt es letztlich nicht an.

So funktioniert auch der Unterricht. Ina hört, schaut und imitiert. Die reine Erholung ist das nach den langen, langweiligen Nachmittagen mit Lehrer Altmann. Inzwischen geht die rechte Hand schon ganz alleine über die Tasten spazieren, während die Linke etwas anderes tut.

Aber natürlich ersetzt das Klavier nicht all das, was Ina vermisst: das Toben mit Gleichaltrigen, die Freundschaft mit Baobao, Liuma mit ihren Gruselgeschichten und ihrem schleckermäuligen Küchengott. All das kommt in diesem durchorganisierten Tageslauf nicht vor. Frau von Steinitz' blank geputzte Küche kommt ohne Küchengott aus, und wenn es einen gäbe, müsste man ihn nicht mit Süßigkeiten bestechen, denn da gibt es nichts auszuplaudern von verkrusteten Töpfen oder Krabbeltieren im Reis. Und beim Kartoffelschälen hockt man nicht auf winzigen Hockern, sondern sitzt auf Stühlen mit hoher, steifer Lehne.

Nur manchmal, an Abenden, wo Frau von Steinitz nichts zu nähen oder zu flicken hat, sagt sie: »Wollen wir was spielen, Ina?« Dann hat Ina die Wahl zwischen dem mitgebrachten Domino und dem Mensch ärgere dich nicht aus Frau von Steinitz' Kommode. Trotz seines komischen Namens ist das ein lustiges Spiel. Warum sollte man sich ärgern, wenn eines der Männchen – am liebsten sind ihr die roten – rausgeschmissen wird und wieder von vorne anfangen muss. Das ist eben Pech! *Yunqi bu hao,* wie man in China sagt. Nur schnell wieder würfeln; die nächste Sechs kommt bestimmt! Außerdem dauert das Spiel dann umso länger, und man kann die eigentlich für Punkt acht Uhr festgelegte Schlafenszeit auf diese Weise noch ein bisschen hinauszögern.

Der Tag in der großen Wohnung, wo es immer ein wenig nach Bohnerwachs und Kaffee riecht, ist gut ausgefüllt: Frühstück, einkaufen, Hausaufgaben, Mittagessen, Deutschunterricht, Klavier üben ... und doch fehlt etwas. Sehnsüchtig schaut Ina vom Fenster aus den Kindern nach, wenn sie schreiend und lachend unten auf der Straße vorbeirennen, Fangen spielen und mit ihrem Ball durch das Backsteinportal im Burghof verschwinden. So nennt man den von hohen Linden und alten Häusern umstandenen Hof, der den Dom umgibt. Das letzte Mal, dass sie so fröhlich und ausgelassen getobt hat, war auf dem Schiff gewesen. Seither ist die Welt wie erstarrt in einem Korsett aus Sprachlosigkeit, Regeln und Pünktlichkeit.

Ina überlegt, wie sie es anstellen soll, zu den Kindern hinunterzukommen. Sie kann schließlich nicht einfach kommentarlos die Wohnung verlassen, auch wenn Frau von Steinitz es während ihres Mittagschlafs wohl kaum bemerken würde. In ihrer Not schlägt Ina ihr inzwischen schon ziemlich abgegriffenes Bilderlexikon auf, das schon drei Jugendlichen vor ihr gute Dienste geleistet hat. Dort entdeckt sie unter der Überschrift »Im Park« den Ausdruck »die Spielwiese«. Die entsprechende Abbildung zeigt Kinder mit einem Ball, die auf einer Rasenfläche spielen. Das scheint zu passen. Nach dem Mittagessen und dem Abwasch, bei dem Ina das Abtrocknen übernimmt, holt sie ihr Buch, hält es Frau von Steinitz hin und deutet auf die spielenden Kinder. Frau von Steinitz setzt umständlich ihre Brille auf, betrachtet die Zeichnung und sieht Ina prüfend über den Brillenrand hinweg an.

»Na gut. Aber um zwei Uhr bist du wieder zurück, hörst du? Zwei Schläge von der Turmglocke.« Eindringlich hält sie zwei Finger hoch. »Du musst dich vor dem Unterricht noch ein wenig ausruhen. Und lauf ja nicht auf die Straße. Gespielt wird nur im Burghof.«

Von diesen Ermahnungen bekommt Ina wenig mit, aber die Botschaft ist klar. Hüpfend vor Aufregung schlüpft sie in ihren roten Mantel, der noch aus Schanghai stammt. Zum ersten Mal zieht sie die massive hölzerne Eingangstür allein von außen ins Schloss. Einen Moment lang verharrt sie, ist selbst ganz verwundert über ihren Mut. Endlich einmal ohne Aufsicht. Das muss man ausnützen; sie nimmt die Treppen in großen Sprüngen, immer gleich drei der blank gebohnerten Stufen auf einmal. Auf dem Treppenabsatz kann man den Schwung nutzen, um sich am Knauf des hölzernen Geländers um die Kurve schleudern zu lassen.

Draußen auf dem Gehweg schaut sie sich erst einmal nach beiden Seiten um. Rechts geht es über den Mühlendamm in die Stadt. Dorthin geht sie immer mit Frau von Steinitz zum Einkaufen. In die andere Richtung sind es nur ein paar Schritte bis zum Durchgang in den Burghof. Ina wendet sich nach links und wirft, bevor sie durch das Backsteinportal tritt, noch einen Blick hinauf zum Wohnzimmerfenster im zweiten Stock, wo sich leicht eine Gardine bewegt.

Schon von weitem hört Ina das Johlen der Kinder. Ein braunhaariges Mädchen, etwa in ihrem Alter, eine etwas kleinere Blonde mit Zöpfen und zwei Jungen werfen abwechselnd einen Ball gegen die Mauer. An eine der Linden gelehnt, schaut Ina eine Weile zu, bevor die anderen sie bemerken. Gerade wirft das größere der Mädchen. Dabei zählt sie laut und klatscht in die Hände. Die Aufgaben, die sie zwischen Abwerfen und Auffangen erfüllen muss, werden immer schwieriger; erst nur klatschen, dann mehrmals klatschen, dann den Ball unter dem angehobenen Bein durchwerfen und sich schließlich um die eigene Achse drehen. Dabei versuchen die beiden Jungen ständig, sie rauszubringen.

»He, was will denn die da?«, ruft einer der Jungen plötzlich und deutet auf Ina.

»Guck mal, die macht ja Schlitzaugen«, ruft der andere. »Warum kneift die die Augen so zusammen? Die Sonne scheint doch gar nicht.«

»Lasst sie in Ruhe, die wohnt bei Frau von Steinitz. Ich hab sie schon mal mit ihr einkaufen gehen sehen«, fährt das größere Mädchen dazwischen. Die kleinere Blonde steht stumm und abwartend dabei.

Ina braucht nicht mehr zu verstehen, um zu deuten, was hier abläuft. Die Geste mit den von den Zeigefingern in die Breite gezogenen Augen ist ihr wohlbekannt: Vielen Dank auch. Dass ich hier fremd bin, weiß ich schließlich selber, denkt sie wütend.

»Ich heiße Ina«, schleudert sie dem Jungen entgegen. So leicht lässt sie sich nicht einschüchtern.

»Ha, ha, Ina aus China, Ina aus China«, brüllt jetzt der ältere Junge.

Na immerhin, denkt Ina. Wenigstens bin ich hier kein japanischer Teufel. Das ist ja schon mal was.

»Wie spricht man denn da, wo du herkommst? Tsching-tschang-tschung oder wie?«

»*Wo shi zhongguo ren*«, entgegnet sie ihm und schiebt stolz das Kinn vor. »Ich bin Chinesin. Ich komme aus Schanghai. Ich bin sieben Jahre alt. Ich wohne Sankt Petri Nummer zwei.« Damit ist auch schon alles gesagt, was sie sagen kann, aber es wirkt.

»Ui, du kannst ja auch Deutsch«, sagt der Junge anerkennend. »Und was du da zuerst gesagt hast, das war Chinesisch, stimmt's?«

Ina nickt.

»Ich heiße Lotte«, mischt sich die Braunhaarige ein. Sie ist kräftig und mindestens einen Kopf größer als Ina. »Und das hier ist Inge. Wir spielen Ballschule. Willst du mitmachen?«

Wieder nickt Ina. In ihrer Fibel gibt es auch eine Lotte.

»Ich zeig's dir.« Lotte nimmt den Ball, wirft ihn gegen die Hausmauer und klatscht vor dem Auffangen einmal in die Hände.

»Jetzt du.« Lotte reicht Ina den Ball. Das ist einfach.

Als Nächstes muss man zweimal klatschen, dann dreimal. Auch das ist nicht schwer. Dann aber muss der Ball mal unter dem rechten, mal unter dem linken Bein durchgeworfen werden, und trotzdem soll noch Zeit für das Klatschen bleiben. Schließlich muss man sich vor dem Auffangen einmal um sich selber drehen. Da heißt es schnell sein. Die Jungen haben ihre Störmanöver aufgegeben und schauen mit offenen Mündern zu, wie die Neue sich anstellt.

»Am besten, du wirfst den Ball etwas höher, wenn es schwieriger wird. Siehst du, so«, mischt Inge sich jetzt ein und macht es ihr vor. »Dann hast du mehr Zeit.«

»Zeit«, »Uhr«, »zwei Uhr«. Ach du alter Himmel! Auf einmal fallen ihr Lehrer Altmann und die Ermahnung von Frau von Steinitz ein. Rasch blickt sie zur Turmuhr hinauf, auf der der große Zeiger schon gefährlich nahe an die volle Stunde herangerückt ist.

»Unterricht«, stößt Ina, noch ganz außer Atem vom vielen Werfen, Klatschen und Drehen, hervor und deutet auf die Turmuhr.

»Kommst du morgen wieder?«, fragt Lotte.

»Ja«, sagt Ina mit Nachdruck, obwohl sie sich gar nicht sicher ist, ob das Mädchen sie tatsächlich das gefragt hat, was sie sich so sehnlich wünscht.

»Ja«, ruft sie vorsichtshalber noch einmal, als sie schon davonrennt, »und dann bringe ich euch Fingerraten bei.« Aber dieser letzte Satz ist nur in Inas Kopf zu hören. Die anderen hätten ihn sowieso nicht verstanden, denn er ist chinesisch.

»Am Samstag kommt Marta uns besuchen«, verkündet Frau von Steinitz beim Frühstück.

Gute Nachrichten versteht Ina immer besonders schnell. Sie verschluckt sich fast an ihrem Malzkaffee. Es gibt ja so vieles, was sie Marta unbedingt fragen muss. Mit der Cousine wird auch die Sprache zurückkehren. Man kommt sich ja wirklich blöd vor, wenn man immer nur stammelt wie ein kleines Kind. Dabei warten so viele Gedanken in ihrem Kopf darauf, hinausgelassen zu werden.

»Sie hat aus Berlin eine Postkarte mit ihrer Ankunftszeit geschickt. Wir können sie vom Bahnhof abholen.«

»Au ja.« Diese beiden kurzen Silben gehen Ina besonders leicht über die Lippen. Erst steigend, dann fallend, da hat das Deutsche endlich auch einmal Töne, so wie das Chinesische. Sie studiert die schmucklose Karte, die Frau von Steinitz ihr reicht. Martas ordentliche deutsche Schrift ist leicht zu entziffern.

Ina, die sich inzwischen mit Lehrer Altmann durch alle Buchstaben des Alphabets gearbeitet hat, buchstabiert laut drauflos:

»Lie-be Frau von Steinitz!«, steht da.

»In-zwi-schen habe ich ein Zim-mer ge-fun-den und mich ein-ge-rich-tet.« Uff – das ist schwer. Nicht dass sie einen Schimmer davon hätte, was sie da liest. Aber der Vorteil an einem Alphabet ist ja, dass man lesen kann, auch ohne die Bedeutung der Wörter zu kennen. Das ist im Chinesischen nicht möglich.

»Ich wür-de Sie und Ina gern be-su-chen. Wenn es Ih-nen recht ist, komme ich am Sam-stag um zehndrei Uhr.«

»Dreizehn Uhr«, verbessert Frau von Steinitz.

Das werde ich nie begreifen, denkt sich Ina, warum die Deutschen ihre Zahlen verkehrt herum lesen. Also weiter: »Ein-en Brief von On-kel Chen an Ina ha-be ich auch da-bei.«

»Brief von Papa!«, schreit Ina und lässt vor lauter Aufregung die Karte fallen, der Rest interessiert sie nicht mehr. Jetzt wartet sie nur umso sehnlicher auf den Samstag. Aber warum hat Papa den Brief nicht einfach an sie geschickt? Na egal, Hauptsache, sie bekommt ihn bald.

Endlich Samstag. Mit der Elektrischen fahren sie durch die Sankt-Annen-Straße zum Bahnhof und lösen ihre Bahnsteigkarten. Als der Schnellzug aus Berlin einfährt, macht Ina den Hals lang. Natürlich ist die Cousine als einzige Chinesin unter den anderen Fahrgästen leicht auszumachen. Ina rennt los.

»Hallo, Dickerchen, schön, dass du mich abholen kommst.« Endlich wieder der vertraute Singsang des Chinesischen. »Ist Frau von Steinitz auch mitgekommen? Ah, da hinten steht sie ja.«

»Hast du meinen Brief dabei?«, kann Ina gerade noch fragen. Aber Marta hat schon ins Deutsche gewechselt. Sie begrüßt Frau von Steinitz und redet dann unentwegt auf sie ein. »Zimmer«, »Berlin«, »Heinrich«, »Universität«, so geht das in einem fort bis zu Hause. Auch das Zupfen an Martas Ärmel hilft nichts: »Erwachsene unterbricht man nicht« war eine der goldenen Regeln gewesen, die Marta ihr schon auf dem Schiff eingeschärft hatte. Und natürlich zählt sich die Cousine jetzt zu den Erwachsenen und kann ihre quengelnde kleine Cousine daher mit Fug und Recht übersehen. Ina wird langsam sauer. Muss die ihre blöden Geschichten unbedingt jetzt loswerden? Kann sie sich denn nicht vorstellen, wie sehr ich auf meinen Brief warte?, denkt sie bei sich.

Frau von Steinitz scheint nichts zu bemerken, sie hört Marta interessiert zu und schließt in aller Ruhe die Wohnungstür auf. Endlich, nachdem Marta ihren Mantel an der Garderobe aufgehängt hat, fängt sie an, in ihrer Tasche zu kramen, zieht den Brief hervor und gibt ihn Ina. Dann verschwindet sie mit Frau von Steinitz in der Küche.

Ina bleibt im Flur stehen und betrachtete ehrfürchtig den Umschlag: die vertrauten bunten Marken mit den vielen Stempeln, das raue Papier des Kuverts, sein längliches Format, die Schriftzeichen des Absenders. Dieser Brief hat dieselbe weite Reise hinter sich wie Marta und sie. Ihre Nase kribbelt vor Aufregung, während sie andächtig den Bogen herauszieht, der der Länge nach und dann noch einmal etwas oberhalb der Mitte gefaltet ist. Er ist bedeckt mit langen, senkrechten Reihen ordentlicher kleiner Schriftzeichen in schwarzer Tusche.

Ina erstarrt. Schlagartig wird ihr klar, dass sie nicht nur durch Meere von ihrem Vater getrennt ist, sondern auch durch Schriftsysteme. Sie kennt weder Bedeutung noch Aussprache seiner Schriftzeichen, und er kann ihr Deutsch nicht lesen. Tränen schießen ihr in die Augen und tropfen auf das Blatt. Zum Glück ist chinesische Tusche im Gegensatz zu deutscher Tinte wasserfest. Rasch faltet sie das Blatt wieder zusammen.

»Soll ich dir deinen Brief vorlesen?«, fragt Marta, die mit einem vollen Tablett aus der Küchentür tritt und auf das Wohnzimmer zusteuert. Im Dunkel des Flurs bemerkt sie nicht gleich, dass Ina weint.

Deshalb also hat Papa den Brief an Marta geschickt, denkt Ina. Er hat gewusst, dass ich ihn ohne

Martas Hilfe nicht werde lesen können. Und die hat nichts anderes im Kopf als ihre eigenen Neuigkeiten. Aber es hilft nichts, sie ist auf die Cousine angewiesen.

»Ja, bitte«, antwortet Ina kleinlaut.

»Komm doch ins Wohnzimmer. Hier im Flur ist es zu dunkel, da kann ich nichts erkennen. Was ist denn? Warum weinst du? Freust du dich denn nicht, dass Post gekommen ist?«

Typisch Marta. Die kapiert auch wieder gar nichts.

»Also hör zu, dein Papa schreibt:

Yinna, meine liebe Tochter, guten Tag:

Die kalte Jahreszeit beginnt, und Du bist nun schon eine Zeit lang in Deutschland. Ich hoffe, Du hast Dich an das andere Klima gewöhnt und gut eingelebt bei Frau von Steinitz. Ich kenne die Dame leider nicht, aber die Verbindung zwischen unseren Familien besteht schon sehr lange. Ich bin froh, dass Du bei ihr gut aufgehoben bist, denn das Leben hier hat sich sehr verändert. Du weißt ja, dass Liuma zu ihrer Familie aufs Land zurückgekehrt ist und ich mit meiner Bank nach Tschungking umziehen musste. Ich komme hier ganz gut allein zurecht, aber es ist sehr still ohne Dich und das Geklapper von Liumas Töpfen. Wir müssen geduldig abwarten, wie sich die politische Lage entwickeln wird. Ich hoffe, dass der Krieg nicht lange dauert und Du bald wieder hierher zurückkommen kannst. Versprich mir, dass Du manchmal mit Meihua

ein paar Schriftzeichen übst, damit Dir Deine Muttersprache nicht völlig fremd wird.
Sei mir eine gute Tochter und lerne fleißig. Ich denke oft an Dich.
Dein Dich liebender Vater

Tschungking, 19. Tag, 11. Monat, 26. Jahr der Republik

7

Brandenburg, April/Mai 1938

SCHULE

Heute Morgen sind es nicht die Domglocken, die Ina wecken, sondern ein Klopfen an der Tür. Das ist ungewohnt. Während sie noch überlegt, was man auf Deutsch in einer solchen Situation wohl sagt, öffnet sich leise die Tür. Noch bevor jemand ins Zimmer tritt, bemerkt Ina ein Tablett mit dampfender Tasse und einem Teller Marmorkuchen, das sich durch die Tür schiebt.

»Guten Morgen, Ina. Heute ist dein Geburtstag. Da gibt's Frühstück ans Bett. Ich wünsche dir alles Gute für das neue Lebensjahr!«

Geburtstag? Ina schaut Frau von Steinitz völlig verdutzt an.

»Heute ist der 20. April. Heute vor acht Jahren bist du auf die Welt gekommen. Ich gratuliere dir ganz herzlich zu deinem achten Geburtstag«, sagt Frau von Steinitz feierlich und stellt das Tablett auf Inas Nachttisch ab.

Jetzt ist Ina hellwach. 20. April – *wo de shengri ma* – mein Geburtstag? Wieso das denn? Das Problem sind ausnahmsweise mal nicht die fehlenden Vokabeln. Ina weiß, was Geburtstag bedeutet. Für die Kinder hier in Deutschland ist das ein fröhlicher Tag, der richtig gefeiert wird. Sie war auf dem Schiff und später bei Lotte schon zum Kindergeburtstag eingeladen. Aber für sie selbst ist das kein schöner Tag, am liebsten würde sie nicht an ihn erinnert werden. Erstens hat ihr die deutsche Einreisebehörde dieses Datum einfach verpasst, denn jedes chinesische Kind feiert seinen Geburtstag am Neujahrsfest, weshalb in ihren Papieren nur das Geburtsjahr 1930 vermerkt war. Und außerdem ist dieses Thema für Ina mit schmerzlichen Gefühlen verbunden. Aber das kann Frau von Steinitz natürlich nicht wissen.

»Ach, das feiern wir in China gar nicht. Bei uns werden die Kinder an Neujahr alle zusammen ein Jahr älter«, versucht Ina zu erklären.

»Du meinst, an Silvester?«

»Nein, an unserem Neujahr. Das geht nach dem Mond und ist im Frühling, deshalb sagt man auch Frühlingsfest.«

»Und wann ist das genau?«

»Weiß nicht. Das ist jedes Jahr anders. Wegen dem Mond.«

»Dann lass uns eben nach hiesiger Sitte feiern, heute an deinem deutschen Geburtstag.«

»Brauchen wir aber nicht.« Ina zögert, schließlich will sie nicht unhöflich sein. Kuchen ans Bett ist ja eine feine Sache, aber wie soll sie Frau von Steinitz erklären, dass das mit dem chinesischen Neujahrsfest nur die halbe Wahrheit ist. Auch in China findet der eigentliche Geburtstag eines Menschen Beachtung, aber zunächst steht nicht das Kind im Mittelpunkt, sondern die Mutter. Das Kind soll ihr danken, dass sie es unter Schmerzen zur Welt gebracht hat. Und weil bei Inas Mutter diese Schmerzen so schlimm waren, dass sie schließlich daran gestorben ist, ist das für Ina ein zutiefst trauriger Tag. Daran will sie möglichst nicht denken müssen. Und sprechen möchte sie auch nicht darüber.

Die Gratulantin bemerkt Inas Zurückhaltung, auch wenn sie den Grund dafür nicht kennt. Und sie ist klug genug, nicht für Undankbarkeit zu halten, was vielleicht in den Sitten einer fremden Kultur oder in den persönlichen Erfahrungen eines Menschen begründet liegt.

»Sollen wir vielleicht lieber ein anderes chinesisches Fest zusammen feiern?«

»Hmm.« Wieder muss Ina überlegen. Dann fällt ihr das Mondfest ein – die schönen Picknicks, die sie mit Papa und Liuma und Baobao im Hof gemacht hat, die einsame Vollmondnacht auf dem Schiff mit Marta, das Gedicht von Papa – das Fest, an dem man zusammen mit seinen Lieben den Mond betrachtet. Eigentlich gehört Frau von Steinitz ja jetzt auch dazu.

»Vielleicht das Mondfest im Herbst. Das ist dann, wenn der Hoffnungsmond ist.« Das Wort für Vollmond kennt sie noch nicht, deshalb benutzt sie eine wörtliche Übersetzung des chinesischen Ausdrucks. Als sie das Unverständnis in Frau von Steinitz' Gesicht sieht, fügt sie noch hinzu: »Das ist, wenn er ganz rund ist. Da machen wir abends mit der Familie ein Picknick und bewundern den Mond.«

»Das ist ein schöner Brauch. Bei uns ist es für ein Picknick im Herbst vielleicht schon ein bisschen zu kühl, aber wir könnten uns auf den Balkon setzen. Von da kann man den Mond gut sehen. Und Marta laden wir auch ein. Aber das ist noch eine Weile hin. Jetzt iss erst mal deinen Marmorkuchen.«

Das lässt sich Ina nicht zweimal sagen.

Eines Morgens, nicht lange nach Inas Geburtstag, ist es umgekehrt: »Warum bist du denn schon auf? Es ist doch erst halb sieben?« Frau von Steinitz sitzt in der Küche und blickt fragend über den Rand der Zeitung.

»Ich geh doch heute in die Schule. Da darf man nicht zu spät kommen.«

»Das wirst du auch nicht, Ina. Schließlich hast du den kürzesten Schulweg von allen.«

Das stimmt. Die Kleine Domschule liegt gleich neben dem Eingang zum Burghof. Man kann das rote Backsteingebäude sogar vom Fenster aus sehen.

»Lotte holt mich um Viertel vor acht ab. Sie läutet dreimal. Ich soll runterkommen.«

Gute, verlässliche Lotte mit den dicken Zöpfen. Wie hätte sie das letzte halbe Jahr ohne die Freundin überstehen können? Lotte holt Ina zum Spielen, verbessert gnadenlos ihre Aussprache und hat inzwischen schon vielen Schlitzaugen ziehenden Kindern den Marsch geblasen. Da kennt Lotte nichts. Einmal hat sie einem sommersprossigen Jungen hinterhergeschrien: »Wasch du dir erst mal die Dreckspritzer aus dem Gesicht, bevor du mit uns redest!«

»Wenn du schon da bist, kannst du gleich den Tisch decken. Wir haben noch genug Zeit, um in aller Ruhe zu frühstücken.«

Als Ina das Tablett ins Wohnzimmer trägt, findet sie auf ihrem Platz ein Päckchen.

»Ist das für mich?«

»Ja, wo du doch jetzt ein Schulmädchen bist. Und für eine Schultüte bist du schon zu groß. Die bekommen nur Erstklässler.«

Nein, das wäre wohl nicht das Richtige. Ina wird nämlich mit Lotte zusammen in die vierte Klasse kommen. Sie hat das Pensum im vergangenen Jahr mit Lehrer Altmann erarbeitet und dann eine Aufnahmeprüfung gemacht.

Ungeduldig reißt Ina das Geschenkpapier auf. Ein Haarreif aus glänzend braunem Horn schält sich heraus. Ina rennt damit zu dem großen Spiegel im Flur und streift ihn über. Er schiebt das halblang geschnittene, dichte schwarze Haar ein wenig zurück, so dass man mehr von ihrem runden, ebenmäßigen Gesicht sieht. Breite Wangenknochen, zierliche Nase, dunkle mandelförmige Augen. Ina zupfte sich den Pony zurecht und ist zufrieden mit dem, was sie sieht. Der Haarreif lässt sie älter aussehen, und das ist wichtig. Sie wird mit Abstand die Jüngste in ihrer Klasse sein und sich zwischen den Viertklässlern behaupten müssen.

Begeistert hüpft sie ins Wohnzimmer zurück. »Danke, vielen Dank! Darf ich die gleich anziehen?«

»Den«, verbessert Frau von Steinitz. »Es heißt ›der Haarreif‹.«

Da haben die Deutschen sich vielleicht was ausgedacht mit ihrem ewigen »der«, »die«, »das«, und dazu die verschiedenen Fälle! Warum müssen Gegenstände ein Geschlecht haben? Und warum ausgerechnet »der« Haarreif, wo so was doch nur Mädchen tragen? Aber solche Kleinigkeiten hindern Ina schon lange nicht mehr daran, in ihrer neuen Sprache zu sagen, was sie denkt. Außerdem hat sie jetzt ganz andere Sorgen.

»Kann ich das Vesperbrot in den Ranzen packen? Wo ist der überhaupt?«, fragt sie Frau von Steinitz.

»Im Abstellraum. Neben der Tür.«

»Abstellraum« – auch eines von den Wörtern, die Ina so gerne zerlegt und wieder zusammenfügt. Seit der ersten Begegnung mit dem »Kofferraum« eines deutschen Taxis hat sich ihre Sammlung zusammengesetzter deutscher Hauptwörter beträchtlich erweitert. Der »Volksempfänger« ist eine unerschöpfliche

Quelle, auch wenn sie nicht immer ganz versteht, wovon da die Rede ist. Zum Beispiel wird immer wieder von einem Volk gesprochen, das keinen »Lebensraum« hat, das ist dann ein »Volk ohne Raum«. Immerhin kann sie die anfänglich sinnlosen Lautketten inzwischen sinnvoll zerlegen.

Aber der Abstellraum, dieses praktische Kämmerchen am Ende des Flurs, zeichnet sich gerade dadurch aus, dass dort alles Platz findet, was anderswo im Weg ist. So zum Beispiel der Ranzen. Es ist ein älteres Modell aus braunem Leder und schon ein wenig abgeschabt, da es bereits von früheren Pensionskindern benutzt wurde. Ina ist das gerade recht. Diesmal wird sie nicht auffallen. Im Gegenteil. Endlich wird sie dazugehören, nicht mehr vom Fenster aus morgens und mittags den Kindern nachblicken, nicht mehr allein mit dem Lehrer am Tisch sitzen müssen, sondern eine von vielen sein. Mit diesem deutschen Schulranzen wird sie in eine deutsche Schule gehen. Aber ein deutsches Schulkind ist sie deshalb noch lange nicht. Das hat nun wieder etwas mit »Rasse« zu tun, auch so ein Lieblingswort des Volksempfängers.

Ein bisschen mulmig ist Ina trotz aller Vorfreude schon, während sie das Federmäppchen mit Sütterlinfedern, Federhalter, Stiften, Radiergummi, Spitzer, Lineal, die Hefte und den Zeichenblock in den Ranzen packt. Die Bücher hat sie letzte Woche zusammen mit Frau von Steinitz in strapazierfähiges Packpapier eingebunden. In der Vesperdose sind diesmal ein Margarinebrot und ein Apfel. Lange vor Lottes sehnlich erwartetem Klingelzeichen steht Ina mit Mantel und Ranzen im Flur bereit.

»Mach's gut und pass schön auf«, sagt Frau von Steinitz. Dann beugt sich die hagere Frau mit dem strengen Haarknoten zu ihr herab; schmale, trockene Lippen berühren flüchtig Inas Wange.

Das Schrillen der Glocke lässt die beiden auseinanderfahren.

»Tschü-hüs!« Ina reißt die Tür auf, winkt kurz, saust die Treppe hinunter und lässt sich mit Schwung um den Knauf des Geländers schleudern.

»Tag, Ina.«

»Tag, Lotte.«

Ina hakt sich bei Lotte unter. Wie froh ist sie, die ältere Freundin im Gewimmel der johlenden und plappernden Kinder an ihrer Seite zu haben.

»Fräulein Schindelmacher weiß schon, dass du heute kommst. Du darfst neben mir sitzen.«

Ein paar Schritte die Straße hinunter, vor dem Burghof rechts abbiegen, ein paar Schritte an der Mauer entlang: da liegt das gedrungene Backsteingebäude mit dem ummauerten Hof, auf das jetzt Scharen von Kindern zuströmen. Erster Schultag nach den Ferien.

»Ist das die Neue?« – »In welche Klasse geht die denn?« – »Weißt du, wo die herkommt?« Fragen und

Getuschel, aus allen Richtungen gleichzeitig, als sie durch das Tor treten.

»Ja«, verkündet Lotte stellvertretend und zu niemandem im Besonderen. »Sie heißt Ina und ist meine Freundin. Sie kommt aus China und wird mit mir in die 4 b gehen.«

Zum Glück setzt die Glocke weiteren Fragen ein Ende. Alle stellen sich klassenweise zwei und zwei auf. Eine kleine, energische Person mit kurzen braunen Locken holt die 4 b am Eingang ab. Die Kinder marschieren paarweise hinter ihr ins Klassenzimmer, ein quadratischer Raum, in dem Schulbänke in drei ordentlichen Reihen vor einem Pult stehen. Alle Tische haben ein Loch für das Tintenfass und ein Ablagebrett für den Ranzen. Hinter dem Lehrerpult ist eine schwarze Wandtafel angebracht und darüber das Bild von dem Mann mit Bärtchen. Inzwischen hat Ina begriffen, dass der Gruß, den sich manche Leute auf der Straße zurufen, ihm gilt. Ina findet es jedes Mal komisch, wenn jemand gegrüßt wird, der doch gar nicht anwesend ist. Aber das wird auch in der Schule so gemacht. Erst nachdem man ihm mit dem ausgestreckten rechten Arm ein schallendes »Heil Hitler« zugerufen hat, ist die Lehrerin an der Reihe: »Gu-ten Tag, Fräu-lein Schin-del-ma-cher!« Lotte schiebt Ina in die richtige Bank. Dreiunddreißig Paar Füße scharren über den abgeschabten Holzboden.

»Heute wollen wir eine neue Mitschülerin begrüßen. Sie heißt Ina Chen und wohnt schon eine Weile hier auf der Dominsel. Vielleicht kennt der eine oder andere von euch sie bereits. Weil sie aus einem anderen Land kommt, musste sie zuerst Deutsch lernen, bevor sie zu uns in die Schule kommen konnte. Ina, erzähl uns doch einmal, wo du herkommst.«

Ina steht auf und tritt verlegen von einem Fuß auf den anderen.

»Ich komme aus Schanghai. Das ist eine große Stadt in China. In meinem Land ist Krieg. Die Japaner ...« Dann stockt sie. Wie soll sie den anderen all die komplizierten Dinge erklären, die sie bis in dieses Klassenzimmer geführt haben. Sie versteht das ja selbst kaum.

Fräulein Schindelmacher kommt ihr zu Hilfe: »Und wie lang hat die Reise nach Deutschland gedauert?«

»Wir waren drei Wochen mit dem Schiff unterwegs. Erst übers Meer und dann mitten durch die Wüste, durch den Suezkanal sind wir gefahren. Da konnte man vom Schiff aus Kamele sehen. Und dann sind wir mit dem Zug über ganz hohe Berge gefahren mit ewigem Schnee.« Jetzt ist Ina in ihrem Element und die Aufmerksamkeit ihrer Mitschüler ist ihr sicher. Sie hätte noch lange so weitermachen können, wenn die Lehrerin sie nicht gebremst hätte.

»Das ist ja interessant. In der nächsten Erdkundestunde werden wir mal auf dem Globus nachsehen, wo Schanghai liegt, und über welches Meer du gefahren bist. Aber jetzt nehmt eure Hefte heraus.«

Erleichtert lässt Ina sich auf ihren Stuhl fallen.

»Wir wollen dieses Schuljahr damit beginnen, dass wir ein Gedicht lernen. Am kommenden Sonntag ist nämlich Muttertag. Da ehrt unser Führer alle deutschen Mütter und dankt ihnen für ihre Verdienste um das deutsche Volk. Mütter von mehreren Kindern wird der Führer mit dem Mutterkreuz ehren. Für euch heißt das, dass ihr an diesem Tag besonders lieb zu eurer Mutter sein und ihr möglichst viele Arbeiten abnehmen müsst. Ihr könnt ein kleines Geschenk oder Blumen für sie vorbereiten und das Gedicht dazu aufsagen. Ich schreibe es an die Tafel, und ihr schreibt es in eure Hefte. Bis zum Wochenende lernt ihr es dann alle auswendig.«

Die Kreide kratzt über die schwarze Tafel, die sich von links nach rechts mit Zackenlinien füllt. Ina kann diese Gebirgszüge mittlerweile mühelos in Sätze auflösen, die eine Bedeutung haben:

Holde Blümlein haben wir gefunden,
haben Strauß und Kränzlein draus gewunden
und bringen's nun dem lieben Mütterlein.
Schau auf uns mit deinen lieben Augen,
ob sie dir zur Freude mögen taugen:
Sträußelein und Kränzelein.

Mitten in der mühsamen Kopierarbeit schubst Lotte sie mit dem Ellbogen, dass ihr beinahe die Feder wegrutscht.

»Ich weiß einen Platz bei uns am Wald, wo's Maiglöckchen gibt. Da können wir am Samstag welche pflücken.«

»Ruhe in der vorletzten Bank!«

Fräulein Schindelmacher hat ihre Augen und Ohren überall, genau wie die furchteinflößenden Wächter Tausend-Meilen-Ohr und Tausend-Meilen-Auge am Tempeltor in Schanghai.

Lotte wohnt kaum zwei Straßen weit von Ina entfernt am Rand der Dominsel, und doch ist man dort ganz weit entfernt von der Stadt, ihren Häusern und ihrem Verkehr. Auf dem großen Grundstück gibt es sogar einen Wald, der Ina nach wie vor ein wenig unheimlich ist. In Schanghai ist sie höchstens mal mit Liuma im Park gewesen, aber da gab es mehr Menschen als Bäume. Hier ist es genau umgekehrt. Und das dunkle Tannendickicht ist in ihrer Phantasie gleichermaßen von deutschen Märchenkobolden und chinesischen Geisterwesen bevölkert. Also doppelt Grund, sich zu fürchten. Aber das will Ina ihre Freundin Lotte nicht merken lassen, denn sie kommt gern zu Lotte nach Hause. Dort geht es großzügig und nicht so streng zu wie bei Frau von Steinitz.

Das neu gebaute Haus, das man nur über eine

Brücke erreicht, liegt dicht am Wasser, und im Winter sind die tiefer gelegenen Wiesen des Grundstücks manchmal überschwemmt und frieren zu, so dass man gefahrlos darauf Schlittschuh laufen kann. Lottes Vater ist Arzt für Hälse, Nasen und Ohren. Nach seiner Sprechstunde spielt er mit Lottes Mutter, die ihm in der Praxis hilft, auf dem Tennisplatz beim Haus Tennis, in langen weißen Hosen. Solche Hosen gehörten auch zum Leinenanzug ihres Vaters. Den hat er damals getragen, als er sie zum Bahnhof brachte, als sie nach Tsingtau musste, ins Kinderheim …

Wieder ist es ein Klingeln, das sie aufschreckt. Diesmal ist es die Schulglocke, die sie in die Gegenwart zurückholt. Zum Glück ist sie fertig mit dem Abschreiben des Gedichts. Hefte rascheln, letzte Ermahnungen von Fräulein Schindelmacher, Stühle rücken, alles drängt in den ummauerten Pausenhof.

Sofort sind die beiden umringt von Mitschülern, deren Wissbegierde durch das kurze Interview von Fräulein Schindelmacher längst nicht gestillt ist. Fragen über Fragen muss Ina beantworten und schlägt sich tapfer. Ein Mädchen fasst ihr sogar in die Haare und fragt: »Sind die echt?«

Eine andere entdeckt das jadegrüne Figürchen an Inas Handgelenk. »Was ist denn das für ein komisches Tier? Gibt's solche in China?«

Inzwischen genießt Ina ihre Rolle: »Es heißt *qilin* und ist ein Fabeltier«, gibt sie Auskunft. »Die gibt es nicht wirklich, nur in Geschichten. Aber sie bringen Glück.« Das mit dem Kindersegen behält sie lieber für sich.

»Ach, so was hab ich auch«, antwortet die Fragerin und zieht ein Goldkettchen unter ihrem Blusenkragen hervor, an dem ein Anhänger mit vier goldenen Blättern hängt. »Das ist ein Kleeblatt. Normalerweise haben die nur drei Blätter, aber manche haben vier, die bringen auch Glück.«

Das wird Ina sich merken und in Zukunft nach vierblättrigen Kleeblättern Ausschau halten. Es kann nicht schaden, das Glück von zwei Kulturen auf seiner Seite zu haben.

Als sie nach Schulschluss mit Lotte nach Hause trödelt – der Schulweg ist so kurz, dass die beiden einen kleinen Umweg machen müssen, um alles besprechen zu können –, ist Ina erleichtert. Sie hat das Gefühl, eine Prüfung bestanden zu haben. Ihr Anderssein ist von allen zur Kenntnis genommen, betastet und kommentiert worden. Vielleicht kann man jetzt zur Tagesordnung übergehen. Aber Lottes beiläufige Frage bringt sie gleich in die nächste Verlegenheit.

»Wie findest du unsere Lehrerin?«

»Ganz nett«, druckst Ina herum. Dann muss sie ihrer Enttäuschung aber doch Luft machen, und wo, wenn nicht bei Lotte.

»Wozu soll ich so ein blödes Gedicht auswendig lernen? Ich hab doch keine Mutter.«

Darauf weiß selbst die schlagfertige Lotte im ersten Moment nichts zu erwidern. Nach kurzem Nachdenken legt sie der einen Kopf kleineren Ina den Arm um die Schulter und sagt: »Nimm's halt als Deutschübung. Aber zum Maiglöckchenpflücken musst du trotzdem mitkommen. Bei uns am Waldrand weiß ich eine Stelle, da gibt's ganz viele.«

Maiglöckchen. Ina hat zwar keine Vorstellung, wie so was aussehen könnte – »Mai« wie der Monat und »Glöckchen« wie kleine Glocke –, aber Lotte wird schon wissen, was es damit auf sich hat. Sie verabreden sich für den Samstagnachmittag.

Der Samstag ist einer der ersten wirklich warmen Tage seit Inas Ankunft vor sieben Monaten in Brandenburg. Endlich wieder kurzärmelig, endlich keinen schweren Mantel mehr und keine kratzigen Wollstrümpfe mit Strapsen. Es hat zwar einige Überredung gekostet, bis Frau von Steinitz sie in Kniestrümpfen gehen ließ, aber schließlich hat sie eingewilligt: »Also gut, aber setzt euch nicht auf den kalten Boden. In den ersten Frühlingstagen erkältet man sich am schnellsten.«

Lotte erwartet sie an der Brücke, die über einen Entwässerungskanal zum Grundstück führt. Inge ist auch da, dicke blonde Zöpfe, blaue, wachsame Augen. Ihren Eltern gehört die Konditorei mit Café am Katharinenkirchplatz. Ina hat sie auf Inges Geburtstagsfeier kennengelernt, wo es für die Freundinnen Kuchen und heiße Schokolade gab.

»Tag, Ina«, sagt Lotte, »hab schon nachgeschaut, da hinten am Waldrand sind die meisten.« Sie zerrt Ina mit sich, und die drei rennen zu dem dichten Wäldchen, das die Wiese begrenzt.

»Da!« Lotte deutet auf glatte, sattgrüne, spitz zulaufende Blätter, die sich wie Eistüten aufrollen. »Das sind die Blätter von den Maiglöckchen. Dann werden wir sicher auch irgendwo blühende finden.« Sie kriecht weiter hinein ins Unterholz, und bald schon hören die beiden Zurückgebliebenen ihren Triumphschrei: »Hier! Jede Menge! Und wie die duften!«

Noch bevor Ina, die schnell hinterhergekrochen ist, die zarten weißen, übereinander an den Blütenstängeln aufgehängten Glöckchen entdeckt – Maiglöckchen, klar! –, steigt ihr ein intensiver Duft in die Nase, den sie nur von Seife kennt. Die drei Mädchen knien sich ins feuchte Gras und pflücken, bis jede einen dicken Strauß beisammen hat.

»Da mach ich eine Schleife drum und bring sie meiner Mama morgen früh ans Bett«, sprudelt Inge los, bevor Lotte ihr einen warnenden Blick zuwerfen kann. Wegen Ina. »Dazu kann ich ihr dann das Gedicht aufsagen. Das Kränzelein lass ich einfach weg. Ach herrje, ich kann dieses blöde Gedicht ja noch gar nicht richtig.«

»Ich auch nicht«, fällt Lotte ein und deklamiert mit

übertriebener Betonung: »… ›dir zur Freude mögen taugen.‹ Da soll einer mitkommen. Kapierst du das, Ina? Das versteh ja ich kaum. Was die Schindelmacher sich auch immer ausdenkt.«

Ina zuckt nur mit den Schultern. Als ob das ihr größtes Problem wäre. Auswendiglernen ist für chinesische Kinder keine Schwierigkeit. Sie fangen früh damit an, um sich die verschiedenen Töne der Silben korrekt einzuprägen. Noch heute kann Ina die Geschichte vom mückenzerstochenen Wu Meng wortwörtlich hersagen. Diese paar Zeilen sind eine Kleinigkeit für sie. Das »Sträußelein« hat sie jetzt, fehlt bloß noch eine »deutsche Mutter«. Doch die beiden anderen stecken sie mit ihrer Begeisterung an. Außerdem wäre es schade um die schönen, duftenden Blumen. Ina pflückt noch ein paar Blätter, damit es einen schönen Rand gibt. An der Brücke verabschieden sie sich. Inge geht über den Mühlendamm in die Stadt, Ina biegt vorher nach Sankt Petri ab.

Unbemerkt schmuggelt sie die Blumen in ihr Zimmer, legt sie zum Wässern in die Waschschüssel und deckt das Handtuch darüber.

Beim Gute-Nacht-Sagen hebt Frau von Steinitz schnuppernd die Nase.

»Hier riecht's aber gut.«

»Das muss die neue Seife sein, die wir neulich bei Flakowski gekauft haben«, erwidert Ina, ohne mit der Wimper zu zucken. Das ist ihr einfach so rausgerutscht. Notlügen, hat Liuma ihr einmal erklärt, sind für einen guten Zweck erlaubt. Und ein »Sträußelein« für eine »deutsche Mutter« ist allemal ein guter Zweck. Auch wenn es nur eine Pflegemutter ist.

Als am nächsten Morgen die sieben Schläge der Domglocken sie wecken, ist Ina ihrer Sache allerdings nicht mehr so sicher. Sonntags darf man ein bisschen länger liegen bleiben, und normalerweise genießt sie es, sich umzudrehen und bis zum nächsten Schlagen der vollen Stunde weiterzudösen. Aber heute findet sie nicht mehr in den Schlaf zurück.

Muttertag – was hat das mit ihr zu tun? Noch nie in ihrem Leben hat Ina zu jemandem Mama gesagt, denn ihre Mutter ist doch schon gleich nach der Geburt der Tochter gestorben. Liuma, ihre *ama*, war Kinderfrau und Haushaltshilfe, aber auch ein bisschen Mama, denn die Silbe *ma* ist dieselbe wie im chinesischen Wort für »Mama«. Und jetzt hat sie eine Pflegemutter, wie das hier heißt. Eine deutsche Pflegemutter mit einem schrecklich komplizierten Namen. Ma und mu, mu und ma. Ina jongliert mit den Silben. Mu für eine Mutter, die Sicherheit gibt, ma für eine *ama*, die das Herz wärmt und den Magen füllt. »Mu-ma«, sagt sie laut vor sich hin. Weiter wagen sich die Gedanken nicht vor. Jetzt besser an das Naheliegende denken, bevor die Tränen kommen.

Drei Schläge: Viertel vor acht. Sie schlüpft aus dem Bett, nimmt die Maiglöckchen aus der Waschschüssel, ordnet sie noch einmal und sagt sich dabei das Gedicht vor. Dann geht sie über den Gang zu Frau von Steinitz' Schlafzimmer. Normalerweise treffen sie sich morgens in der Küche, wo Frau von Steinitz das Frühstück macht oder den *Brandenburger Anzeiger* liest. Sie ist zwar schon in dem großen unbeheizten Schlafzimmer gewesen, in dem zwei Betten nebeneinander stehen, aber nicht, wenn Frau von Steinitz in einem der beiden lag. Vorsichtig klopft sie an die Tür.

»Ina? Bis du schon wach? Komm nur herein.«

Vorsichtig öffnet Ina die Tür und schiebt sich, Maiglöckchen voraus, durch den Spalt.

»Frau von Steinitz, heute ist doch Muttertag. Da habe ich gedacht … auch wenn Sie nicht meine Mutter sind.« Jetzt weiß sie nicht mehr weiter, kommt ins Stammeln und rettet sich ins Auswendiggelernte:

»Holde Blümlein haben wir gefunden,
haben Strauß und Kränzlein draus gewunden
und bringen's nun dem lieben Mütterlein.
Schau auf uns mit deinen lieben Augen,
ob sie dir zur Freude mögen taugen:
Sträußelein und Kränzelein.«

»Das ist aber lieb von dir. Und wie gut die Maiglöckchen duften. Fast wie Seife«, sagt Frau von Steinitz und blinzelt Ina verschmitzt zu. »Ina, ich habe mir schon länger gedacht, dass wir besser mal die Anrede ändern sollten. Vielleicht ist heute der richtige Tag dafür. Wir kennen uns doch jetzt ziemlich gut, da wechselt man im Deutschen zum Du. Außerdem ist mein Nachname so lang. Vielleicht könntest du Tante Elisabeth zu mir sagen?«

»Aber das ist ja wieder so lang«, platzt Ina heraus. »Muma vielleicht?«

»Muma.« Frau von Steinitz schmeckt die Silben ab. »Ist das Chinesisch?«

»Ja, ein bisschen. Die eine Hälfte«, antwortet Ina ausweichend.

»Muma, warum nicht.«

Wörter zusammenfügen ist Inas Leidenschaft, aber wie dieses entstanden ist, möchte sie lieber für sich behalten. Bevor Frau von Steinitz weiterfragen kann, sagt Ina schnell: »Und jetzt mahle ich schon mal die Kaffeebohnen für dich, wo doch heute Muttertag ist.«

8

Sommer 1938

HITZEFREI UND SONNTAGSFRAGEN

Inas Lieblingswort dieses Sommers ist hitzefrei. Eine wunderbare Einrichtung ist das, auch wenn Ina deren Sinn nicht ganz einsieht. Die magische Zahl ist 28. Bei 28 Grad Celsius werden die Schülerinnen und Schüler der 4b in die Freiheit entlassen. Das soll Hitze sein? Solche Temperaturen zaubern Ina nicht eine müde Schweißperle auf die Stirn. Die müssten alle mal nach Schanghai kommen, wo den ganzen Sommer lang schwüle Hitze über der Stadt liegt wie ein nasses Handtuch und kein kühlendes Lüftchen aufkommen lässt.

Sobald die Klassensprecherin triumphierend mit der Nachricht aus dem Lehrerzimmer angerannt kommt, werden die Ranzen gepackt. Ina, Lotte und Inge verabreden sich im Freibad am Grillendamm.

»In einer Stadt mit so viel Wasser muss ein Kind schwimmen können. Schließlich soll es dir nicht ergehen wie Fritze Bollmann«, hatte Muma gesagt, als die Temperaturen sommerlich wurden, und Ina zum Schwimmunterricht angemeldet. Die »schaurig-traurige Begebenheit« von Fritze Bollmann kennt in Brandenburg jedes Kind. Sogar Ina. Davon handelt nämlich ein Lied, das ihre Freundinnen ihr beigebracht haben. Am liebsten schmettern die drei die Zeile »Liebe Leute rettet mir!«, die so herrlich falsch klingt, die man aber trotzdem lauthals singen darf. Da kann einem keine Lehrerin mit dem 3. Fall kommen, das ist nämlich »Volkes Stimme«.

Dieser Fritze war Friseur und ist beim Angeln ertrunken. Jetzt sitzt er auf einem Brunnen vor der Schwimmanstalt, zur Mahnung an all jene, die nicht schwimmen können. Ein Stückchen weiter steht die Statue einer nackten Frau, umgeben von muschelblasenden Meeresungeheuern, die Tritone heißen. Das ist Galatea, die Meeresgöttin, hat Muma erklärt, aber die Brandenburger haben sie kurzerhand mit Fritze verheiratet und nennen sie »Witwe Bollmann«.

An der langen Angel des Schwimmlehrers und mit einem Schwimmring aus Korkstücken um die Brust hat Ina sich einigermaßen sicher gefühlt und langsam Vertrauen zu dem Element gefasst, das ihr in Tsingtau solche Angst einflößte. Inzwischen ist sie kein Hering an der Angel mehr, sondern schwimmt wie ein Fisch im Wasser, sogar im Tiefen. Nur den Freischwimmer, dieses begehrte Abzeichen, das an den Badeanzügen der anderen prangt, hat sie noch nicht.

Die Hitzefrei-Tage sind ein einziges großes Planschen, Spritzen und Kreischen. Zwischendurch liegen die Freundinnen auf dem warmen Sandstrand und kommentieren unter Getuschel und Gekicher, wer sonst noch da ist und wer am besten vom Dreier springt.

»Wenn du den Freischwimmer schaffst, Ina, dann feiern wir bei meinen Eltern im Café«, hat Inge gesagt.

»Da könnt ihr schon mal die Limo kaltstellen, das dauert nicht mehr lange«, hat Lotte sie ermutigt.

Und wie immer hat Lotte recht. Eine Woche später ist es so weit. Die Viertelstunde Schwimmen ohne Pause war nicht das Problem. An Ausdauer und Zähigkeit hat es Ina noch nie gefehlt. Sich kopfüber in dieses unberechenbare Element zu stürzen, das kostet Überwindung, doch der Startsprung und der Sprung vom Ein-Meter-Brett gehören eben auch dazu.

Ina steht auf dem Ein-Meter-Brett. Wieder einmal schwankt der Boden unter ihren Füßen. Am liebsten würde sie kneifen. Wenn man sich wenigstens die Nase zuhalten und eine »Bombe« machen dürfte, aber das ist gegen die Vorschriften. Die vorgestreckten Arme müssen als Erstes das Wasser berühren. Angst kriecht Ina den Rücken hoch. Aber dann denkt sie an Lotte und Inge, die am Beckenrand stehen und sich schon aufs Kuchenessen freuen. Sie denkt an Muma, die ihr heute Abend das gestickte Freischwimmerabzeichen auf den Badeanzug nähen wird. Hat sie nicht schon ganz andere Sprünge hinter sich? Kopfüber in ein fremdes Land, kopfüber in eine fremde Sprache? So leicht geht man nicht unter, das hat sie dabei gelernt. Ina springt.

Noch ganz atemlos kommen die drei am Katharinenkirchplatz im Café Finkelstein an. Im Ladengeschäft steht Inges Mutter, rosig und blond wie ihre Tochter, hinter der Kuchentheke.

»Sie hat's geschafft«, platzt Inge heraus. »Ina hat den Freischwimmer!«

»Na, wenn das kein Grund zum Feiern ist! Setzt euch nebenan ins Café. Es ist sowieso niemand da, ihr habt alles ganz für euch. Aber vorher darf sich jede hier ein Stück Kuchen aussuchen. Und wenn ich mir eure blauen Lippen so anschaue, dann bringe ich euch dazu lieber heiße Schokolade statt kalter Limo.«

»Danke«, knicksen Ina und Lotte, während Inge gönnerhaft lächelt.

Ina hat sich für ein Erdbeertörtchen mit Schlagsahne entschieden, das Inges Vater, ein großer dunkelhaariger Mann mit freundlichem Gesicht, serviert. Er trägt bei der Arbeit in seinem Café immer vornehme gestreifte Hosen, ein schwarzes Jackett und eine weiße Serviette über dem Unterarm.

Die drei Mädchen haben sich an einem der runden Tische in grünen Plüschsesseln niedergelassen und kommen sich sehr erwachsen vor.

»Au Backe. Wie du da ewig auf dem Brett gestanden bist, dacht ich schon, du springst nicht. Dann wär's vorbei gewesen mit deinem Freischwimmer«, sagt Lotte und senkt die Kuchengabel in ihr großzügig bemessenes Stück Linzertorte.

»Und mit deinem Kuchen«, erwidert Ina knapp. »Gib zu, dass du die ganze Zeit nur an Linzertorte gedacht hast.«

Mit stolzgeschwellter Brust und gut gefülltem Magen macht Ina sich auf den Heimweg. Zwischendurch bleibt sie immer wieder stehen und schaut sich das gestickte Abzeichen und die Urkunde mit ihrem Namen an, die ihr der Bademeister überreicht hat. Das letzte Stück rennt sie und kommt ganz erhitzt an der Haustür an, wo sie erst mal Sturm klingelt. Oben findet sie die Wohnungstür angelehnt, Muma ist bereits wieder in der Küche verschwunden.

»Muma, ich hab den Freischwimmer. Hier ist das Abzeichen, das musst du mir gleich auf den Badeanzug nähen«, ruft Ina schon auf dem Flur und stürzt in die Küche, wo Muma zwischen leeren, frisch gespülten Gläsern und einem dampfenden Kochtopf hantiert.

»Damit warten wir besser, bis der trocken ist. Häng ihn raus auf den Balkon. Außerdem bin ich beim Marmeladeeinkochen, das siehst du doch.«

Ja, das sieht Ina, und dass ihr Badeanzug noch nass in ihrer Badetasche liegt, weiß sie natürlich auch, aber trotzdem hat sie sich den Empfang nach ihrem großen Triumph anders vorgestellt. Als sie den Badeanzug auf dem Küchenbalkon über die Leine hängt, überkommt sie plötzlich eine so hoffnungslose Traurigkeit, dass sie augenblicklich losheulen könnte. Stumm drückt sie sich an Muma vorbei aus der Küche und schafft es gerade noch in ihr Zimmer. Jetzt krampft sich ihr Magen zusammen, hebt und senkt sich wie Wellengang. Dann ergießt sich, was einmal Erdbeertörtchen, Schlagsahne und Kakao gewesen ist, in einem säuerlichen Schwall in die emaillierte Waschschüssel. Ina würgt, nicht nur an den Resten ihrer Nachmittagseinladung, sondern an der furchtbaren Einsamkeit, die sie plötzlich überfallen hat.

Mit einem feuchten Waschlappen wischt sie sich den Mund ab und rollt sich dann auf ihrem Bett zusammen. Wie lange sie ganz erstarrt so gelegen hat, weiß sie nicht. Irgendwann geht die Tür auf, und Muma schaut herein.

»Ich habe dich überall gesucht. Was ist denn? Oje, ist dir übel geworden? Warum sagst du denn nichts?« Muma setzt sich auf die Bettkante. »Das war wohl alles ein bisschen viel heute, die Anstrengung beim Schwimmen, die Sonne, und dann auch noch Kakao und Kuchen.« Sie dreht Inas Kopf zu sich, fühlt ihre Stirn, streichelt ihr die Wange. »Ganz heiß bist du. Ich bringe das hier erst mal in Ordnung, und dann gibt's Kamillentee und Wadenwickel.«

Ina lässt sich umsorgen, erlebt alles wie in einem Nebel. Dann schläft sie erschöpft ein. Als sie am nächsten Morgen aufwacht, hängt über der Stuhllehne, die jemand unmittelbar in ihr Blickfeld gerückt hat, ihr dunkelblauer Badeanzug. Unten links über dem Loch fürs Bein prangt das Abzeichen: Sie hat sich frei geschwommen.

Die Sonntage unterteilen sich in solche, an denen Marta aus Berlin kommt, und solche, an denen Ina sich langweilt.

Marta übernachtet, wenn sie zu Besuch da ist, schräg gegenüber im Gästezimmer. Das ganze Wochenende lang genießt Ina dann das Gefühl, eine große Schwester zu haben. Am Sonntag schleicht sie sich schon in aller Frühe über den Flur zu ihrer Cousine. Noch ein bisschen verschlafen und in Martas Bett gekuschelt erzählen sie sich dann »Weißt-du-noch«-Geschichten: Weißt du noch dieses Gericht mit den sieben Zutaten, das Liuma immer am Neujahrsfest gekocht hat? Weißt du noch, was der Lumpensammler gerufen hat, von dem man für einen Stapel alter Zeitungen Streichhölzer oder Wäscheklammern bekam? Weißt du noch, wie wir mit der Rikscha zur Pferderennbahn gefahren sind? Weißt du noch, wie der Taifun das Dach des Küchenanbaus abgedeckt hat? Weißt du noch, wie gut die Sträucher am Gartenweg geduftet haben?

»Weißt du noch …«, fängt die eine an, und die andere sieht, riecht und schmeckt sofort, wovon die Rede ist. Wenn sie mit ihren Freundinnen über ihre Heimat redet, ist das nicht so. Die finden es zwar immer furchtbar spannend, wenn Ina von China erzählt, und Ina genießt die uneingeschränkte Aufmerksamkeit ihrer Zuhörer. Doch egal, wie genau sie die fremden Dinge zu schildern versucht, sie weiß, dass die anderen dabei nicht dieselben Bilder vor Augen, nicht dieselben Gerüche in der Nase, nicht dieselben Klänge im Ohr haben wie sie. Marta dagegen muss man nicht erklären, was eben nicht zu erklären ist. Die Stimme der sonst so beherrschten Cousine bekommt dann einen weichen Klang. Auf diese Weise hat Ina herausgefunden, dass auch an Martas rauer Schale manchmal von innen das Heimweh nagt.

Seit Ina für sich selbst sprechen und der Unterhaltung folgen kann, hat sich das Verhältnis zu Marta entspannt. Ina braucht sie schon lange nicht mehr als Sprachrohr für ihre neue Welt, wohl aber für die alte, das heißt für Papas Briefe, die sie immer sehnlich erwartet und nur mit Martas Hilfe lesen kann. Und natürlich wittert Marta, die angehende Lehrerin, hier sofort eine neue Gelegenheit zum Schulmeistern. Gleich hat sie ein neues Lernprogramm auf Lager.

»Ina, du musst unbedingt regelmäßig Chinesisch mit mir üben. Ich habe es Onkel Chen versprochen. Am besten wir machen das, wenn Frau von Steinitz in der Kirche ist. Ich schreibe sonntags eine Seite mit Schriftzeichen für dich vor, und du übst sie die Woche über. Wenn ich dann wiederkomme, frage ich dich ab.«

»Aber ich muss doch schon so viele andere Sachen lernen«, versucht Ina einzuwenden. In ihrer Erinnerung tauchen die Schwestern auf, die Striche in die Luft malen, als dirigierten sie einen Kinderchor.

Das kann Marta natürlich nicht gelten lassen und setzt den Hebel dort an, wo's am meisten wehtut: »Erinnerst du dich noch, wie du den ersten Brief von Onkel Chen nicht lesen konntest? Du willst dich doch in Zukunft auch ohne fremde Hilfe mit ihm verständigen können.«

Ina ist hin- und hergerissen. Wie hätte sie ihre Wut und Ohnmacht von damals vergessen können? Noch immer sitzt ihr der Schock vom ersten, völlig unverständlichen Brief ihres Vaters in den Knochen. Natürlich will sie ihre Muttersprache nicht vergessen, nicht ewig auf die Cousine angewiesen sein, wenn ein Brief aus China kommt. Aber diese Schriftzeichen sind so schrecklich kompliziert, das alles ist so weit weg.

»Wenn's sein muss«, hat sie schließlich kleinlaut eingewilligt. Seither sitzen die beiden an den Sonntagen, an denen Marta da ist, nach dem Frühstück am Wohnzimmertisch über das Übungsheft mit den Kästchen gebeugt.

Manche der Schriftzeichen prägen sich leicht ein, weil man unmittelbar erkennt, was sie bedeuten: *da*, 大 das Männchen mit den ausgestreckten Armen bedeutet »groß«, 女 *nü* »Frau« und 子 *zi* »Kind« bilden zusammengenommen das Schriftzeichen *hao* 好. Das bedeutet »gut«, weil es eben gut ist, wenn eine Frau ein Kind hat. Und *mu* 木 »Holz« muss man einfach nur verdoppeln, damit *lin* 林 »Wald« daraus wird. Aber was soll man von dem Zeichen *hei* 黑 für »schwarz« halten, das vier Beine hat?

So weit ist das alles ja ganz spaßig, und Ina lässt sich von den Schulkameraden auch gerne bewundern, wenn sie ihren Namen auf Chinesisch schreibt oder lässig das eine oder andere verzwickt aussehende Zeichen aufmalt. Aber die Mehrzahl der Schriftzeichen ist leider nicht so leicht zu durchschauen. Sie bestehen aus einer Vielzahl kleiner schwarzer Striche, krabbeln wie vielbeinige Insekten über das Blatt und verbergen boshaft ihre Aussprache und Bedeutung. Nicht immer hat Ina Lust, sich mit diesen Quälgeistern zu beschäftigen und die Lektion für Marta zu lernen. Das gibt Ärger.

An einem besonders heißen Sommersonntag, den Ina viel lieber mit ihrem *Nesthäkchen*-Band in der Sofaecke verbringen würde, sitzt sie wieder einmal am Wohnzimmertisch und paukt lustlos Martas Übungen zur Frageform.

»Ni lei bu lei?« Bist du müde?, fragt Marta.

Was für eine blöde Frage! Natürlich bin ich müde bei einem so stinklangweiligen Unterricht, denkt Ina, während sie antwortet, dass sie sehr müde ist: *»Wo hen* *lei.*« Sie unterstützt ihre Aussage noch durch ein kräftiges Gähnen, und der Satz kommt ein bisschen gequetscht heraus, weil sie sich nicht die Mühe macht, den Kopf aus den aufgestützten Händen zu nehmen.

»Kannst du denn nicht ordentlich antworten? So kann dich doch kein Mensch verstehen. Setz dich anständig hin, wenn du mit mir redest«, fährt Marta, die Inas Trägheit schon die ganze Zeit ärgert, sie an. »Glaubst du, ich wüsste nichts Besseres mit meinem freien Tag anzufangen, als hier mit dir zu üben?«

»Musst du ja nicht«, sagt Ina patzig. Sie weiß ganz genau, dass das ungerecht ist, aber es ist ihr einfach so herausgerutscht.

»Ich habe deinem Vater versprechen müssen, dass ich mich um dein Chinesisch kümmern werde, und du undankbare kleine Kröte bist einfach zu faul.«

Jetzt gibt es kein Zurück mehr. Plötzlich packt Ina auch gegen den fernen Vater eine hilflose Wut. Da wartet man ewig auf Post von ihm, und kann diese Briefe am Ende nicht mal lesen.

»Dann hätte er mich eben nicht wegschicken sollen«, schleudert sie Marta wütend entgegen.

»Was bildest du dir eigentlich ein?« Jetzt kommt auch Marta so richtig in Fahrt. »Dein Vater hat sich den Kopf zerbrochen, wie er dich in Sicherheit bringen kann. Er hat Frau von Steinitz gebeten, dich hier aufzunehmen, und jetzt überweist er jeden Monat viel Geld, damit du hier wohnen kannst, im Warmen sitzt, Klavierunterricht bekommst, überhaupt alles auf dem Silbertablett serviert kriegst. Und du meckerst noch! Begreifst du denn nicht, dass das mit dem Krieg kein Spaß ist, dass er dich liebend gern zu Hause behalten hätte?«

Inas Kopf sinkt unter Martas wütendem Wortschwall immer tiefer zwischen die Schultern. Bloß gut, dass Muma in der Kirche ist. Kaum war der Satz heraus, fühlte sie sich elend und schuldbewusst. Martas Gezeter hätte es dazu gar nicht mehr gebraucht. Ratlos verbirgt Ina das Gesicht in den Händen. Sie weiß ja selbst, wie ungerecht sie war. Und trotzdem hat es gut getan, das einmal zu sagen.

Marta, die angehende Lehrerin, hat mittlerweile dazugelernt. Nachdem ihr erster Zorn verraucht ist, erinnert sie sich, was sie in ihren Vorlesungen über die Bedeutung der Motivation beim Unterricht gehört hat. Und letztlich weiß sie aus eigener Erfahrung, wie verloren man sich in einem fremden Land fühlen kann. Manchmal verwandelt sich dieser Schmerz eben in Wut auf die falsche Person.

»*Hao, ni jintian lei. Xia ke le*« – Na gut, du bist müde. Schluss für heute.

Kein weiterer Kommentar von Marta.

Der ist auch nicht nötig. Ina schielt dankbar zur Cousine hinüber.

»Bis zum nächsten Mal übe ich auch ganz bestimmt.«

Aber es ist immer noch besser, Martas kritischen Blick zu ertragen, als allein im Wohnzimmer zu sitzen und Zeichen zu malen. Das sind dann die langweiligen Sonntage, an denen Marta nicht aus Berlin kommt. Alle Spielkameradinnen sind zu Hause bei ihren Familien, und Muma ist in der Kirche. Jeden Sonntagvormittag besucht sie den Gottesdienst im Dom. Ganz am Anfang hat sie Ina einmal mitgenommen und ihr den gewaltigen Kirchenraum mit den bunten Glasfenstern gezeigt. Ziemlich gruselig war das. Nicht wegen des hohen, Ehrfurcht gebietenden Raums, sondern weil dort oben im Kirchenschiff ein Jesus an seinem Kreuz hängt, der fast so groß ist wie ein richtiger Mensch und so klapperdürr, dass man seine Rippen zählen kann. INRI steht auf einem Schild über seinem Kopf. Das ist lateinisch und bedeutet: Jesus von Nazareth, König der Juden, hat Muma erklärt.

In Inas Schule in Schanghai gab es nur Kreuze ohne einen Jesus dran. Die Schwestern hatten den Kindern zwar erklärt, dass Jesus dort für sie den Opfertod gestorben ist, aber so genau brauchte man sich das nicht vorzustellen. Schon damals hat sie nicht recht verstanden, wie ein Vater zusehen, ja einverstanden sein kann, dass man seinen Sohn an einem Kreuz festnagelt. Dieses Folterinstrument trugen die Schwestern dann auch noch um den Hals. Und hier hängt er gleich lebensgroß im Kirchenschiff.

Ina hatte erleichtert aufgeatmet, als sie mit Muma

wieder in den vertrauten Burghof hinausgetreten war, in dem sie mittlerweile jede einzelne Linde vom Versteckspielen und jedes freie Mauerstück von der Ballschule kennt.

»Ich glaube, das ist nichts für dich, Ina«, hatte Muma gesagt, als sie Inas Unbehagen spürte. »Am besten, jeder pflegt am Sonntagvormittag die Traditionen seiner eigenen Kultur.«

Also übt Ina Schriftzeichen, und Muma geht den gekreuzigten Jesus besuchen und betet zu seinem Vater, dem lieben Gott.

Mit den Religionen ist das so eine Sache, hat Ina festgestellt. Bei ihren Sonntagsspaziergängen begegnen ihnen immer wieder Jungen oder Männer in braunen Hemden, die eine Binde am Oberarm tragen, auf der ein Kreuz mit Haken zu sehen ist. Einmal hat sie Muma gefragt: »Sind das Buddhisten?« Dieses Kreuz mit den Haken kennt Ina nämlich aus den buddhistischen Tempeln ihrer Heimat.

»Nein, Ina. Das Symbol kommt aus Indien, da hast du schon recht, aber hier ist es das Zeichen einer Partei, der Nationalsozialisten.«

»Ich weiß schon«, hatte Ina triumphierend erwidert. »Die Nazis. Zu denen gehört auch der Mann mit dem Bärtchen.« Inzwischen weiß sie natürlich, dass diese Jungen bei der »Hajott« sind.

Das ist auch wieder so ein Stolperstein in ihrer

neuen Sprache. Kaum hat man mühsam die Bedeutung endlos langer Wörter enträtselt, da schrumpfen sie plötzlich zu hinterlistigen Abkürzungen, die man erst recht nicht versteht. Und diese Nazis scheinen eine besondere Vorliebe dafür zu haben: Große Jungen gehen in die HJ (Hitlerjugend), die Mädchen kommen zum BDM (Bund Deutscher Mädel), wenn sie vorher, so wie Lotte, bei den Jungmädeln waren, und wer Mitglied in ihrer Partei ist, ist ein PG (Parteigenosse).

Und dann sind da noch die Juden. Auch da ist Ina vieles unklar. Muma reagiert bei diesem Thema ausweichend, also lieber Marta fragen. Auf Plakaten für den Film *Der ewige Jude* hat Ina Männer mit Hakennasen, Ringellöckchen und schwarzen Hüten gesehen, die sich misstrauisch umschauen. Solche sind auch auf den Postkarten abgebildet, die Herr Meinke dabei hat, wenn er wegen des Eintopfsonntags zum Sammeln kommt.

Das ist ein weiterer Nachteil von Sonntagen. Einmal im Monat soll man da nämlich bloß Eintopf essen und das dadurch eingesparte Geld in Herrn Meinkes Sammelbüchse tun. »Sei zum Einsatz bereit«, steht darauf. »Sei zum Einwurf bereit« oder »Sei zum Eintopf bereit«, witzeln Ina und Lotte, denn schließlich soll man ja was reinwerfen in die Büchse des Hauswarts. Wenn er zum Sammeln kommt, bietet er auch immer diese komischen Karten zum Verkauf an, die für die Partei und ihre Politik werben. Muma kauft nie welche und versucht auch immer zu verhindern, dass Ina einen Blick darauf wirft, aber einmal ist es ihr trotzdem gelungen. Da sind genau die gleichen hässlichen, gekrümmten Gestalten und dunklen Gesichter drauf wie auf dem Plakat. Wenn aber die Juden so grässliche Leute sind, über die man nicht gern spricht, warum wird dann in der Kirche ihr König verehrt?

Und außerdem würde Ina brennend interessieren, was mit dem Geld aus den Sammelbüchsen passiert. Kochen sich davon andere ein gutes Sonntagsessen? Ina ist überzeugt, dass den Chinesen nicht mal der Kaiser hätte vorschreiben können, was sie am Sonntag kochen sollen.

Sonntage werfen Fragen auf.

9
November 1938

SCHERBEN BRINGEN KEIN GLÜCK

»Muma, Muma, ich muss dich was fragen!«

Ina stürmt in die Küche, wo Muma gerade Buletten macht. Die gibt es jetzt immer schon am Samstag, von wegen dem Eintopfsonntag.

»Langsam, Ina. Warum kommst du überhaupt so spät?«

»Inge war heute nicht in der Schule, und da bin ich mit Lotte nach dem Unterricht noch schnell zum Katharinenkirchplatz, um zu sehen, was los ist. Da standen lauter Leute vor der Konditorei, und die Schaufenster waren zerschlagen. Überall lagen Scherben herum. Und an der Hausmauer klebt ein Zettel: ›Kauft nicht bei Juden!‹ Inges Mutter war vor dem Laden und hat die Scherben zusammengekehrt, aber wir haben uns nicht getraut, sie zu fragen, was mit Inge ist. Sie hat geweint. Lotte sagt, das ist, weil Inges Papa Jude ist. Stimmt das denn, Muma?«

»Jetzt zieh dir erst mal die Jacke aus und setz dich hin.« Ina spürt, dass Muma Zeit gewinnen will. Sie kennt ihre Zurückhaltung bei diesem Thema, aber diesmal kann sie nicht warten, bis Marta kommt. Das hier ist zu wichtig. Sie muss wissen, was mit ihrer Freundin los ist.

»Also, Inges Mutter, die früher Seidensticker hieß, hat Herrn Finkelstein geheiratet, und der ist Jude.«

»Aber warum soll man deshalb keinen Kuchen mehr bei ihm kaufen, wo er doch die beste Linzertorte in der ganzen Stadt macht? Und warum haben sie seine Schaufenster kaputtgemacht?«

»Die Juden sind Hitler schon lange ein Dorn im Auge. Er möchte, dass Deutschland ›judenrein‹ wird. Das heißt, dass er nicht will, dass Juden in Deutschland leben. Deshalb werden sie überall schikaniert und benachteiligt. Vor ein paar Tagen hat ein junger Mann jüdischen Glaubens in Paris einen Angestellten der deutschen Botschaft erschossen. Und gestern hat Hitler eine Hetzrede gegen die Juden gehalten. Sie alle sollen für das bestraft werden, was dort passiert ist. Es tut mir leid, dass auch Inges Eltern darunter zu leiden haben.«

»Ich wusste gar nicht, dass Inge jüdisch ist. Ihr Vater sieht überhaupt nicht aus wie diese schrecklichen Männer auf den Plakaten. Und außerdem geht sie immer in den evangelischen Religionsunterricht.«

»Für die Nazis ist das nicht so sehr eine Frage der Religion. Die betrachten die Juden als eine andere Rasse.«

»Aber das ist doch kein Grund, sie wegzuschicken. Ich gehöre doch auch einer anderen Rasse an, oder?«

»Das stimmt, Ina. Und keiner will dich wegschicken. Aber die Juden gelten den Nazis als minderwertige Rasse.«

An diesem Abend betrachtet sich Ina vor dem Schlafengehen genau in dem kleinen Spiegel über dem Waschtisch: dickes, schwarz glänzendes Haar, das zu einem schulterlangen Pagenkopf geschnitten ist, die Ponyfransen hängen bis knapp über die schräg geschnittenen Augen. Darunter breite Wangenknochen, die Haut einen Ton dunkler als bei ihren deutschen Freundinnen, was im Freibad, wo die anderen schnell einen Sonnenbrand kriegen, von Vorteil ist. Gehört auch sie einer minderwertigen Rasse an? Am Anfang ist sie wegen ihrer Herkunft zwar manchmal gehänselt worden, aber so was hat noch niemand zu ihr gesagt. Und warum soll das ausgerechnet für Inge mit ihren blonden Zöpfen und blauen Augen gelten? Morgen wird sie selbst herausfinden, was mit Inge los ist.

Auch am folgenden Morgen ist Inges Platz im Klassenzimmer leer.

Ina zischelt zu Lotte hinüber: »Inge fehlt schon wieder. Ich geh heute Nachmittag mal bei ihr vorbei. Vielleicht ist sie krank. Kommst du mit?«

»Keine Zeit. Wir haben Spielturnen mit den Jungmädeln. Unsere Scharführerin hat mich zu ihrer Helferin bestimmt. Da kann ich nicht schwänzen.«

»Ruhe da hinten in der vorletzten Bank!«, setzt Fräulein Schindelmacher dem Gespräch ein Ende.

Aber Inas Plan steht fest. Insgeheim ist sie sauer auf Lotte und deren Wichtigtuerei mit ihren Jungmädeln. Muss man denn nicht nach der gemeinsamen Freundin sehen? Aber was Muma ihr über die Juden gesagt hat, erklärt vielleicht auch Lottes Verhalten in dieser Sache.

Nachdem Ina an diesem Nachmittag mit den Hausaufgaben fertig ist, sagt sie Muma, dass sie in den Burghof spielen geht, aber stattdessen biegt sie an der Haustür nach rechts, Richtung Mühlendamm ab. Bald darauf steht sie vor der Konditorei, deren Schaufenster jetzt mit Brettern vernagelt sind. Sie geht durch die Hofeinfahrt, an der Backstube vorbei, und klingelt an der Haustür. Die Finkelsteins wohnen in der Wohnung über dem Café. Inges Mutter macht die Tür auf. Ihr Haarknoten ist nicht so ordentlich wie sonst und die Augen haben rote Ränder.

»Guten Tag, Frau Finkelstein. Ich wollte nur mal sehen, wie es Inge geht.«

»Ina, wie schön, komm doch rein. Sie ist in ihrem Zimmer. Du weißt ja, wo's langgeht«, sagt Inges Mutter und verschwindet rasch wieder in der Küche.

Ina steuert auf Inges Tür zu. Schon oft haben sie hier zusammen mit ihren Puppen gespielt. Vorsichtig öffnet Ina die Tür einen Spalt. Inge liegt zusammengerollt auf dem Sofa. Ihre Augen sind nicht bloß ein bisschen rot. Sie ist total verheult. Statt einer Begrüßung schluchzt sie bloß.

»Inge, was ist? Bist du krank?« Ina setzt sich neben die Freundin aufs Sofa.

»Nee. Hast du denn nicht gesehen, was die mit unserem Laden gemacht haben? In der Nacht ist die SA gekommen und hat alles zusammengeschlagen. Viele andere jüdische Geschäfte auch. Und jetzt soll Papa für den Schaden auch noch bezahlen. Außerdem kommt natürlich niemand mehr ins Café oder in die Konditorei.«

SA – wieder so eine Abkürzung. Aber Ina weiß inzwischen, dass sie für »Sturmabteilung« steht und damit die Männer in Braun mit den Armbinden gemeint sind, die sie anfangs für Buddhisten gehalten hat. Was für ein Irrtum!

»So was Gemeines! Ich wusste überhaupt nicht, dass du jüdisch bist.«

»Bin ich ja nicht. Dazu müsste meine Mutter Jüdin sein. Aber arisch bin ich eben auch nicht. Die Leute sagen, es sei Rassenschande, dass meine Mutter einen Juden geheiratet hat. Sie hat damit angeblich gegen die Reinerhaltung der arischen Rasse verstoßen.«

»Rasse« – allmählich beginnt Ina dieses Wort zu hassen, das sich plötzlich wie ein Makel auf jemanden legen kann, der eben noch ein ganz normaler Mensch war. Unwillkürlich nimmt Ina Inges Hand. Inge schnieft laut auf und fährt dann fort: »Wahrscheinlich werden sie mich schon bald nicht mehr mit euch zusammen in die Schule gehen lassen. Papa sagt, es hat keinen Sinn mehr, wir müssen fort. Viele Juden sind schon nach Amerika und in andere Länder ausgewandert, aber wir haben keine Verwandten im Ausland, niemanden, wo wir hin könnten. Und für all diese Länder braucht man ein Visum. Nur für Schanghai nicht.«

»Schanghai?« Einen Moment lang ist Ina sprachlos. »Ihr wollt nach Schanghai?«

»Wollen nicht – müssen. Wo sollen wir denn sonst hin? Hier können wir nicht bleiben, sagt Papa. Es wird nur immer schlimmer werden mit der Hetze gegen die Juden.«

Blitzschnell schießt durch Inas Kopf, was Inge nun bevorsteht. Innerhalb von Momenten durchlebt sie noch einmal Abschied, Trennung und die Ankunft in einer völlig fremden Welt. Schanghai: Wo Ina sich so oft hindenkt, hinträumt, hinsehnt, ihr Zuhause, bedeutet für Inge das große bedrohliche Ungewisse, alles wird sie verlieren, was ihr lieb und vertraut ist. Ihre blonden Zöpfe und blauen Augen werden dort genauso auffallen wie Inas schwarzes Haar und die Mandelaugen hier in Brandenburg. Aber das alles kann sie der Freundin nicht sagen. Sie muss sie jetzt trösten.

»Schanghai ist so schön. Die Häuser und Straßen sind viel größer als hier und auch der Fluss. Einfach alles ist größer, lauter, bunter. Und viel mehr Leute sind unterwegs. Die reden viel, sind fröhlich und hilfsbereit. Und es gibt unheimlich gute Sachen zu essen, Früchte, wie du sie noch nie gesehen hast. Und man darf beim Essen mit vollem Mund reden, sogar rülpsen. Und Kinder dürfen abends viel länger aufbleiben als hier. Im Winter ist es längst nicht so kalt. Man muss keine kratzigen Wollstrümpfe tragen und keine Milch trinken.« Ganz außer Atem hält Ina inne. In dem Versuch, der Freundin die Heimatstadt schmackhaft zu machen, sprudelte das alles unsortiert aus ihr heraus. Doch Inge unterbricht ihre Begeisterung.

»Was nützt mir das, wenn ich dort keinen verstehen kann. Die reden doch alle Chinesisch. Und lesen kann ich auch nichts.«

»Das kann ich dir doch beibringen. Und außerdem fährst du zusammen mit deinen Eltern. Du bist nicht allein.« Plötzlich hört Ina die Wanduhr in Finkelsteins Wohnzimmer schlagen. »Ach du Schreck. Ich muss gehen. Muma weiß nicht, dass ich hier bin. Inge, wein nicht. Morgen fangen wir mit dem Chinesischunterricht an.«

Ina ist so in Gedanken, dass sie gar nicht weiß, wie sie nach Hause gekommen ist. Auch vergisst sie völlig, dass sie ja eigentlich schwindeln und behaupten müsste, im Burghof gespielt zu haben. Das Erste, was ihr herausrutscht, als sie atemlos in der Küche steht, ist: »Muma, stell dir vor, Inge fährt nach Schanghai.«

Muma ist längst nicht so erstaunt von dieser Neuigkeit, wie Ina es war.

»Ja, das ist wohl die einzige Möglichkeit für die Familie, wenn sie sonst keine Angehörigen im Ausland haben. Für Schanghai braucht man kein Visum, nur eine Schiffspassage.«

»Aber Inge ist so unglücklich.«

»Dann musst du sie trösten und ihr so viel wie möglich von deiner Heimat erzählen, damit sie sich ein Bild machen kann.«

»Ja, deshalb war ich ja heute bei ihr. Wir haben auch schon ausgemacht, dass ich ihr Chinesischunterricht gebe.«

»Das ist eine gute Idee, Ina.«

»Dann darf ich also morgen Nachmittag wieder hin?«

»Von mir aus. Aber komm rechtzeitig nach Hause, damit du vor dem Abendessen noch Klavier üben kannst.«

Inge kommt nicht mehr in die Schule, aber Ina geht zu Inge. Schon den ganzen Vormittag hat sie sich in Gedanken auf ihre neue Aufgabe vorbereitet. Sie will Inge das Nötigste beibringen, so wie Marta das damals auf der Überfahrt gemacht hat. Aber sie will es besser machen als Marta. Sie kann sich gut in Inges

Situation hineindenken, weiß noch genau, mit welcher Mischung aus Scheu und Neugier sie damals die Cousine ausgefragt hat. Ein paar Essstäbchen, die sie aus Schanghai mitgebracht hat, nimmt sie zu Lehrzwecken mit.

Als sie am Nachmittag in Inges Zimmer kommt, begrüßt sie die Freundin gleich mit: »*Ni hao ma?*« Dabei singt sie jede Silbe mit ihren unterschiedlichen Tönen deutlich vor sich hin.

»Was soll das denn?«, fragt Inge verdutzt.

»Chinesischunterricht. Das heißt wörtlich: du – gut – Fragezeichen und bedeutet ›guten Tag‹. Das *ma* am Ende verwandelt den Satz in eine Frage. Und die anderen Silben stellt man einfach hintereinander. Keine Endungen, kein ›der, die, das‹, keine veränderte Wortstellung, ist das nicht praktisch?«

»*Ni hao ma?*«, probiert Inge. Weil sie musikalisch ist und ein gutes Gehör hat, gelingen ihr die Töne auf Anhieb richtig. Dabei ist sie sich gar nicht im Klaren, dass ein falscher Ton die Bedeutung eines Satzes im Chinesischen komplett verändern kann.

»*Hen hao, xiexie*«, entgegnet Ina – sehr gut, danke –, womit die Begrüßung aber noch nicht abgeschlossen ist. »Chinesen denken immer gleich ans Essen, und weil ich dein Gast bin, musst du mich jetzt fragen, ob ich schon gegessen habe. Das heißt: *chifanle meiyou?*«

»*Chifanle meiyou?*«, kommt es prompt von Inge.

»Essen – voll – Vergangenheit – nicht haben«, dolmetscht Ina. »*Le* ist die Silbe, die alles in die Vergangenheit setzt. Und eine Frage wird es, weil du ›haben oder nicht haben‹ dranhängst. Wenn du also schon gegessen hast, wiederholst du einfach den ersten Teil des Satzes: *chifanle*. Wenn du noch nicht gegessen hast, nimmst du den zweiten und sagst: *meiyou*. Aber das gleich zuzugeben wäre nicht höflich. Das darf man frühestens nach der dritten Frage sagen.«

Inge versteht sofort: »Dann muss ich dich das jetzt also noch zweimal fragen, und dann gibst du endlich zu, dass du es schon die ganze Zeit auf ein Stück Kuchen abgesehen hast. Und das hol ich dir dann.« Inge kapiert schnell, das muss Ina bewundernd zugeben.

Gesagt, getan. Kichernd und mit vollem Mund setzen die beiden den Unterricht fort, indem Inge den Sandkuchen in kleine Stücke bricht und diese mit Stäbchen in den Mund bugsiert.

Inge muss staunen, wie die sonst eher stille Ina, dieses Nesthäkchen der Klasse, das man immer ein bisschen beschützen musste, sich plötzlich in eine energische Person verwandelt. Sie hört der Freundin mit einer Mischung aus Faszination und Angst zu. Schanghai, dieser Name, der für sie zunächst nur mit Schrecken behaftet war, füllt sich allmählich mit Bildern. Mit ihrer Begeisterung bringt Ina die fremde Welt direkt in Inges Kinderzimmer, in jenes Kinderzimmer, in dem die beiden sonst immer mit ihren Puppen gespielt haben. Die sitzen jetzt unbeachtet in der Sofaecke und starren mit blauen Klimperaugen verständnislos auf die neue Situation. Die Zeit der Puppen ist vorbei.

Ina verpackt jeden Satz, den sie Inge beibringt, gleich in eine Geschichte oder eine alltägliche Situation aus ihrer Heimat: »Und wenn du dann auf der Straße eine Rikscha anhalten willst – das ist so was wie hier ein Taxi, nur dass es von einem Mann gezogen wird –, dann stellst du dich an den Straßenrand und winkst. Aber nicht so wie hier, sondern mit der Handfläche nach unten, so dass die Finger abwärts zeigen. Das bedeutet ›*lailai*‹ – herkommen. Und wenn ihr angekommen seid, dann fragst du den Fahrer: ›*duoshao qian?*‹ – Wie viel Geld? Dann sagt er dir den Preis.«

»Und wie ist das mit dem Essen?«, fragt Inge, die als Konditorstochter in dieser Hinsicht natürlich verwöhnt ist.

»Oh, kein Problem. Überall kann man gute Sachen kaufen, sogar auf der Straße. Das wirst du bald merken. Man sieht und riecht es sofort und muss gar nicht erst in ein Restaurant gehen. Zum Beispiel Lauchpfannkuchen, die der Verkäufer auf einer Platte immer frisch zubereitet, oder warme Süßkartoffeln, oder Dampfbrötchen mit Fleischfüllung oder Teigtaschen mit Krabben. Die sind am besten, wenn man sie gleich aus der Hand isst.«

»Und was ist mit Hunden, Heuschrecken, Schwalbennestern, Haifischflossen und solchen scheußlichen Sachen?«, hakt Inge nach.

»Ach, so was essen normale Leute überhaupt nicht. Heuschrecken essen höchstens ganz arme Leute, und das andere sind Delikatessen, die es nur in bestimmten Restaurants gibt. Aber man kann in Schanghai auch Kuchen und Torten bekommen, wie sie dein Vater macht«, beruhigt sie die Freundin. »Zum Beispiel in der Konditorei Kiessling oder im Donghai-Café. Vielleicht kann dein Vater ja dort auch eine Konditorei aufmachen. Linzertorte oder so ein Sandkuchen, wie wir ihn eben hatten, würde den Chinesen sicher auch schmecken.«

»Das sieht man ja an dir«, erwidert Inge trocken.

Ina stutzt einen Moment, dann muss sie kichern. »Ach, Inge«, entfährt es ihr, »wie ich dich beneide. Ich würde ja so gern mitfahren.«

Es folgt betretenes Schweigen. Natürlich ist Ina klar, dass Inge nicht zum Spaß in diese ihr so fremde Welt fährt. Niemand kann sagen, was sie dort erwarten wird. Und wenn Ina es genau überlegt, dann ist es dort bestimmt auch nicht mehr so, wie sie es in Erinnerung hat. Papa ist in Tschungking, Liuma und Baobao sind in ihr Dorf zurückgekehrt. Wer würde die Tür aufmachen, wenn sie jetzt den vertrauten Gartenweg entlangkäme? Jetzt bloß nicht ins Grübeln verfallen, ermahnt sich Ina und versucht rasch, ihre Unterrichtsstunde zu Ende zu bringen.

»Und wenn du dich verabschieden willst, dann sagst du ›*zaijian*‹, wieder – sehen, genau wie im Deutschen. Ich muss jetzt nämlich gehen. Also: *zaijian*. Und bis morgen: *mingtian jian* – dasselbe *jian*, und davor ›*mingtian*‹, das heißt ›morgen‹.«

Als Ina später zu Hause am Klavier sitzt und ihr aktuelles Übungsstück aufschlägt – Schumanns *Von fremden Ländern und Völkern* –, bekommt der Titel auf einmal eine ganz neue Bedeutung. Während sie die Läufe der rechten Hand übt, merkt sie, wie die Nachmittage mit Inge in ihr nachwirken. Das viele Erzählen von der Heimat hat eine tiefe Sehnsucht geweckt, Heimweh, wie sie es in den letzten zwei Jahren selten so stark gespürt hat. Die neu erwachten Erinnerungen machen sich in ihrem Kopf selbständig, und sie kann den Fragen, die sie vorhin schnell weggeschoben hat, nun nicht länger ausweichen: Was würde sie vorfinden, wenn sie jetzt tatsächlich nach Schanghai führe? Bestimmt nicht ihre kleine Familie. Wer wohl jetzt in ihrem Haus wohnt? Wer putzt auf den winzigen Hockern im Hof Gemüse? Wer sitzt um den runden Tisch im Esszimmer? Fremde Leute. Womöglich Japaner?

Wie gut, dass sie hier eine Zeit lang still am Klavier sitzen kann, nichts reden und erklären muss. Die rechte Hand verheddert sich, findet zurück in die Melodie. – Ja, fremde Länder und Völker können interessant, aber auch ziemlich bedrohlich sein. Und warum, so fragt sich Ina, müssen immer wieder Menschen gegen ihren Willen ihre Heimat verlassen?

Viele Nachmittage verbringt Ina bei Inge. Lotte ist schon ganz sauer. Und als Lotte einmal unbedacht den Satz »der Jude ist des Deutschen Feind« wiederholt, den sie irgendwo bei den Jungmädeln aufgeschnappt hat, geraten die beiden sogar richtig aneinander.

»Wie kannst du so was sagen, Lotte?« Ina ist empört. »Du willst doch wohl nicht behaupten, dass Inges Vater dein Feind ist. Neulich erst hast du dir seinen Kuchen schmecken lassen.«

»Aber der ist doch damit nicht gemeint.«

»Wenn du so was sagst, könnte man es aber glauben.«

»Ach, was weißt denn du schon. Da kannst du gar nicht mitreden.«

»Stimmt, weil ich keine Deutsche bin. Und deshalb ist Herr Finkelstein auch nicht mein Feind.«

Ina ist mittlerweile ziemlich hellhörig geworden, wenn es um solche Themen geht.

Viel Zeit bleibt Ina und Inge nicht mehr. Nach den Ereignissen in der Nacht vom 9. auf den 10. November hat Inges Vater rasch gehandelt. Die Schiffspassage ist ab Genua gebucht. Bis dorthin werden sie den

Zug nehmen. Jetzt werden bei den Finkelsteins die Koffer gepackt. Jeder darf nur einen mitnehmen und zehn deutsche Reichsmark, das ist alles. Inges Puppen ziehen zu Ina um, und Inas Essstäbchen hat Inge im Gepäck. Dann verlässt die Familie in aller Frühe die Stadt. Jedes Mal, wenn Ina seither an den noch immer zugenagelten Schaufensterscheiben der Konditorei Finkelstein vorbeikommt, gibt es ihr einen Stich.

10

Brandenburg 1939

EIN NEUER KRIEG

»Wir und andere junge Völker müssen uns diese Lebensrechte, die von unseren Vorfahren einst preisgegeben wurden, mühselig wieder erwerben und vielleicht einmal für sie eintreten. Und da baue ich nun erst recht auf euch, meine deutschen Jungen! Vor allem erwarte ich, dass, wenn einmal die Stunde kommen sollte, in der eine andere Welt glaubt, nach der deutschen Freiheit greifen zu können, aus dieser Jugend als Antwort ein millionenfacher Schrei ertönen wird ...«, dröhnt es aus den Lautsprechern in der Aula, und:

»Heil!«, kommt es prompt, wenn auch nicht millionenfach, aus den Kehlen der Schülerinnen der Mädchenoberschule Brandenburg.

»... ein Schrei so einmütig und deshalb so gewaltig, dass sie alle erkennen müssen, dass die Zeit der Hoffnung auf eine innere deutsche Zersplitterung endgültig vorbei ist, dass die harte Schule der nationalsozialistischen Erziehung es fertig gebracht hat, endlich das deutsche Volk zu formen.

Unser Volk und Großdeutschland – Sieg Heil!«

Wieder brüllen alle ihr »Sieg Heil!«.

Alle außer Ina, die sich da nicht angesprochen fühlt. Sie steht neben Lotte in der Aula. An Ostern haben die beiden den Übertritt ins Lyzeum geschafft und gehen in dieselbe Klasse. Obwohl heute eigentlich der 1. Mai und Feiertag ist, mussten sie in die Schule kommen, um die Übertragung von Hitlers Rede an die deutsche Jugend anzuhören. Ina verlagert das Gewicht von einem Fuß auf den anderen. Eine Führerrede, das kann dauern.

»Warum wieder bloß die Jungen?«, mault Lotte zu Ina herüber. »Wir Jungmädel leisten schließlich auch unseren Beitrag.« Lotte ist inzwischen zur Scharführerin aufgestiegen und trägt ihre Uniform, die Kluft genannt wird, mit großem Stolz: blauer Faltenrock, weiße Bluse mit schwarzem Halstuch und Lederknoten. Das Abzeichen für Brandenburg ist ein schwarzes Dreieck. Neidisch ist Ina vor allem wegen des »Klammeraffen«. Das ist der Rucksack, der bei Wanderungen und Geländespielen zum Einsatz kommt, so einen hätte sie doch zu gern auch, schon wegen des lustigen Namens. Erst neulich, am 20. April zu Hitlers Geburtstag, den Ina ja jetzt mit dem Führer gemeinsam hat, hatten Lotte und ihre Mädel wieder einen großen Auftritt. Und Ina war dabei, wenn auch nur unter den Zuschauern. Heimlich natürlich, denn Muma hätte das nie erlaubt. Erstens wegen dem Gedränge in der Innenstadt, und dann auch, weil sie so was nicht mag. Der ganze Altstädtische Markt war festlich mit Fahnen geschmückt. An den Häusern hingen Girlanden von einem Fenster zum anderen, und in der Mitte stand ein Tanzpodium mit Musikkapelle. Pimpfe, BDM und Jungmädel hatten dort Aufstellung genommen und sangen Frühlings- und Fahrtenlieder. Dann führte Lottes Schar – alle in ihren schwarzen Berchtesgadener Trachtenjacken – einen Volkstanz auf. Ina hatte sich nach vorne durchgedrängelt, um besser sehen zu können. Anschließend stellten sich alle zu einem Fackelzug unter der Führung der HJ auf. Eindrucksvoll sah das aus, wie sie in ihren Uniformen und mit den Fahnen und Fackeln in Reih und Glied standen. Ina lief eine Gänsehaut über den Rücken vor lauter Feierlichkeit. Da wäre sie schon gern mitmarschiert, aber Nicht-Ariern ist die Mitgliedschaft in solchen Organisationen verboten.

Endlich schmettern die anderen ihr letztes »Sieg Heil!«, dann ist Schluss für heute, auch Schulschluss. Weil Feiertag ist und sich die Schüler nur wegen der Hitler-Rede in der Aula versammeln mussten, können Lotte und Ina auf dem Heimweg noch ein bisschen trödeln. Das Lyzeum liegt am Temnitz, gleich hinter der St.-Pauli-Kirche in der Neustadt. Ina genießt es, jetzt einen längeren Schulweg zu haben. Früher hatte sie in zwei Minuten das Schultor erreicht, und der größte Teil des Weges war vom Wohnzimmerfenster aus sichtbar, kein Ausbüchsen möglich.

Heute machen die beiden Freundinnen einen Abstecher über die Steinstraße, wo es interessante Auslagen zu betrachten gibt. Allerdings ist deren Angebot längst nicht mehr so üppig wie früher, in Ermangelung von Waren haben manche Geschäfte Maiglöckchensträuße in die Schaufenster gestellt. Seit Einführung der Marken für Grundnahrungsmittel bilden sich vor einigen Läden immer wieder lange Schlangen. Morgens braucht Ina jetzt nicht mehr die Kaffeemühle für Muma zu drehen, die trinkt seit neuestem auch Malzkaffee, den sie verächtlich »Muckefuck« nennt.

»Holen wir uns im Café eine Brause?«, schlägt Lotte vor. Die gibt's zum Glück ohne Marken. Ina kramt in ihrer Geldbörse.

»Ja, geht noch.«

Sie betreten den nach Gebäck duftenden Laden, dessen Türklingel die Konditorin aus der Backstube hereinruft.

»Na, was darf's denn sein, ihr beiden Hübschen?«

»Einmal Brausepulver für jeden, bitte«, antwortet Lotte, die die Angewohnheit, für Ina zu sprechen, nie so recht abgelegt hat. »Was für eins willst du, Ina, Himbeere, Zitrone oder Waldmeister?«

Schwere Entscheidung. Vor allem darf sie Muma nicht wieder ihre Zunge sehen lassen. Neulich hat Inas rote Himbeerbrausezunge Muma in echte Panik versetzt. Sofort vermutete sie, dass Ina Scharlach hätte, hat ihr besorgt die Hand auf die Stirn gelegt und in den Rachen geschaut. Erst nachdem Ina das Brausepulver gebeichtet hatte, hat sie sich wieder beruhigt. Chinesische Ärzte schauten auch als Erstes die Zunge ihrer Patienten an. Also diesmal vielleicht lieber Waldmeister. Gibt es auch eine Krankheit, bei der man eine grüne Zunge bekommt?

Vor der Ladentür reißen sie sofort ihre Tütchen auf und schütten sich das Pulver in kleinen Häufchen auf den Handrücken, von wo es genüsslich aufgeleckt wird und bitzelnd auf der Zunge explodiert. Ina scheint es völlig logisch, dass das Wort »lecker« etwas mit »lecken« zu tun hat. Ein anderes Leckvergnügen sind Salmiakpastillen, die es in der Apotheke aus einem großen Glas gibt, und die der Apotheker selbst herstellt. Diese kleinen schwarzen Rhomben klebt man sich in die mit Spucke befeuchtete Handfläche, wo man damit Sterne und andere Muster legen kann, bevor man sie aufisst. Ina liebt diesen beißend scharfen Geschmack. Ein bisschen erinnert er sie an die sauer-süß-salzigen Trockenpflaumen, die ihr Liuma immer auf dem Markt gekauft hat.

Als die Brausetütchen leer sind, schlendern die beiden weiter Richtung Mühlendamm. In stillschweigendem Einverständnis meiden sie den Katharinenkirchplatz, wo das ehemalige Café Finkelstein nun nicht mehr mit Brettern vernagelt ist. Ein früherer Nachbar der Finkelsteins hat hier nun stolz sein Ladenschild aufgehängt: Konditorei Café Wallenburger, feine Kuchen und Backwaren. Ina bezweifelt, dass seine Linzertorte es mit der von Herrn Finkelstein aufnehmen kann. Aber selbst wenn, würde sie ihr nicht schmecken. Ina hat nichts mehr von Inge gehört, seit sie letzten Winter mit ihren Eltern abgefahren ist. Natürlich wollten sie sich schreiben, aber wie lange ein Brief aus Schanghai dauert, das weiß sie vom sehnsüchtigen Warten auf Post von Papa. Und wer kann sagen, was Inge dort erwartet hat. Ina hat jedenfalls keine Adresse, an die sie schreiben kann.

Mit Lotte hat sie seit ihrer damaligen Auseinandersetzung nicht mehr über die gemeinsame Freundin geredet. Das hätte keinen Sinn, denn Lotte hat, da ist sich Ina sicher, zum Thema Juden ihre eigenen Ansichten, oder besser gesagt die ihrer nationalsozialistischen Jugendorganisation.

Am Domkietz trennen sich ihre Wege; Lotte biegt rechts ab, Ina links.

»Tschüss, Ina. Kannst du morgen vielleicht ein bisschen früher kommen, damit ich noch Mathe von dir abschreiben kann?«

»Klar. Treffen wir uns Viertel vor acht hier.«

»Eins a. Auf dich kann man sich verlassen!«

»Muma, schau mal, da hat jemand einen Zettel unter der Tür durchgeschoben.« Ina hebt ihn auf und liest:

»An alle Haushaltungen:
Gemäß den Ausführungsbestimmungen des Reichsarbeitsministeriums vom 9. Mai 1939 müssen in allen Wohnhäusern Luftschutzräume eingerichtet werden. Im Haus St. Petri 2 ist dafür das nördliche, gemeinschaftlich genutzte Kellerabteil vorgesehen. Alle Mieter werden gebeten, dort lagernde Gegenstände unverzüglich zu entfernen, widrigenfalls dies durch den Luftschutzwart geschieht. Ferner sind die Bewohner aufgefordert, sich am Di., den 16. Mai punkt 18 Uhr zu einer Luftschutzübung dortselbst einzufinden.
Gez. der Luftschutzwart, Erich Meinke.«

Die deutsche Sprache bereitet Ina inzwischen kaum noch Probleme, aber Wörter wie »widrigenfalls« und »dortselbst« sind ihr noch nie begegnet.

Und warum steht da: »Gez. der Luftschutzwart«? Der heißt doch Erich und ist genauso gemein, wie der Name Meinke es nahelegt. Er hat Ina beim Rutschen auf dem Treppengeländer erwischt und zu ihr gesagt: »Ausländer, die sich nicht zu benehmen wissen, dulden wir hier nicht.« Das hat sie Muma natürlich nicht erzählt, die Herrn Meinke zwar auch nicht mag, aber das Rutschen auf dem Geländer bestimmt nicht erlauben würde.

Herr Meinke ist vom ganz normalen Hausmeister, der die Mülltonnen rausstellt, zum Blockwart aufgestiegen. Seither achtet er darauf, dass seine Mieter zu den entsprechenden Anlässen die Hakenkreuzfahne raushängen, und kommt sich dabei sehr wichtig vor. Jetzt ist er auch noch Luftschutzwart, und natürlich ist er in der Partei und hat seine Augen und Ohren überall. Die feine Dame aus dem zweiten Stock ist ihm gleich doppelt verdächtig; erstens, weil sie regelmäßig in die Kirche geht, und zweitens, weil sie Ausländer bei sich beherbergt.

Einigermaßen verständnislos reicht Ina den Zettel an Muma weiter.

»Hmm, das ist ja schon morgen«, erwidert sie mit gerunzelter Stirn. Im Gegensatz zu Liuma legt sich ihre Stirn bei Ärger oder Sorgen nicht in eine senkrechte Falte, sondern in viele waagrechte. »Wir müssen unten nichts wegräumen. Meine Sachen stehen alle in meinem eigenen Kellerabteil.«

»Was macht man denn bei einer Luftschutzübung?«, erkundigt sich Ina.

»Das weiß ich auch nicht genau. Wir werden ja sehen.«

»Wozu braucht man die überhaupt?« Ina hat eine vage Vorstellung davon, dass das etwas mit Krieg zu tun hat, mit Angriffen aus der Luft, mit Bombardierung, damit, was die Japaner in Schanghai gemacht haben. Aber wer sollte Deutschland angreifen? Die Japaner sind weit weg, und außerdem, das weiß Ina aus dem Volksempfänger, sind sie Verbündete Deutschlands, eine der so genannten Achsenmächte, zu denen auch Italien gehört. Hier müsste sie vor deren Angriffen doch eigentlich sicher sein.

»Das ist lediglich eine Sicherheitsmaßnahme«, erwidert Muma, aber sie kneift dabei die Augen zusammen, was sie immer dann tut, wenn sie ihre Zweifel hat.

Am folgenden Abend gehen die beiden mit den anderen Hausbewohnern – einschließlich der gehbehinderten alten Frau Möller sind das achtzehn Personen – in den Keller. Der Raum, in dem früher Fahrräder abgestellt waren und Gerümpel gestapelt wurde, ist kaum wiederzuerkennen. An den Wänden stehen ein paar einfache Pritschen und mitten im Raum in ordentlicher Reihe Holzbänke ohne Lehne. Nachdem alle Platz genommen haben, demonstriert Herr Meinke, wie man mit Schaufel und Sandeimer einen Brand löscht und wie man Mund und Nase mit feuchten Tüchern gegen Rauch und Gas schützt. Dabei macht er seine unvermeidlichen Witzchen. Aber kaum einer lacht, niemand fragt nach; die Erwachsenen kommen Ina wie verschüchterte Schulkinder vor. Die Verunsicherung steckt an. Für welchen Ernstfall wird hier geübt? Das ist die Frage, die alle sich stillschweigend stellen.

Einige Wochen später sitzen Ina und Muma abends im Wohnzimmer zusammen. Muma flickt etwas, und Ina hat, in der Hoffnung auf ein späteres Spiel mit

Muma, ihre Dominosteine aus der abgegriffenen Holzschachtel geholt und stellt sie zu langen, gewundenen Reihen auf, die sie dann durch Anstoßen des ersten Steins in rasendem Tempo wieder zu Fall bringt.

Dabei bleibt ihr Blick an den Fotos hängen, die in silbernen Rahmen auf der Anrichte stehen. Das ist wohl so was Ähnliches wie der Ahnenschrein, den es in Papas Arbeitszimmer in Schanghai gab, nur dass die Vorfahren hier nicht regelmäßig mit Räucherstäbchen versorgt und an Neujahr mit Leckereien beschenkt werden. Wer die Leute auf den Fotos sind, das wollte sie Muma schon immer fragen. Jetzt ist die Gelegenheit günstig. Auf einem Foto ist eine jugendliche Muma in weißem Kleid zu sehen. Sie hat ihre Hand in die eines uniformierten Mannes gelegt, der in militärisch strammer Haltung dasteht. Sie lächelt ihm zu. Das muss Mumas Hochzeitsfoto mit Herrn von Steinitz sein. Aber Ina weiß aus eigener Erfahrung, dass man nicht gern nach Menschen gefragt wird, die man lieb hat und die nicht mehr da sind.

Und dann ist da noch ein uniformierter Herr, der vor allem durch einen komischen Helm mit einer Art Christbaumspitze ihr Interesse erregt. Er sitzt auf einem Pferd, und im Hintergrund sind die Häuser des Burghofs zu erkennen. Das Foto muss sehr alt sein; es ist schon ganz bräunlich. Sich nach ihm zu erkundigen, scheint also ungefährlich.

»Muma, wer ist eigentlich der Mann auf dem Foto? Der auf dem Pferd mit dem komischen Helm.« Sie steht auf, bringt den Rahmen vorsichtig ins helle Licht der Wohnzimmerlampe, wo sie ihn gemeinsam betrachten können.

»Das ist mein Schwiegervater Siegfried von Steinitz, der Vater meines verstorbenen Mannes. Und was er auf dem Kopf hat, nennt man Pickelhaube. So etwas trugen die Soldaten damals. Er ist vor drei Jahren gestorben. Und eigentlich haben wir es ihm zu verdanken, dass du jetzt hier bei mir bist.«

»Wieso denn? Den kenn ich doch gar nicht.«

»Aber dein Großonkel väterlicherseits kannte ihn. Sie waren Freunde.«

»Ich wusste gar nicht, dass mein Großonkel mal in Deutschland war.«

»War er auch nicht, mein Schwiegervater ist in China gewesen. Aber das ist eine lange Geschichte.« Ina liebt Geschichten, besonders lange, die das Schlafengehen hinauszögern. Sie dreht ihre Dominosteine zwischen den Fingern und hört aufmerksam zu, während Muma erzählt.

»Siegfried von Steinitz war Major der hier in Brandenburg stationierten Infanterie, eine bekannte und geachtete Persönlichkeit in der Stadt. Immer aufgeschlossen für Neues und voller Ideen. Stell dir vor, er hat sogar Fahrten mit dem Fesselballon unternommen, weil er meinte, so könnte man im Kriegsfall das

Gelände erkunden. Im Jahr 1900 ist er dann nach China gefahren. Da gab es nämlich Krieg.«

»Mit dem Fesselballon?«

»Nein, mit dem Schiff, du Lämmchen, so wie du, nur in entgegengesetzter Richtung.«

Jetzt wird Ina hellhörig: »Aber warum gab es Krieg mit China? Das ist doch so weit weg?«

»Du warst doch selbst schon mal in Tsingtau, nicht wahr?«

»Ja, in diesem schrecklichen Kinderheim, bevor ich nach Deutschland kam.«

»Tsingtau war um die Jahrhundertwende deutsches Pachtgebiet.«

»Stimmt, das haben uns die Schwestern dort erzählt. Deshalb sehen die Häuser in Tsingtau ganz ähnlich aus wie hier. Es gab sogar eine Kirche, aber ohne Glocken.«

»Richtig. Außer den Deutschen waren noch viele andere Kolonialmächte in China, die Franzosen und Engländer zum Beispiel.«

»Ich weiß. Papa, Liuma und ich haben in Schanghai in der französischen Konzession gewohnt.«

»Sie alle hatten ihre diplomatischen Vertretungen in Peking, im Gesandtschaftsviertel, wo die Ausländer lebten. In den Jahren zuvor hatte es immer wieder Proteste gegen die Fremden gegeben.«

»Warum denn? In Schanghai gab es immer viele Ausländer, und die haben sich ganz gut vertragen.«

Vor Inas innerem Auge taucht ein bärtiger Sikh mit Turban auf, der sie samt Rikscha freundlich über die Kreuzung winkt.

»Ja, aber dort im Norden haben sie ihre Eisenbahnlinien gebaut; manchmal sogar durch die Friedhöfe der Landbevölkerung. Und außerdem wollten sie ihre Religion verbreiten. Das alles hat den Leuten nicht gefallen. Jedenfalls gab es Unruhen, bei denen sich eine Gruppe besonders hervortat. Die nannte man Boxer.«

»Wie Max Schmeling? Den kenn ich. Haben die gegen die Ausländer geboxt?«

»Nein, so nicht. Das war eine Gruppe von Leute, die besondere Übungen gemacht haben und meinten, davon besonders stark, ja unbesiegbar zu werden.«

»Ach, ich weiß, so was wie Tai Chi oder Kung Fu. Das üben die Leute in Schanghai immer ganz früh morgens im Park. Das eine geht ganz langsam und das andere sieht ziemlich gefährlich aus.«

»Ja, so was vermutlich. Und weil das für die Ausländer wie Boxen aussah, gaben sie ihnen die Bezeichnung Boxer. Diese Boxer hatten das Gesandtschaftsviertel besetzt, und eine englische Zeitung hat berichtet, alle dort lebenden Ausländer seien umgebracht worden. Daraufhin sind die Truppen von sieben europäischen Nationen ausgerückt, um die Chinesen dafür zu bestrafen. Das Unternehmen wurde als Strafexpedition bezeichnet. Mein Schwiegervater ist als Kommandeur des 2. Ostasiatischen Bataillons mit seinen Soldaten am 27. Juli von Bremerhaven aufgebrochen. Das war eine große Sache damals. Kaiser Wilhelm II. ist extra gekommen, um die Truppen zu verabschieden. In seiner Abschiedsrede hat er die Soldaten aufgefordert, hart gegen die Chinesen vorzugehen.«

»Aber wie konnten dein Schwiegervater und der Onkel meines Vaters Freunde werden, wo sie doch Feinde sein sollten?«, warf Ina ein.

»Das ist eine gute Frage, Ina. Es ist tatsächlich ein Wunder, dass sie unter diesen Umständen Freunde wurden, ein Wunder, über dessen Folgen wir uns noch heute freuen können. Jedenfalls waren die Deutschen die letzten unter den alliierten Truppen, die in China eintrafen. Da war alles schon vorbei. Du weißt ja, wie lange die Reise dorthin dauert, und sie hatten viele tausend Soldaten und sogar Pferde und Kanonen dabei. Das zu organisieren, geht nicht so schnell. Am Ende hat sich die englische Zeitungsmeldung als falsch herausgestellt. Im Gesandtschaftsviertel ist in Wirklichkeit nur ein Ausländer erschossen worden, aber das war ausgerechnet der deutsche Gesandte, Klemens Freiherr von Ketteler. Die anderen Ausländer waren längst befreit und alle wohlauf. Trotzdem haben die deutschen Truppen sich erst einmal in der Verbotenen Stadt einquartiert.«

»Durften die denn dort hinein? Da wohnte doch

der Kaiser. Deshalb heißt es ja Verbotene Stadt, weil da nur der Kaiser wohnen durfte.«

»Um Erlaubnis haben sie sicher nicht gebeten. Der kaiserliche Hof war geflohen, also haben die ausländischen Soldaten sich Zutritt verschafft und dort Quartier bezogen. Sie haben wohl auch so manches geplündert und zerstört, wie mein Schwiegervater später berichtet hat. Dessen Aufgabe war es, mit der chinesischen Versorgungszentrale für Ausländer über Kartoffeln, Mehl und Kohlköpfe zu verhandeln. Die Soldaten brauchten schließlich was zu essen.«

»Wie hat er denn das gemacht? Konnte er Chinesisch?«

»Nein, mein Schwiegervater hat nicht Chinesisch gesprochen, aber sein Verhandlungspartner in der Versorgungszentrale war ein gebildeter junger Chinese. Der hatte die erste Schule für westliche Sprachen besucht, die es in China gab, und dort fünf Jahre Deutsch und Französisch gelernt. Das war der Onkel deines Vaters. So haben sich die beiden unterhalten können und sind Freunde geworden. Er hat meinem Schwiegervater viel von der Stadt und der Umgebung gezeigt. Mein Schwiegervater hat immer davon geschwärmt, wie schön Peking ist. Sie sind dann noch eine Weile in Briefkontakt geblieben.«

»Dann sind also Marta und Heinrich und vorher schon Robert deshalb zu dir gekommen, weil die beiden sich kannten?«

»Genau so war es. Weil dein Großonkel in der Versorgungszentrale so gute Erfahrungen mit seinen Fremdsprachenkenntnissen gemacht hatte, beschloss sein Sohn, der Vater von Marta, Heinrich und Robert, dass seine Kinder ebenfalls Fremdsprachen können sollten. Und die lernt man natürlich am besten im Land selbst. Deshalb hat er sie zu mir nach Deutschland geschickt. Mein Mann ist ja schon bald nach unserer Hochzeit gefallen. Ich war ganz allein in der großen Wohnung, hatte viel Platz und viel Zeit und konnte sie hier aufnehmen. Und jetzt bist du bei mir und darüber bin ich sehr froh. Aber wenn ich so auf die Uhr sehe, dann sagt sie mir, dass du eigentlich nicht mehr bei mir sein solltest, sondern längst im Bett.«

Auch Ina, die mit heißen Ohren zugehört hat, blickt zur Standuhr hinüber. Viertel vor neun, eine Dreiviertelstunde über der normalen Schlafenszeit. Aber nicht nur deshalb hat Ina die Geschichte von dem Herrn mit der Pickelhaube tiefen Eindruck gemacht. Ehrfurchtsvoll trägt sie ihn in seinem Silberrahmen zurück auf die Anrichte. Während sie die Dominosteine in die Schachtel stapelt, kommt ihr plötzlich eine Idee.

»Du, Muma, könnte es sein, dass dieses Domino-Spiel einmal dem Mann mit der Pickelhaube gehört hat? Mein Vater hat mir nämlich erzählt, dass er es von einem Onkel bekommen hat, und der hatte es von einem Deutschen, mit dem er vor langer Zeit einmal befreundet war.«

Muma nimmt einen der abgewetzten Steine in die Hand und fährt nachdenklich mit dem Finger über die weißen Punkte. Zufällig ist es die Doppel-Fünf, für Chinesen eine Glückszahl. Der Spielstein ist nicht aus Holz, sondern aus schwerer schwarzer Linol-Masse und an den Kanten schon ziemlich abgestoßen.

»Das wäre schon möglich. Lass mal sehen, was auf der Schachtel steht.«

Ina leert die bereits einsortierten Steine noch einmal aus und reicht Muma das Holzkästchen.

»Tatsächlich, sieh mal hier.« Auf der Unterseite ist in den Holzboden der Firmenname Oskar Wiederholz eingebrannt. Ina war er vorher nie aufgefallen. »Das ist eine der alten Brandenburger Spielwarenfabriken«, erklärt Muma. »Die haben vor allem Tierfiguren aus Linol-Masse hergestellt und offenbar auch dieses Dominospiel.«

»Dann ist das Spiel also mit deinem Schwiegervater von Brandenburg nach Peking gereist, und von Peking ist es mit Vaters Onkel nach Schanghai und später in Papas Besitz gekommen, und der hat es dann mir mitgegeben, als ich nach Tsingtau fahren musste. Und mit mir ist es wieder hierher zurückgekehrt. Meinst du, das hat er absichtlich gemacht? In der Schachtel lag nur ein Zettel mit ein paar Gedichtzeilen, als Marta mir das Spiel aus Schanghai mitbrachte.«

»Was war das denn für ein Gedicht?«

»Es handelt vom Mondfest, und dass Menschen, die sich gern haben, dann beieinander sein oder beim Anblick des Mondes aneinander denken sollen.«

»Ich denke schon, dass er sich etwas dabei gedacht hat. Es war dir eben vorbestimmt, nach Brandenburg zu kommen und dieses Spiel an seinen Entstehungsort und in die Familie von Steinitz zurückzubringen.« Auch Muma ist ganz aufgeregt über diese Entdeckung. Fast ein wenig ungestüm zieht sie Ina an sich und drückt ihr einen Kuss auf die Wange. Sie selbst scheint über diesen untypisch heftigen Gefühlsausbruch ebenso überrascht wie Ina. Doch gleich darauf verwandelt sie sich wieder in die gewohnte Muma zurück: »Für heute räumst du das Spiel jetzt besser ein. Es ist wirklich schon sehr spät.«

»Vorherbestimmt« – *yuan* – das ist ein Wort, das auch Liuma oft benutzt hat. Eine vorbestimmte Begegnung, eine schicksalhafte Fügung – so etwas kam in ihren Geschichten ständig vor. Und immer hatten irgendwelche Götter dabei die Hand im Spiel. An die glaubt Ina zwar nicht, aber ihr wird trotzdem ganz feierlich zu Mute. Andächtig legt sie jeden Stein einzeln zurück in die Schachtel. Wer die wohl alles schon angefasst hat? Und was die gesehen haben? Waren sie womöglich sogar in der Verbotenen Stadt? Als sie fertig ist, stellt sie die Schachtel neben das Mensch-ärgere-dich-nicht-Spiel in die Anrichte. Das Domino ist ihr jetzt doppelt kostbar, nicht nur als Erinnerung an den Vater, sondern auch als Symbol für die Freundschaft zwischen Mumas Familie und ihrer eigenen.

Obwohl es schon so spät ist, kann Ina heute nicht gleich einschlafen. Ihr Kopf arbeitet auf Hochtouren. Ihre Gedanken kehren immer wieder zu diesem weit gereisten Herrn zurück, der in Peking über Verpflegung verhandelt hat. Wenn es den und seine Kartoffeln und Kohlköpfe nicht gegeben hätte, wäre sie jetzt nicht hier. Oder noch einen Schritt zurück: Wenn die Ausländer nicht die chinesischen Boxer geärgert hätten und der deutsche Kaiser daraufhin nicht seine Truppen geschickt hätte … Andererseits, wenn es keinen Krieg zwischen Chinesen und Deutschen gegeben hätte, wären ihre und Mumas Vorfahren gar nicht erst Freunde geworden. Aber auch die Japaner sind ein entscheidendes Glied in dieser Kette. Wenn die China nicht besetzt hätten, hätte sie keinen Grund gehabt, nach Deutschland zu kommen. Dann wäre sie Muma vermutlich nie begegnet, und das Dominospiel hätte nicht nach Hause zurückgefunden. Wenn – dann, es ist wie bei der Kettenreaktion fallender Dominosteine: Ein Stein reißt den nächsten mit sich, ein Ereignis stößt viele weitere an. Vorbestimmung? Wer ist es, der den ersten Stein anschubst? Ina kommt es so vor, als hätten diesmal nicht Liumas Götter den Anstoß gegeben. Ein Wort taucht in der Geschichte immer wieder auf: Krieg. Bei ihr und ihren

Vorfahren war jedes Mal der Krieg der Auslöser für das, was anschließend geschah. Und jetzt und hier reden schon wieder alle von Krieg. Aber daran will Ina jetzt lieber nicht denken. Nur eine Frage beschäftigt sie noch: Warum wollte dieser Major unbedingt Kartoffeln und Kohlköpfe für sich und seine Soldaten, wo es doch in China so viel bessere Sachen zu essen gibt?

Vier Monate später ist er da, der Krieg, der Ernstfall, für den sie im Luftschutzkeller geübt haben. Ina und Muma sitzen im Wohnzimmer vor dem Volksempfänger. Übertragen wird die Erklärung des Reichskanzlers Hitler vor der Reichsregierung vom 1. September 1939:

»... ich habe mich daher nun entschlossen, mit Polen in der gleichen Sprache zu reden, die Polen seit Monaten uns gegenüber anwendet ... dauerhafte Sicherung des deutschen Volkstums und deutschen Lebensraums gegen fremde Übergriffe und Machtansprüche ... Polen hat nun heute Nacht zum ersten Mal auf unserem eigenen Territorium auch durch reguläre Soldaten geschossen. Seit 5 Uhr 45 wird jetzt zurückgeschossen.«

Beim obligatorischen »Deutschland – Sieg Heil!« wendet Muma sich vom Radio ab und greift nach Inas Hand. Ihre Stirn ist wellig wie ein Waschbrett. Sie sieht alles andere als zuversichtlich und siegessicher aus.

»Das kann doch wohl nicht wahr sein«, entfährt es ihr. Und später wird sich herausstellen, dass es tatsächlich nicht wahr ist. Tatsache aber ist, dass sich das Deutsche Reich damit im Kriegszustand befindet. Muma, die dies natürlich viel schneller begriffen hat als Ina, braucht eine Weile, bis sie sich wieder gefasst hat.

»Ina, du bist hergekommen, um dem allem zu entfliehen, und jetzt geht das hier auch los. Ich hoffe bloß, dass ich dir auch weiterhin ein sicheres Zuhause bieten kann. Das Ganze wird hoffentlich schnell vorbei sein«, sagt sie mit Nachdruck, aber Zweifel lassen ihre Augen ganz schmal werden.

Angst schnürt Ina die Kehle zu. Nicht die Angst vor den Fliegern, vor denen man sich im Luftschutzkeller versteckt, nicht die Angst vor dem Krieg, unter dem sie sich eigentlich gar nichts vorstellen kann, sondern Angst davor, noch einmal alle und alles verlassen zu müssen, wieder einmal keinen festen Boden mehr unter den Füßen zu haben.

Im Radio ertönt jetzt eine Fanfare, die Ina in den nächsten Jahren noch oft hören wird:

»Das Oberkommando der Wehrmacht gibt bekannt: Auf Befehl des Führers und Reichskanzlers hat die Wehrmacht den aktiven Schutz des Reichs übernommen. In Erfüllung ihres Auftrags, der polnischen Gewalt Einhalt zu gebieten, sind Truppen des deutschen Heeres Freitag früh an allen deutsch-polnischen Grenzen zum Gegenangriff angetreten. Gleichzeitig sind Geschwader der Luftwaffe zum Niederkämpfen militärischer Ziele in Polen gestartet. Die Kriegsmarine hat den Schutz der Ostsee übernommen.«

Das ist nun schon mein zweiter Krieg, denkt sich Ina. Oder ist es ein und derselbe?

11

Brandenburg 1940

GELD FÜR LEBENDE UND TOTE

Ina und Muma leben nun schon einige Monate mit dem neuen Krieg. Außer den abendlichen Siegesmeldungen im Radio, eingeleitet von Liszts *Les Préludes*, ist davon kaum etwas zu merken. Allerdings sind seit Kriegsbeginn neben einigen Lebensmitteln nun auch Textilien rationiert. Jeder Deutsche über 14 Jahre erhält eine Kleiderkarte mit hundert Punkten, die in bestimmten Zeitabschnitten eingelöst werden können. Ina ist zehn und keine Deutsche – also keine Kleiderkarte. Der neue dunkelblaue Wintermantel, den die Schneiderin, Frau Blaschke, ihr genäht hat, hat einige Löcher in Mumas Karte gefressen. Die Lochzange der Textilverkäuferin im Kaufhaus Flakowski hat dafür ein Großteil der Abschnitte für Wollstoff zerbissen. Aber der alte rote Mantel aus Schanghai war einfach hoffnungslos zu klein geworden. Da hätte auch anstückeln nicht mehr geholfen.

»Wegwerfen kann man so was in Kriegszeiten nicht. Eine so gute Qualität, kaum abgetragen.« Bewundernd lässt Muma den Stoff durch die Finger gleiten. »Aus diesem Stück Ärmel könnte ich dir einen Muff machen.«

»Was ist ein Muff?« Von einem Kleidungsstück mit so einem muffigen Namen hat Ina noch nie gehört.

»Damit kann man sich die Hände wärmen«, erklärt Muma.

Gesagt, getan. Einige Tage später überreicht sie Ina eine Röhre aus Stoff, die an den Eingriffen sogar mit einem Stückchen Pelz besetzt ist. Man hängt sie sich an einer ehemaligen Gardinenschnur um den Hals und kann von beiden Seiten die Hände hineinstecken. Das ist natürlich viel schicker als selbst gestrickte Fäustlinge.

»Was ist denn da Weiches drin?«, fragt Ina, sobald sie es ausprobiert hat.

»Das ist ein alter Pullover, den habe ich als Futter verwendet. Man muss eben alles aufheben. Irgendwann kann man die Sachen immer wieder gebrauchen.« Sie behält allerdings für sich, dass dieser Pullover ihrem verstorbenen Schwiegervater gehörte. Man kann ja nicht wissen, ob andere Kulturen nicht vielleicht Vorbehalte gegen die Kleidungsstücke Verstorbener haben.

Ina ist ganz glücklich mit ihrer neuen Winterausstattung und bringt sie gleich beim Schlittschuhlaufen zur Geltung, obwohl der baumelnde Muff da eher stört, weil man die Arme zum Balancieren braucht. Schlittschuhlaufen ist ihre liebste Beschäftigung in diesem ziemlich kalten Winter. Die überschwemmten Wiesen auf dem Inselgrundstück um Lottes Haus sind zugefroren. Dort und nur dort haben sie die Erlaubnis, Schlittschuh zu laufen, weil das Wasser nicht tief und das Ufer nah ist. Ina hat schnell gelernt, auf den dünnen Kufen, die an ihre Winterstiefel angeschraubt werden, das Gleichgewicht zu halten. Inzwischen kann sie schon vorwärts und rückwärts, Rechts- und Linkskurven und ordentliche Achten fahren, was am meisten Spaß macht, wenn man sie als Erster ins noch unbefahrene Eis schreiben kann.

»Fahr doch mal ein chinesisches Zeichen«, hat Lotte sie im Spaß aufgefordert, und Ina hat sich den Kopf zerbrochen, aber keines der Zeichen, die sie kennt, schien ihr schlittschuhtauglich. Die bestehen einfach aus zu vielen einzelnen Strichen und lassen sich kaum am Stück schreiben. Das können nur große Kalligraphiekünstler. Und auf Schlittschuhen müsste man dazu wilde Pirouetten drehen. Stattdessen probieren sie es mit deutscher Schreibschrift. »Ina« ist kurz und lässt sich in einem Zug schreiben, aber trotzdem sind einige ziemlich scharfe Kurven drin. Schließlich steht ihr Name krakelig, aber immerhin lesbar im frischen Eis.

»Morgen Nachmittag kann ich nicht Schlittschuh laufen. Da sind wir dran mit Sammeln fürs Winterhilfswerk, immer zu zweit. Magst du mitkommen?«

»Da muss ich Muma fragen. Ich sag dir morgen in der Schule Bescheid.«

Ina hat schon oft an belebten Straßenecken der

Stadt Jungmädel und Pimpfe mit ihren Sammelbüchsen stehen sehen. Auf denen steht: »Deutsche Jugend sammelt für das Winterhilfswerk«. Schrecklich gern würde sie da auch mitmachen, schon weil man so schön laut mit der Büchse klappern kann. Für seine Gabe bekommt jeder Spender ein geschnitztes Holzfigürchen aus dem Erzgebirge, das man an den Weihnachtsbaum hängen kann.

Kaum hat Ina zu Hause die Stiefel ausgezogen und die Schlittschuhe in den Abstellraum gehängt, stürmt sie in die Küche, wo Muma das Abendbrot vorbereitet.

»Darf ich morgen nach der Schule mit Lotte zum Sammeln? Fürs Winterhilfswerk.« Als sie Mumas nachdenkliche Miene sieht, fügt sie gleich noch hinzu: »Das ist, damit bedürftige Volksgenossen eine Zuwendung bekommen.« Was genau damit gemeint ist, ist ihr nicht klar; jedenfalls muss es etwas Gutes sein.

»Ina, ich möchte, dass du dich von diesen Parteidingen fernhältst.«

»Aber Muma, das ist doch für einen guten Zweck. Du spendest doch auch für den Eintopfsonntag.«

»Spenden und Sammeln ist nicht dasselbe.«

»Aber wenn keiner sammelt, kann auch niemand spenden. Bitte, bitte, Muma, nur ein Mal!«

Dieses Argument kann Muma schwerlich widerlegen. »Na ja, eine wohltätige Sammlung kann ja nicht verkehrt sein«, räumt sie schließlich ein. »Aber du musst dich unbedingt warm anziehen. Wenn ihr den ganzen Nachmittag draußen herumsteht, kann das ziemlich kalt werden.«

Nachdem sie sich auf zwei Paar Socken, Winterstiefel, Mütze, Schal und den neuen Muff zusätzlich zu den Fäustlingen geeinigt haben, trifft sich Ina mit Lotte. Die hat bereits einen guten Platz an einer belebten Kreuzung gesichert, und die beiden machen sich auf den Weg. Diesmal ausnahmsweise mit der Elektrischen, denn Kinder, die für das Volkswohl sammeln, dürfen ohne Fahrschein fahren. Kichernd vor Aufregung lassen sie sich auf einen Zweiersitz plumpsen. Sie tuscheln und lachen, bis eine Frau mit schweren Einkaufstaschen hereinkommt. Höflich machen beide Anstalten aufzustehen.

»Danke, das ist nett von euch, aber ich brauche nur einen Platz.«

»Meine Schwester kann sich ja bei mir auf den Schoß setzen«, platzt Lotte heraus und zieht Ina zu sich. Die kann das Kichern kaum unterdrücken; krampfhaft schaut sie in die andere Richtung und zieht sich die Mütze tiefer ins Gesicht.

»Ist deine Schwester jünger oder älter als du?«, erkundigt sich die Frau.

»Die ist gleich alt. Wir sind nämlich Zwillinge.«

»Ach wie schön, dann hat euch eure Mutter früher sicher immer gleiche Sachen angezogen.«

»Ja, schon, aber dann wusste sie selber nicht mehr, wer wer ist«, flunkert Lotte mit todernster Miene, die braunen Locken unter der dicken Mütze verborgen. Ina kann sich nur schwer beherrschen. Zum Glück hält die Elektrische in dem Moment vor dem Kurfürstenhaus. Die beiden murmeln rasch ihr »Auf Wiedersehen« und stürzen zur Tür hinaus. Draußen fallen sie einander in die Arme und können sich kaum halten vor Lachen. Nachdem sie sich halbwegs wieder eingekriegt haben, steuern sie untergehakt das Standbild des steinernen Roland an. Das ist ein idealer Platz zum Sammeln. Mehrere Linien haben hier ihre Haltestellen, und man kann sich zwischendurch auf dem Sockel ein bisschen ausruhen. Außerdem gibt der riesige Ritter mit dem gezückten Schwert einen guten Hintergrund für ihr Vorhaben ab.

»Wer nicht spendet, kriegt eins drüber«, albert Lotte. Dann setzt sie eine ernste Miene auf und klappert geschäftsmäßig mit der Büchse, in die sie selbst ein paar Groschen geworfen hat, damit es besser klingt: »Eine kleine Spende für das Winterhilfswerk!«

Ina hält den Passanten die Schachtel mit den Holzfigürchen entgegen, um sie zum Spenden zu verlocken. Eine Frau mit Kopftuch und Einkaufskorb bleibt stehen, wirft einige Münzen in die Büchse und wählt ein Holzpferdchen. Eine volle Straßenbahn spuckt weitere Spender aus. Dann lange nichts. Es hat angefangen zu schneien, Kälte kriecht ihnen die Beine hoch.

»Jetzt schneit es unser schönes Eis zu«, sagt Lotte. »Immerhin verpassen wir nichts, während wir hier rumstehen. Morgen müssen wir uns eine Bahn mit dem Schneeräumer freischaufeln.« Sie hüpft von einem Fuß auf den anderen, um warm zu bleiben; die Sammelbüchse rasselt im Takt.

Endlich bleibt ein dicker Mann mit Aktenmappe stehen. Nachdem er eine großzügige Spende in Lottes Büchse geworfen hat, mustert er Ina von Kopf bis Fuß.

»Das ist aber nett, dass ein kleines japanisches Fräulein sich an der Sammlung für unsere deutschen Volksgenossen und Soldaten beteiligt. Da merkt man eben, dass die Achsenmächte zusammenhalten.«

Nicht schon wieder, denkt Ina, und die Zornesröte steigt ihr ins Gesicht. Widerwillig hält sie ihm die Schachtel hin, am liebsten würde sie sie hinter ihrem Rücken verschwinden lassen. So einem gönnt sie die schönen Figürchen nicht.

»Das könnt ihr behalten«, sagt der Dicke gönnerhaft.

Anstandshalber bedankt sich Ina, aber einen Knicks wie Lotte macht sie nicht. Als der Mann sich umgedreht hat, streckt sie ihm stattdessen die Zunge heraus.

»He, Ina, was soll denn das? Der hat uns eine ganze Mark gegeben. Unsere beste Einnahme heute. Warum bist du so sauer?«

»Ich bin keine Japanerin.«

»Aber das kann der doch nicht wissen, und außerdem ist es egal, oder?«

»Ist überhaupt nicht egal. Die Japaner haben mein Land angegriffen. Deshalb bin ich ja hier. Die sind unsere Feinde.«

»Aber mit uns sind sie verbündet, weil sie nämlich gegen die Engländer und Amerikaner sind, genau wie wir.«

Da hat Lotte natürlich recht. Oft genug hat Ina am Volksempfänger Meldungen wie diese gehört: »Der Führer strebt eine politische, wirtschaftliche und militärische Zusammenarbeit mit Japan an« oder »Die Japaner schaffen eine neue Weltordnung im großasiatischen Raum, so wie wir das in Europa tun.« Die Frage ist bloß, welchem »wir« Ina sich zugehörig fühlt.

Nachdenklich und durchgefroren steigt Ina zu Hause die Treppe hinauf. Sie hat inzwischen einen eigenen Wohnungsschlüssel, den sie an einem Band um den Hals trägt. Leise und längst nicht so überschwänglich wie sonst schließt sie die Türe auf. Erst Lottes Zwilling, dann eine Japanerin, das ist ein bisschen viel für einen Nachmittag. Wobei sie gegen das doppelte Lottchen ja nichts einzuwenden hat.

»Na, wie war's?«, fragt Muma aus dem Wohnzimmer. »Habt ihr gut gesammelt?«

»Es ging.« Inas Begeisterung für die gute Sache ist verflogen. »Ich glaube, ich gehe da nicht mehr mit«, fügt sie noch hinzu. Und Muma ist klug genug, nicht nachzufragen, was ihr den Spaß am Sammeln so gründlich verdorben hat. Die Kälte allein kann es nicht gewesen sein. Da kennt sie ihre Ina mittlerweile gut genug.

Jeden Sonntag geht Muma zum Neustädtischen Friedhof, und manchmal kommt Ina mit. In China geht man nur einmal im Jahr ans Grab – am so genannten Gräberputztag Anfang April. Dann wird die Grabstelle vom wuchernden Unkraut befreit, und man veranstaltet ein Picknick mit den Toten. Die Lebenden breiten die mitgebrachten Speisen auf dem Grabstein aus, und durch brennende Räucherstäbchen können auch die Toten an dem Mahl teilhaben. Anschließend isst man die Sachen auf. Während Ina darüber nachdenkt, fällt ihr auf, dass die Chinesen zu feierlichen Anlässen immer essen, egal ob mit Lebenden oder mit Toten.

In China liegen die Gräber verstreut in den Hügeln und Feldern vor der Stadt, angelegt nach den Regeln des *fengshui*, damit sie im richtigen Verhältnis zu »Wind und Wasser« liegen. Ein Fachmann muss die Lage des Grabes für jeden Verstorbenen mit einer komplizierten Scheibe berechnen und dabei dessen Geburtsdatum und viele andere Faktoren berücksichtigen. Hier ist alles in geraden Reihen angelegt, einheitlich ausgerichtet und das ganze Jahr über ordentlich gepflegt. Auf »Wind und Wasser« wird dabei keine Rücksicht genommen.

Mumas verstorbener Mann hatte im Juli Geburtstag, und an diesem Tag stellt sie ihm immer einen Strauß mit Levkojen, seine Lieblingsblumen, aufs Grab. Ina war schon öfter mit ihr auf dem Friedhof. Auf dem Grabstein steht:

Siegfried von Steinitz
Major
1840–1936

Das ist der Mann mit der Pickelhaube, der hier auch begraben liegt. Darunter steht:

Georg von Steinitz
Oberleutnant
1896–1917

»Dein Mann ist aber jung gestorben. Der war ja erst einundzwanzig.«

»Ja, wir waren gerade ein Jahr verheiratet, als er einrücken musste. Das war im letzten Krieg. Er ist in Frankreich gefallen.«

Während Muma kaum sichtbares Unkraut aus der Grabeinfassung zupft, fällt Ina ein, dass ihre Mutter ja auch kaum älter gewesen ist, als sie gleich nach der Geburt ihres ersten Kindes starb. Plötzlich schnürt ihr der Gedanke an diese junge, ebenfalls viel zu früh verstorbene Frau, die sie nie kennenlernen konnte, den Hals zu. Ihre Gedanken wandern vom Neustädtischen Friedhof in Brandenburg in den Hinterhof des Schanghaier Hauses:

»Was machst du da, Liuma?«, hatte sie gefragt, als sie die gute Seele des Haushalts einmal mit einem roten Blecheimer mit Löchern in den Hof hinter der Küche gehen sah. In der anderen Hand hielt sie ein dickes Bündel, das wie Geldscheine aussah.

»Ui, woher hast du denn so viel Geld?«

»Das ist Totengeld, Dickerchen, kein richtiges. Indem man es verbrennt, schickt man es den Toten, die in einer anderen Welt leben. Dort brauchen sie ja auch Sachen und was zu essen. Mit diesem Geld können sie sich dann das Nötige kaufen.«

Ina betastete die Scheine aus grobem, gelblichem Papier. Auf manche war dünnes Gold- oder Silberpapier aufgeklebt, andere waren mit Gebrauchsgegenständen bemalt: ein Kamm, eine Bürste, ein Paar Schuhe, Essstäbchen.

Inzwischen hatte Liuma ein Streichholz angezündet und den ersten Schein damit in Brand gesetzt. Sofort ging er lodernd in Flammen auf. Liuma warf ihn in den Eimer, wo er sich noch eine Weile glimmend aufplusterte und dann in federleichte Ascheflöckchen auflöste. Dann ließ Liuma einen Geldschein nach dem anderen langsam durch die Finger gleiten und zündete ihn an. Ihr Gesicht war dabei so konzentriert und abwesend, dass Ina nicht wagte, sie anzureden. Endlich war Liuma fertig und erklärte:

»Man muss jeden Schein einzeln in die Hand nehmen und dabei ganz fest an den Empfänger denken, damit er auch beim Richtigen ankommt, verstehst du?«

»Wem schickst du sie denn?«

»Meinen Eltern, die sind beide schon gestorben. Ihr Grab ist in dem Dorf, aus dem ich komme. Aber das kann ich nur einmal im Jahr, in meinem Urlaub, besuchen. Deshalb schicke ich ihnen Geld von hier.«

»Meinst du, ich könnte meiner Mama auch so was schicken?«

»Natürlich kannst du das.« Liuma reichte ihr einige von den Scheinen mit der Gold- und Silberfolie. Vorsichtig nahm sie einen davon in die Hand und dachte dabei an die hübsche junge Frau auf dem Foto auf Papas Schreibtisch. Dann hielt sie eine Ecke an die zwischen der Asche glimmende Glut und ließ das Papier, als es aufflammte, schnell in den Eimer fallen. So machte sie es mit den anderen auch.

»Und jetzt bitte noch einen Kamm und eine Bürste.« Auch die gingen in helle Flammen auf, und Ina stellte sich vor, wie sie in dem Wirbel aus heißer Luft und Ascheteilchen zu ihrer Mutter gebracht wurden.

Zum Abschluss hatte Liuma noch ein paar Räucherstäbchen angezündet und auch Ina welche gegeben. Die musste man vor der Brust auf und ab schwenken, damit die Spitzen aufglommen und duftende Rauchkringel in die Luft entließen.

»Danke, Liuma.«

»Gern geschehen, Dickerchen. Deinem Vater erzählst du besser nichts davon. Der hält solche Dinge für Aberglauben.«

Danach war Ina in das Arbeitszimmer ihres Vaters geschlichen, hatte lange das Foto auf seinem Schreibtisch betrachtet und gedacht: Den Kamm und die Bürste wird sie gut gebrauchen können, wo sie doch so schönes, langes, glänzendes Haar hat.

»Ina, kannst du bitte da vorne am Brunnen eine Kanne Wasser holen? Wir müssen den Efeu noch gießen. Der ist ganz trocken.«

Ina schrickt zusammen. Mumas Stimme holt sie in die Gegenwart zurück, aber die Idee, die sie von ihrer Gedankenreise nach Schanghai mitgebracht hat, ist bereits zu einem konkreten Plan geworden.

Als sie wieder zu Hause sind und Ina am Wohnzimmertisch ihre Hausaufgaben macht, reißt sie ein Blatt aus ihrem Zeichenblock und schneidet es in kleine Rechtecke. Zwischen Rechenheft und Mathebuch versteckt, zeichnet sie darauf Dinge, die sie ihrer Mutter schicken möchte: einen Blumenstrauß, einen

Regenschirm – jetzt kommen bald die Taifune –, eine Schale mit Teigtäschchen, Inas Leibspeise. Dann weiß sie nicht mehr weiter und entscheidet sich für Banknoten. Das ist am praktischsten. Dafür kann sich ihre Mutter alles kaufen, was sie braucht. Doch welche Währung ist dort gültig? Da sie sich nicht mehr genau erinnert, wie chinesische Geldscheine aussehen, stellt sie kurzerhand Scheine in deutscher Reichsmark aus: 5 RM, 10 RM, 20 RM, 50 RM – von allem reichlich. Sie schiebt die Zettel zusammen, verbirgt sie in ihrem Heft und trägt sie mit ihren Schulsachen in ihr Zimmer. An diesem Abend muss sie nicht wie sonst dreimal dazu aufgefordert werden, ins Bett zu gehen. Sie verabschiedet sich freiwillig und ungewöhnlich früh.

»Ist dir nicht gut, Ina?«

»Doch. Aber wir schreiben morgen eine Mathearbeit. Da muss ich ausgeschlafen sein.« Nicht dass Mathe ein Problem wäre.

Muma, verwundert und erfreut über so viel Einsicht, gibt Ina den üblichen Gutenachtkuss und schließt leise die Tür hinter sich. Meine Kleine wird langsam richtig vernünftig, denkt sie nicht ohne einen gewissen Stolz.

Jetzt muss Ina es schaffen, wach zu bleiben, bis Muma ins Bett geht. Natürlich darf unter der Tür ihres Zimmers kein Lichtstreifen sichtbar sein, also kann sie sich die Zeit nicht mit Lesen vertreiben. Im

Dunkeln ist es noch schwieriger, nicht einzuschlafen. Was ist das Gegenteil von Schäfchenzählen? Ina probiert es mit der Multiplikationstabelle, die sie gerade in Mathe durchnehmen: die Siebener-Reihe, danach sind englische Verben mit ihren Präpositionen dran und schließlich die rechten Nebenflüsse der Donau. Als ihr gar nichts mehr einfällt, versucht sie, wie viel sie auf Chinesisch noch von der Geschichte des pietätvollen Wu Meng hersagen kann. Viel ist es nicht mehr; sie meint, ihr Hirn unter der ungewohnten Gedächtnisanstrengung knirschen zu hören.

Endlich knarren draußen auf dem Flur die Dielen, die Toilettenspülung rauscht, dann hört sie das leise Schließen von Mumas Schlafzimmertür. Ina muss sich beherrschen, um nicht gleich loszustürmen. Sie sitzt auf der Bettkante und versucht, ihre Gedanken auf das zu konzentrieren, was sie vorhat.

Leise schleicht sie sich mit dem kleinen Bündel bemalter Zettel – ihrem selbst gemachten Totengeld – in die Küche und dann auf den Küchenbalkon, der zum Hof hinausgeht. Dort stehen ein paar leere Blumentöpfe, die Muma dieses Jahr nicht bepflanzt hat. Sie kauert sich hin und streicht eines der Streichhölzer an, die sie aus der Küche mitgenommen hat. Zum Glück geht heute kein Wind. Sie hält das erste Papierstück an die Flamme – der Blumenstrauß – und stellt sich das Foto ihrer Mutter vor: diese ewig junge Frau mit den glänzend schwarzen Haaren. Nacheinander gehen auch der Regenschirm und die Teigtäschchen in Flammen auf, dann folgt das Bargeld. Ina beginnt mit den kleinen Scheinen und füttert damit stetig das Feuer, das in dem leeren Blumentopf jetzt lodernd aufflammt. Als sie die letzten Fünfziger den Flammen übergeben will, wird sie von lautem Rufen aus ihren Gedanken gerissen.

»Feuer! Hilfe! Da oben brennt's!« Das Schreien kommt unten vom Hof. Eine aufgeregte Frauenstimme, in die sich bald der empörte Bass von Herrn Meinke mischt.

»Das ist im zweiten Stock, bei Frau von Steinitz. He, was ist denn da los? Ist jemand auf dem Balkon?«

Der allgemeine Aufruhr hat auch Muma geweckt, die im Nachthemd in der Balkontür erscheint. »Um Himmels willen, Ina, was machst du denn?« Sie wartet keine Antwort ab, sondern zieht Ina in die Küche, schlägt mit einem Küchenhandtuch auf die Flammen ein und ruft, nachdem sie sie gelöscht hat, in den Hof hinunter: »Alles in Ordnung, Herr Meinke. Es besteht keine Gefahr mehr.«

»Ja, was glauben Sie denn? Sie können doch nicht einfach ein Feuer auf dem Balkon machen. Das gefährdet die Hausgemeinschaft und verstößt gegen die Verdunklungsvorschriften.«

»Ein Versehen, Herr Meinke, ein Versehen«, beschwichtigt Muma. »Die Situation ist völlig unter Kontrolle, das kann ich Ihnen versichern.« Dann schließt sie, ohne sich weiter um das Gezeter von Herrn Meinke zu kümmern, mit Nachdruck die Balkontür und wendet sich Ina zu, die, ebenfalls im Nachthemd, so verdattert zu ihr aufblickt, als käme sie von ganz weit her.

»Ina, was soll denn das? Wie kommst du dazu, auf dem Balkon ein Feuer zu machen?«

In Inas Hals steigen die Tränen hoch, in der Nase bitzelt es schon. Schließlich gibt sie den aussichtslosen Kampf gegen das Weinen auf und schluchzt laut los. Wieder einmal fühlt sie sich unverstanden und allein. Doch als Muma ihr den Arm um die Schulter legt und sie an sich drückt, gerät ihre Mich-versteht-ja-doch-keiner-Haltung ins Wanken. Vielleicht würde Muma es ja verstehen, wenn sie es ihr zu erklären versuchte. Ina reißt sich zusammen.

»Es ist wegen meiner Mutter«, bringt sie unter Schniefen heraus. »Weil wir doch heute auf dem Friedhof waren …«

Und so kommt es, dass die beiden bis spät in die Nacht am Küchentisch sitzen und Muma erfährt, wie man in China der Toten gedenkt und – auch aus der Ferne – für ihr Wohl sorgen kann.

Brandenburg 1941

SCHON WIEDER KOFFER PACKEN

»Das Jahr 1941 wird die Vollendung des größten Sieges unserer Geschichte bringen«, hat der Führer in seiner Neujahrsansprache verkündet.

Für Ina bringt es viele Stunden im stickigen Keller unter den gestrengen Augen von Herrn Meinke, dem Luftschutzwart. Die britischen Luftangriffe auf deutsche Städte nehmen zu. Brandenburg liegt in der Einflugschneise der Bomber auf Berlin. Außerdem gibt es kriegswichtige Industrie in der Stadt, weshalb die Flieger manchmal schon dort ihre tödliche Fracht abladen, noch bevor sie die Reichshauptstadt erreichen.

»Von jetzt an muss jeder von uns einen gepackten Koffer mit den wichtigsten Dingen parat haben, Ina. Den müssen wir bei Alarm mit in den Keller nehmen. Er darf nur so schwer sein, dass du ihn selbst tragen kannst«, hat Muma gesagt. Bisher haben sie immer bloß ein paar Kissen und Decken mit in den Keller genommen, sobald die Sirenen ertönten, damit Ina auf einer der Pritschen weiterschlafen kann, wenn der Alarm nachts kommt. Aber schlafen kann sie ohnehin fast nie, denn es ist natürlich viel spannender, den

Gesprächen der Erwachsenen zu lauschen oder zu lesen. Ein weiterer Vorteil ist, dass bei Alarm nach Mitternacht der Unterricht am folgenden Morgen zwei Stunden später beginnt.

Das alles war für Ina bisher eher spannend als beunruhigend. Selbst die Gasmaske, die Herr Meinke jedem ausgehändigt hat, wirkt eher komisch. Ina kommt sich darin vor wie ein Marsmännchen.

Aber der gepackte Koffer spricht eine andere Sprache. Ina hasst Kofferpacken. Für sie löst sein Anblick nicht Vorfreude auf fröhliche Ferien aus, sondern das bittere Gefühl von unvermeidlichem Abschied. Wieder einmal steht sie vor dem nahezu unlösbaren Problem, entscheiden zu müssen, welche der lieb gewonnenen Dinge sie im Ernstfall mitnehmen will und welche sie wohl oder übel zurücklassen muss. Aber um das entscheiden zu können, muss man sich diesen Ernstfall vorstellen.

Sie sitzt in ihrem Zimmer vor der Kommode, neben sich den geöffneten Koffer, an dem noch der Anhänger der »Scharnhorst« des Norddeutschen Lloyd hängt. Zuerst kommt das Bündel mit Papas Briefen hinein, der Länge nach gefaltet und von oben nach unten mit Reihen gleichmäßiger Schriftzeichen beschrieben, wie Ina sie vermutlich nie so schön wird schreiben können. Sie kann diese Briefe zwar noch immer nicht ohne Hilfe lesen, hebt sie aber trotzdem sorgsam auf. Schon lange ist kein neuer mehr hinzugekommen.

Das liegt an der Blockade, sagt Muma. Englische Kriegsschiffe blockieren den Seeweg zwischen China und Europa. Auch Marta kommt wegen des häufigen Fliegeralarms nur noch selten. Das wäre zu gefährlich. Ihr Chinesischunterricht liegt also im Argen. Nicht dass Ina darüber traurig wäre. Auch als Dolmetscherin ist die Cousine längst entbehrlich geworden, nicht aber als jemand, der aus derselben Familie, demselben Land stammt. Mit ihr kann Ina die politischen Meldungen besprechen, die sie aus dem Volksempfänger und der Zeitung aufschnappt. Zum Beispiel die, dass die Engländer gegen die Japaner kämpfen, zugleich aber Feinde Deutschlands sind. Und Fragen, wie sie neulich beim Sammeln auftauchten: Auf welche Seite, zu welchem »wir« gehöre ich? Lotte kapiert das sowieso nicht, und Muma, das spürt Ina, hat schon genug Sorgen.

Als Nächstes packt sie das Poesiealbum ein. Zum Abschied aus der Volksschule hat sich fast jede aus ihrer Klasse eines angeschafft. Man lässt Freundinnen, Lehrer und Lehrerinnen hineinschreiben und ist stolz, wenn man gebeten wird, sich bei anderen zu verewigen. Dann muss man sich eines dieser Verslein aussuchen und etwas dazu malen oder einen Scherenschnitt oder ein Albumbild einkleben. Ina ist eine gefragte Poesiebuch-Schreiberin, denn ihre Einträge sind immer etwas Besonderes. Sie hat sich ein paar Sprüche aus dem hübschen, mit buntem

Papier beklebten Bändchen *Quellen östlicher Weisheit* herausgesucht, das sie in Mumas Bücherschrank gefunden hat. Zur Dekoration fügt sie neben ihrer deutschen Unterschrift Ina Chen ihren chinesischen Namen Chen Yinna 陳銀娜 hinzu. Da sind die anderen ganz scharf drauf, und diese Schriftzeichen hat Ina so oft geübt, dass sie inzwischen einigermaßen ansehnlich und gleichmäßig untereinander auf dem Papier stehen.

Bevor Ina das in rotes Leinen gebundene Buch in den Koffer legt, blättert sie noch einmal die Einträge durch. Der Sportlehrer aus der Volksschule hat der damals Neunjährigen ins Album geschrieben:

Was Gott geschieden hat –
alles ist gut –
soll der Mensch nicht zusammenfügen,
so bleibt es gut.

»Wie meint er denn das?«, hat Ina Muma damals gefragt, nachdem sie eine Weile über den Sinn dieses Verses gerätselt hatte. Irgendwie gaben die Zeilen ihr das Gefühl, etwas Unrechtes getan zu haben, sie schienen einen stillen Vorwurf auszudrücken.

»Ach, weißt du, Ina, es gab und gibt immer Leute, die etwas gegen Ausländer haben und finden, jeder sollte in seinem eigenen Land bleiben.«

»Und damit meint er mich? Aber ich kann doch

nichts dafür, dass die japanischen Angriffe Schanghai so unsicher gemacht haben.«

»Natürlich nicht. Und es ist ja auch völlig in Ordnung, dass du hier bist. Ich weiß gar nicht, was ich ohne dich täte. Aber unter dem Einfluss der Nationalsozialisten hat sich dieses Denken verstärkt.«

»Die bleiben ja auch nicht in ihrem eigenen Land«, hatte Ina erwidert und dabei an die Meldungen des Volksempfängers gedacht, die vom »Volk ohne Raum« berichteten, das seine Truppen in Polen einmarschieren ließ und Österreich einfach »angeschlossen« hat. Daraufhin hatte Muma das Gespräch rasch in andere Bahnen gelenkt. Aber Ina hat das Thema nicht losgelassen. Früher war sie oft wegen ihres fremden Aussehens gehänselt worden; die Sprüche mit den Schlitzaugen hingen ihr gehörig zum Hals heraus. Aber das war nur am Anfang, und irgendwie waren diese Reaktionen ja auch verständlich. In einer Stadt wie Brandenburg fällt man als Chinesin einfach auf. Aber warum musste ausgerechnet ein Lehrer so etwas in ihr Poesiealbum schreiben? Sollte der es nicht besser wissen? Und außerdem, was hatte Gott damit zu tun? Papas Onkel und Mumas Schwiegervater waren schließlich auch Freunde geworden, obwohl sie eigentlich Feinde hätten sein sollen.

Dann schlägt sie den Eintrag von Inge auf, die ja jetzt auch in einem fremden Land lebt. Wie es ihr wohl geht? Ina hat nie wieder etwas von ihr gehört. Ausgerechnet Inge hatte ihr ins Album geschrieben:

Marmor, Stein und Eisen bricht,
aber unsre Freundschaft nicht.

Außen herum hat sie zwei verschlungene Herzen mit einer Blumenranke gemalt. Die hatte sich ihre Zukunft auch anders vorgestellt, als sie das damals schrieb. Jetzt läuft die blonde Inge in Schanghai herum, und Ina stellt sich vor, wie all die schwarzhaarigen Chinesen sich nach ihr umdrehen. Sie weiß ja, wie schwer es ist, so sichtbar fremd zu sein. Und sie weiß auch, dass ihre eigenen Landsleute nicht sonderlich rücksichtsvoll sind, wenn es um das Bestaunen von etwas Neuem, Ungewohntem geht. Warum musste Inge überhaupt dorthin? Weil sie als Tochter eines Juden im eigenen Land als »fremdrassig« galt.

Fremd im eigenen Land zu sein, das ist vermutlich noch schlimmer, als wenn man in einem anderen Land fremd ist, überlegt Ina. Da kann man wenigstens Heimweh nach zu Hause haben. Ina lässt den Blick über ihren Koffer gleiten. Allmählich wird ihr dieser Gedankengang unheimlich. Sie will ihn lieber nicht weiterverfolgen. Stattdessen wendet sie sich wieder ihrem Album zu. Tröstlich ist immerhin, was ihre Deutschlehrerin aus dem Lyzeum hineingeschrieben hat:

Wer sich selbst und andre kennt,
Wird auch hier erkennen:
Orient und Okzident
Sind nicht mehr zu trennen.

Sinnig zwischen beiden Welten
Sich zu wiegen, lass ich gelten.
Also zwischen Ost und Westen
Sich bewegen, sei's zum besten.
Goethe: West-östlicher Divan

Das passt. Auch Ina hat sich zwischen Osten und Westen bewegt, und der Goethe lässt das nicht nur gelten, er findet das sogar gut. Einen west-östlichen Divan hat er eingerichtet, eine Art Chaiselongue oder Sofa, stellt Ina sich vor, auf dem jemand wie sie es sich gemütlich machen kann. Einigermaßen beruhigt packt sie das Poesiealbum in den Koffer.

Und dann ist da noch das Tagebuch, zu dem Ina ein etwas zwiespältiges Verhältnis hat. Aber einpacken will sie es auf jeden Fall. Wozu sonst die ganze Mühe? Muma hat, sobald Inas Deutsch besser wurde, darauf bestanden, dass sie regelmäßig Tagebuch führt. Zunächst war das nur eine lästige Pflicht. Fast jeden Tag hat sie sich den Kopf zerbrochen, was sie wohl schreiben könnte. Die Einträge waren kurz und beschränkten sich auf die Schilderung ihres Tagesablaufs. Aber seit Marta so selten kommt, ist ihr dieses Heft fast so etwas wie ein Gesprächspartner geworden. Ihm vertraut sie ihre Bedenken über die Weltlage an.

Muma kriegt ja schon Kummerfalten von dem, was der Volksempfänger aus dem europäischen Osten berichtet. Dort hat in diesem Sommer der Vormarsch des deutschen Heeres nach Russland begonnen. Immer wieder spielt man im Volksempfänger die *Préludes* von Franz Liszt: »Achtung, Achtung, eine Sondermeldung!« Danach folgen all die unaussprechlichen Namen sowjetischer Städte, die die deutschen Truppen eingenommen haben und die am nächsten Tag auf der Karte in der Schule mit einem Fähnchen markiert sind. »Ein weiterer Sieg der deutschen Wehrmacht!«

In China ist die Situation mittlerweile ziemlich unübersichtlich. Es gibt eine Regierung mit Sitz in Nanking, die von den Japanern anerkannt und unterstützt wird. Daneben gibt es die so genannte Tschungking-Regierung unter der Führung Tschiang Kaischeks, die von den Amerikanern unterstützt wird und nach ihrem Regierungssitz, der Stadt am Jangtse-Fluss, benannt ist. Ihr ist auch Inas Vater gefolgt, der ja für eine amerikanische Bank arbeitet und in der Nähe wichtiger Entscheidungen bleiben muss.

Aber Schluss jetzt mit den traurigen Gedanken. Nur noch die Mappe mit dem Pass und den anderen wichtigen Papieren, ein bisschen Wäsche zum Wechseln, eine warme Strickjacke, einen der *Nesthäkchen*-

Bände, ihre Lieblingslektüre, von der es zum Glück reichlich Nachschub gibt, und natürlich ihr weit gereistes Domino-Spiel. Das muss genügen.

Bald schon kommt der Koffer zum Einsatz. Die Luftangriffe beginnen meist abends, wenn Ina schon im Bett ist. Diesmal hört sie im ersten Schlaf nicht mal die Sirenen, die mit an- und abschwellendem Heulen vor einem Angriff warnen. Sie erwacht erst, als jemand sie an der Schulter rüttelt.

»Wach auf, Ina, wir müssen in den Keller.«

Rasch zieht sie ihren Sommermantel übers Nachthemd, fährt ohne Strümpfe in die Schuhe. Dann nimmt sie den Koffer und greift sich die Decke, die schon gefaltet neben der Wohnungstür bereit liegt. Im Treppenhaus ist es schon wieder ruhig geworden. Die anderen sind bereits unten. Sie sind offenbar die Letzten.

»Na, es wurde aber auch Zeit«, sagt Herr Meinke und wirft Ina einen missbilligenden Blick zu, bevor er hinter ihr die schwere Tür des Luftschutzraums von innen verriegelt.

Die Nachbarn rücken zusammen, Muma und Ina suchen sich einen Platz zwischen Wassereimern, Feuerpatschen und Luftschutzpumpen, die im Notfall frische Luft von außen hereinpumpen sollen. Für jeden Bewohner liegt eine Gasmaske bereit, deren Gebrauch sie unter Herrn Meinkes Anweisung geübt haben. Ina versucht, möglichst dicht unter dem gelblichen Licht der schwachen Glühbirne zu sitzen. Vielleicht kann sie noch ein bisschen lesen, bevor es losgeht.

Sie ist völlig in Nesthäkchens Backfischzeit versunken, als sie die Nachbarin von oben mit schriller Stimme zu Muma sagen hört: »So was würde ich meinen Kindern aber nicht zum Lesen geben. Diese Bücher sind von einer Jüdin geschrieben.«

Doch bevor Muma auf diese Äußerung reagieren kann, kündigt ein fernes Grollen an, dass sich ein hochfliegendes Geschwader britischer Bomberverbände dem Luftverteidigungsring um Berlin nähert. Die vor Brandenburg stationierte Flak – das sind Fl-ieger-a-bwehr-k-anonen, wie Ina inzwischen weiß – nehmen sie unter Beschuss und steigern das Grollen zu einem ohrenbetäubenden Donnern und Dröhnen. Die Glühbirne flackert. Ina klappt ihr Buch zu, steckt es in die Jackentasche und rückt ein bisschen näher zu Muma. Das Krachen draußen hat auch die Nachbarin zum Schweigen gebracht. Alle sitzen jetzt stumm und in sich versunken da. Die Luft wird stickig und immer heißer. Muma wischt sich mit dem Taschentuch über die Stirn. Jeder fragt sich im Stillen, ob das Geschwader seine Bombenlast schon hier abwerfen oder bis Berlin damit weiterfliegen wird.

Endlich. Es kommt Ina wie eine Ewigkeit vor, die

sie wartend, grübelnd, dösend an Muma geschmiegt in der verbrauchten Luft des Kellers verbracht hat. Endlich ertönt der befreiende Dauerton der Entwarnung. Nach einer wortkargen Verabschiedung von den Nachbarn steigen Muma und Ina müde in den zweiten Stock hinauf. Ein Blick auf die Standuhr im Wohnzimmer bringt immerhin eine Genugtuung: »Viertel nach eins, Ina. Morgen kannst du ausschlafen.«

So geht das in der zweiten Jahreshälfte immer öfter. Ina kann sich über die ausgefallenen Schulstunden schon gar nicht mehr freuen. Und auch die Vorfreude auf Weihnachten, das jetzt »nationalsozialistische Volksweihnacht« heißt, wird ihr gründlich verdorben. Am 7. Dezember sitzen Ina und Muma abends am Wohnzimmertisch und basteln Strohsterne, als sie im Volksempfänger die Nachricht hören, dass die Japaner Pearl Harbour, den amerikanischen Stützpunkt auf Hawaii, angegriffen und Teile der amerikanischen Pazifikflotte zerstört haben.

»Ja, sind die denn völlig verrückt geworden, diese Japaner?«, entfährt es Ina spontan.

Am nächsten Tag erfolgt die Kriegserklärung der USA an Japan. Das Deutsche Reich, das mit Japan verbündet ist, will da nicht zurückstehen und erklärt am 11. Dezember den Vereinigten Staaten seinerseits den Krieg.

Was das bedeutet, wird Ina erst so richtig klar, als sie das nächste Mal mit Muma ins Kino geht. Muma, die eine begeisterte Kinogängerin ist, hat sie von Anfang an in geeignete Filme mitgenommen. Sie hielt das für einen guten Sprachunterricht, und natürlich ist es auch viel schöner, wenn man hinterher noch mit jemandem über den Film reden kann. Ina genießt es, versunken in ihren Plüschsitz in völlig andere Welten entführt zu werden. Diesmal geht es in die Vergangenheit, der Film heißt *Friedemann Bach* und hat Mumas strenge Filmzensur problemlos passiert. Den Namen des ältesten Bach-Sohnes kennt Ina vom *Klavierbüchlein für Wilhelm Friedemann Bach*, aus dem sie selbst schon Stücke gespielt hat.

Aber bevor es losgeht, kommt wie immer Die Deutsche Wochenschau. Zunächst füllt der gewaltige Reichsadler die Leinwand – ein ziemlich grimmiges Tier, findet Ina –, dann folgen die Filmberichte der Propagandakompanien. Aus aktuellem Anlass wird auch über die Kriegserklärung Japans an den gemeinsamen Feind, die Vereinigten Staaten von Amerika, berichtet. Soldaten in schwarzen Stiefeln und Paradeuniform marschieren unter einer roten Sonne im Strahlenkranz auf weißem Grund – der japanischen Kriegsflagge. Der japanische Kaiser, der Tenno, liest etwas von einem Blatt ab. Die Menge applaudiert begeistert. Dazwischen sieht man Aufnahmen von tieffliegenden Flugzeugen, die Bomben auf riesige

Schiffe abwerfen, Wasserfontänen spritzen, Rauchpilze steigen auf, eines der Schiffe explodiert und versinkt langsam, Heck voraus, im Wasser. Dann wieder marschierende Soldaten, diesmal in Nahaufnahme, die asiatisch geschnittenen Gesichter ungerührt, das Gewehr mit aufgestecktem Bajonett geschultert. Ina läuft es kalt über den Rücken. Muma blickt besorgt zu ihr herüber und macht Anstalten, aufzustehen und Ina mit sich zu ziehen. Doch die sitzt mit offenem Mund wie versteinert da und rührt sich nicht von der Stelle. Sie hört gar nicht, was der Berichterstatter sagt, starrt nur die Bilder auf der Leinwand an. Außerdem sitzen sie mitten in der Reihe und müssten alle anderen aufscheuchen, um das Kino zu verlassen. Muma gibt auf und lässt sich wieder in ihren Sitz sinken. Inzwischen läuft bereits ein Frontbericht aus Frankreich.

Endlich beginnt der Film. Ina versucht, die Bilder der Soldaten aus ihrem Kopf zu verdrängen und sich ganz dem gescheiterten Künstlerleben, der vertrauten Musik hinzugeben. Aber das will nicht klappen. Immer wieder drängen sich marschierende Soldaten dazwischen, rücken bedrohlich gegen sie vor.

Zu Hause, vor dem aufgeschlagenen Tagebuch, versucht sie zu begreifen, was diese neu geschaffenen Tatsachen für sie bedeuten. Die Amerikaner waren diejenigen, die die Tschungking-Regierung immer unterstützt haben. Das war ja auch der Grund, warum ihr Vater, als Angestellter einer amerikanischen Bank, nach Tschungking umgezogen war. Und jetzt haben die Japaner, eben wegen dieser Unterstützung, die amerikanische Flotte in Pearl Harbour angegriffen. Das bedeutet aber auch, dass sich Deutschland, das Land, in dem sie lebt, mit einem Land im Krieg befindet, das China, ihr Land, unterstützt. Der Gedanke macht ihr Angst. Was soll sie denken, wenn die anderen das nächste Mal in der Schule laut »Sieg Heil!« brüllen? Wem wünscht sie, Ina Chen, den Sieg? Was tut man, wenn der Feind plötzlich zum Verbündeten und der Verbündete zum Feind wird? Noch dazu, wenn man ein kleines Mädchen ist, das gegen diese übermächtigen Weltläufte ohnehin nichts ausrichten kann. Sie fühlt sich wie in einer jener Zwickmühlen, die sie beim Mühle-Spielen so gern für andere konstruiert. Jede Bewegung des darin Gefangenen kann nur zu dessen Schaden sein. Das Jahresresümee in ihrem Tagebuch fällt entsprechend düster aus:

Das Jahr hat weder China noch Deutschland den Frieden gebracht, wie alle am Beginn des Jahres '41 verkündet und gehofft hatten. Im Gegenteil, der Krieg hat immer mehr Länder mit hineingezogen. Japan hat Anfang Dezember Amerika offen den Krieg erklärt. Das ist schlimm für uns, denn England und Amerika sind die Einzigen, die China noch helfen. Der von Japan besetzte Teil von

China hat sich dem Dreierpakt angeschlossen. Muma sagt, dass wir nicht wissen können, welche Folgen das alles für Tschungking-China hat, weil wir nur einseitige Informationen bekommen.

Ganz ohne zu überlegen, ist ihr dieses »wir« aus der Feder geflossen.

13

Brandenburg 1942

SCHLIMME TRÄUME

»Muma, wer ist eigentlich Lügen-Schörschiel?«, fragt Ina beim Mittagessen. Sie hat diesen Ausdruck auf dem Heimweg von den großen Jungen aufgeschnappt. Seit es draußen taut und erste Schneeglöckchen den Frühling ankündigen, nehmen die Angriffe der britischen Bomberverbände zu, inzwischen kommen sie sogar mitten in der Nacht in Begleitung von Nachtjägern. Die Angriffe sind am nächsten Morgen in der Schule immer Thema Nummer eins. Vor allem aber die Verluste, die deutsche Flieger dem Feind zufügen. Jungen wie Mädchen sammeln Porträtpostkarten der deutschen Fliegerhelden, deren Abschüsse sie jeden Tag am Volksempfänger verfolgen wie die neuesten Fußballergebnisse. Unangefochtener Held war der Jagdflieger Oberst Werner Mölders, Träger des Ritterkreuzes mit dem Eichenlaub mit Schwertern und Brillanten. Er stammte nämlich aus Brandenburg und hatte, so hieß es im Radio, als erster Pilot der Militärgeschichte einhundert Gegner abgeschossen. Deshalb war man auf ihn besonders stolz. 1941 ist er dann bei einem Unfall ums Leben gekommen.

»Du hast doch sicher schon vom britischen Premierminister Winston Churchill gehört«, erklärt Muma. »Und weil er angeblich so viele Lügen über Deutschland erzählt, nennt man ihn Lügen-Churchill. Aber das schreibt man anders als man's spricht.«

»Ach so.« Ina greift zur Zeitung, die auf dem Küchentisch liegt. Auch sie will mitreden können. Plötzlich fällt ihr Blick auf einen kurzen Artikel mit der Überschrift: »SMS Scharnhorst an japanische Verbündete verkauft.«

»Muma, ist das nicht das Schiff, mit dem ich nach Europa gefahren bin?« Ohne eine Antwort abzuwarten, liest sie laut weiter: »Der Verkauf des Ostasienschnelldampfers des Norddeutschen Lloyd, die 18.184 BRT große, 190 m lange, mit turboelektrischem Antrieb ausgestattete SCHARNHORST, an unsere japanischen Freunde und Verbündeten wurde gestern mit der feierlichen Übergabe besiegelt. Das ehemalige Passagierschiff soll zum Flugzeugträger umgebaut werden. Es wird künftig den Namen SHINYO tragen und unter japanischer Flagge fahren.«

Darunter ein Bild des stolzen Schiffes mit seinen weißen Aufbauten. Inas Finger wandert die Reihen der winzigen Bullaugen entlang. Ungefähr hier war die Kabine, in der Marta und sie während ihrer Überfahrt gewohnt haben. Und jetzt soll dieses Schiff den Japanern gehören? Ausgerechnet denen, »unseren

Freunden und Verbündeten«. Wieder packt sie das Gefühl, zwischen allen Stühlen zu sitzen. Und die Erkenntnis, dass ihr damit auch der Rückweg in die Heimat abgeschnitten ist, trifft sie wie ein Schlag in den Magen.

»Muma«, stammelt sie, »jetzt kann ich ja nicht mehr zurück.«

Muma, die Ina über die Schulter geschaut hat, setzt sich ihr gegenüber an den Küchentisch und erklärt ganz ruhig: »Momentan wäre das wohl schwierig. Aber es hat nicht nur mit dem Verkauf der ›Scharnhorst‹ zu tun. Seit der japanischen Kriegserklärung an die Vereinigten Staaten ist normaler Schiffsverkehr nach Ostasien nicht mehr möglich. Deshalb will das Deutsche Reich diese großen Passagierschiffe ja auch abstoßen. Aber mach dir mal keine Sorgen über die Weltpolitik. Lass uns lieber überlegen, was wir fürs Wochenende einkaufen müssen. Die Margarine ist aus, und die Fett-Marken für diesen Monat sind verbraucht. Da müssen wir improvisieren. Ich habe noch eine Speckschwarte in der Speisekammer. Die können wir auslassen und morgen Abend Pfannkuchen darin backen. Vorausgesetzt, ich bekomme irgendwo ein paar Eier. Die Zeiten, als man einfach auf den Markt gehen und kaufen konnte, was man brauchte, sind vorbei.«

Mumas ungewöhnlicher Redeschwall kann Inas Unbehagen zwar nicht wegwischen, aber der Zusammenhang zwischen Trost und einem vollen Magen ist ihr inzwischen wohlbekannt. Nur zu gern lässt sie sich in dieses international gebräuchliche Rettungsnetz fallen.

»Au ja, mit Apfelmus.« Pfannkuchen mit selbst gemachtem Apfelmus aus den ordentlich aufgereihten Einweckgläsern im Keller, gegen solche Improvisationen hat Ina nichts einzuwenden. Noch dazu, wo sie inzwischen gelernt hat, wie man die auf einer Seite golden gebräunten Pfannkuchen wendet, indem man sie mit einer kurzen, raschen Bewegung der Pfanne hochwirft und – mit etwas Glück – wieder auffängt.

Weil am Samstag die vierzehntägige Wäsche fällig ist, hat Muma den größten Teil des Tages zusammen mit der Waschfrau unten in der Waschküche zu tun. Dort muss der große Kessel angeheizt, die Wäsche eingeweicht, gekocht und anschließend gespült, ausgewrungen und dann im Trockenspeicher aufgehängt werden. Deshalb gibt es mittags nur schnell eine Suppe, die vorgekocht wird und von Ina bloß warm gemacht werden muss. Dann verlieren die beiden Frauen keine Zeit und brauchen sich nur an den gedeckten Tisch zu setzen: die dicke Frau Müller mit den roten, aufgeschwollenen Waschfrauenhänden und eine von der ungewohnten körperlichen Arbeit ziemlich abgekämpfte Muma.

Am Anfang hat Ina diese Frau, die es aus dem

Schwarzwald an die Havel verschlagen hat, nur schwer verstanden. Sie spricht einen Dialekt, der durch ein »le« am Ende alles klein macht. »Na wie geht's unserm Chinesle?«, erkundigt sie sich jedes Mal. Ina kommt das gar nicht fremd vor, denn auch im Chinesischen gibt es ein »le« zum Anhängen, allerdings wird das am Ende des Satzes angefügt, wenn man die Aussage in die Vergangenheit rücken möchte. Überhaupt mag sie diese Frau mit den rauen Händen und dem weichen Herzen. »Weischt, I bi au fremd do«, hatte ihr Frau Müller gleich zu Beginn mit singendem Tonfall anvertraut. Und obwohl sie zunächst kaum etwas verstand, hat Ina in ihr sofort die Verbündete erkannt, die ebenfalls Fremde, zumal eine, die sie in ihrer einfachen, herzlichen Art an Liuma erinnert.

Als die Wäsche endlich hängt, Frau Müller ihren Lohn bekommen und Muma sich ein wenig ausgeruht hat, beginnt die heilige Handlung des Pfannkuchenbackens. Ina hat schon alle Zutaten, Rührschüssel und Pfanne bereitgestellt. Zum Glück hat es geklappt mit den Eiern. Verlassen kann man sich inzwischen nicht mehr darauf. Das Angebot des in Inas Augen immer schon kärglichen Marktes wird ständig magerer.

Muma rührt den Teig mit etwas Bier anstatt mit Milch an. Nicht nur deshalb, weil auch Milch inzwischen knapp ist, sondern, so sagt Muma, weil der Teig dadurch lockerer wird und die Pfannkuchen einen etwas herben Geschmack bekommen, der den Kontrast zum süßen Apfelmus besonders gut zur Geltung bringt. Inas Wurf- und Wendetechnik wird immer besser. Wenn Liuma das sehen könnte! Die wäre bestimmt beeindruckt.

Schließlich sitzen sie im Wohnzimmer vor einem hoch mit duftenden Pfannkuchen aufgetürmten Teller. Beide haben das Gefühl, nach diesem anstrengenden Tag eine Belohnung verdient zu haben. Ina langt kräftig zu, streicht genüsslich das Apfelmus auf die noch warmen Pfannkuchen und rollt das Ganze zusammen, dass es so aussieht wie eine riesige chinesische Frühlingsrolle. Ausnahmsweise darf sie die mit den Fingern essen.

Bald darauf liegt Ina satt und zufrieden in ihrem Bett. Bitte, bitte heute kein Fliegeralarm, wünscht sie sich im Stillen. Die Vorstellung, das warme Bett verlassen und den Koffer in den Keller schleppen zu müssen, ist ihr heute besonders schrecklich. Immer wieder lauscht sie, ob die Sirenen losheulen, aber es bleibt ruhig. Nur das regelmäßige Schlagen der Domglocken ist zu hören. Das wohlige Gefühl des Sattseins verwandelt sich langsam in ein unangenehmes Magendrücken. Vielleicht waren fünf Pfannkuchen ja doch zu viel. Trotzdem dämmert Ina schließlich ein.

Sie ist in den vertrauten Straßen von Schanghai unterwegs: feuchte Hitze, bunte Ladenschilder in chinesischen Schriftzeichen, die Rufe der Straßenverkäufer und die unterschiedlichsten Düfte der von ihnen angebotenen Köstlichkeiten. Bevor sie sich für eine entscheiden kann, hört sie ein dumpfes Dröhnen. Auch das kommt ihr bekannt vor: Tiefflieger. Aber warum haben die Sirenen sie nicht angekündigt? Sie duckt sich mit anderen in einen Hauseingang. Dann schwenkt die Fliegerstaffel auf die breite Allee ein. Ina erkennt das Hoheitszeichen auf Flügeln und Leitwerk: eine rote Strahlensonne im weißem Feld. Das sind keine britischen Bomber-Geschwader, das sind die Japaner! Das ist die japanische Kriegsflagge! Panik erfasst sie. Die Bomber, mindestens fünf, preschen dicht über der Straße entlang. Um die Kauernden wirbelt der Straßenstaub auf, Kugeln peitschen krachend über das Pflaster. Ina drückt sich zitternd in ihre Ecke. Kaum sind die Flugzeuge verschwunden, als aus der Gegenrichtung ein Trupp Menschen die Straße entlangkommt, abgerissene Gestalten in dunklen Mänteln, auf die Sterne aus gelbem Stoff aufgenäht sind. Als sie näher kommen, erkennt Ina fratzenhafte Gesichter mit großen Hakennasen, Schläfenlocken und schwarzen Hüten. Sie gehen mit gesenkten Köpfen, schleppen müde die Füße nach. Mitten unter ihnen geht ein Mädchen mit blonden Locken. Auch sie trägt einen gelben Stern auf ihrem Mantel. »Inge«, schreit Ina aus dem Hauseingang, in dem sie noch immer kauert, »Inge!«.

Mit einem Ruck schreckt sie hoch, weiß im ersten Moment nicht, wo sie ist. Schweiß steht ihr auf der Stirn. Sie stößt das schwere Federbett weg. Noch ganz eingehüllt in die Bilder ihres schlimmen Traums sucht sie mit nackten Zehen nach den Hausschuhen und tastet sich hinaus auf den Gang.

Lange kann sie nicht geschlafen haben, denn unter der Wohnzimmertür dringt Licht hervor. Ein Glück, Muma ist noch wach. Als Inas Hand schon auf der Klinke liegt, hört sie plötzlich ein »Ta-ta-ta taaa« wie am Anfang von Beethovens *5. Sinfonie* aus dem Volksempfänger. Aber Muma hat nicht das Klassikprogramm eingestellt, denn gleich darauf spricht eine ernste Männerstimme. Ina ist augenblicklich hellwach und weiß sofort, was das bedeutet. Jeder kennt dieses Signal, das man eigentlich nicht kennen darf. So beginnen die Meldungen des Feindsenders, der in London ausgestrahlten deutschsprachigen Nachrichten der BBC. Im Deutschen Reich ist es unter Todesstrafe verboten, diese Meldungen zu hören, wer das tut, ist ein »Rundfunkverbrecher« und »Volksschädling«. In der Schule wird nur hinter vorgehaltener Hand über solche Dinge gesprochen. Es kursieren Sprüche wie: »Lieber Gott, mach mich taub, dass ich nicht am Radio schraub« oder »Drei kleine Mägdelein, die hörten Radio, das eine stellte England ein, da waren's nur noch zwo.« Aber im Moment kann Ina das überhaupt nicht lustig finden. Eben war ihr noch heiß, jetzt wird ihr auf einmal ganz kalt vor Angst. Wie kann Muma etwas so Gefährliches tun? Was passiert, wenn sie erwischt wird? Wenn die Nachbarn sie hören und es Herrn Meinke melden? Leise drückt sie die Klinke hinunter. Muma kauert, das Ohr dicht an dem mit Stoff überzogenen Lautsprecher, vor dem Volksempfänger. Erschrocken fährt sie herum. Ihr Gesicht ist blass und angespannt, auf den Wangen haben sich zwei kreisrunde rote Flecken gebildet.

Dann sieht sie Ina in der Tür stehen. »Was machst du denn hier? Du sollst doch längst schlafen.«

»Ich hab schlecht geträumt, und außerdem hab ich Bauchweh«, bringt Ina zur Entschuldigung heraus. Doch dann muss sie ihrer Angst Luft machen: »Aber Muma, das darf man nicht! Das ist doch Feindsender, was du da hörst. Das ist streng verboten. Fräulein Simmerlein hat uns erzählt, dass neulich ein Junge hingerichtet worden ist, weil er Feindsender gehört hat.«

Muma fasst sich, macht erst mal das Radio aus und schiebt Ina dann zum Sofa, wo sie sie in eine Decke wickelt. »Jetzt setz dich erst mal hin und lass uns in Ruhe reden.«

»Du hast ja völlig recht«, sagt Muma, sobald Ina

sich mit ihrer Decke in die Sofaecke gekuschelt hat, »und du darfst keiner Menschenseele davon erzählen. Aber seit die Engländer verstärkt deutsche Städte bombardieren, traue ich unseren Nachrichtenmeldungen nicht mehr. Als sie Lübeck angegriffen haben, hieß es bei uns, es seien fünfzig Menschen ums Leben gekommen. In Wirklichkeit aber waren es viel, viel mehr. Auch über das, was in Asien vor sich geht, muss ich im Bilde sein. Deshalb muss ich einfach manchmal diesen englischen Sender hören. Schließlich habe ich die Verantwortung für dich übernommen.«

So aufgeregt hat Ina ihre Muma noch nie erlebt. Dermaßen schnell und viel hintereinander redet sie sonst nie.

Ina überlegt. »Ja, vielleicht«, sagt sie dann zögernd. »Aber das ist so gefährlich. Du musst ganz, ganz vorsichtig sein. Ich hab doch nur dich.«

Muma, die neben ihr auf dem Sofa sitzt, legt ihr den Arm um die Schulter. »Ich werde aufpassen, das verspreche ich dir.«

»Muma, darf ich heute bei dir schlafen? Ich hab Angst, dass mein böser Traum wieder zurückkommt. Ich war nämlich in Schanghai und japanische Tiefflieger haben auf uns geschossen. Und da war auch Inge, zusammen mit so komischen Leuten, die aussahen wie die Juden auf Herrn Meinkes Postkarten. Die hatten alle einen Judenstern am Mantel.« Ina ist ganz atemlos von ihrem Traumbericht, der ihr selbst jetzt im hell erleuchteten Wohnzimmer noch Schauer über den Rücken jagt.

»Meine arme Kleine, natürlich darfst du das. Und was ist mit deinem Bauchweh?«

»Schon wieder besser.« Ina hat es vor lauter Schreck ganz vergessen.

»Wahrscheinlich waren das heute Abend doch zu viele Pfannkuchen. Aber jetzt mach es dir im Schlafzimmer bequem. Dorthin wird dich dein Alptraum nicht verfolgen. Ich komme gleich nach.«

Der leere Teil von Mumas Ehebett ist immer frisch bezogen. Ina braucht nur hineinzuschlüpfen. Bald kommt auch Muma und löscht das Licht. Erleichtert streckt Ina sich zwischen den duftenden weißen Laken aus. Bitte keine Bomber mehr, nicht in echt und nicht im Traum, denkt sie noch, dann schläft sie, die gleichmäßigen Atemzüge von Muma im Ohr, ein.

14

Brandenburg 1943

BOMBEN AUF BERLIN

Der Kriegswinter 1942/43 ist grimmig kalt. Im Handarbeitsunterricht stricken die Mädchen Fäustlinge für die Soldaten in Russland. Ina kämpft mit fallenden Maschen; mindestens eine der fünf Nadeln macht sich immer wieder selbständig. Dann muss Muma retten, was zu retten ist. Die Handschuhe sind für Stalingrad bestimmt, jene russische Stadt an der Ostfront, die der Führer zum »Symbol deutschen Siegeswillens« erklärt hat. Die Soldaten dort waren vom Feind eingekesselt und von jeglichem Nachschub abgeschnitten worden, durften aber aus dieser aussichtslosen Lage laut Führerbefehl nicht ausbrechen. Noch bevor Ina die Daumen an ihre Handschuhe gestrickt hat, ist Stalingrad Ende Januar gefallen. Unendlich viele Soldaten starben, wurden verwundet oder kamen in russische Gefangenschaft.

Um von diesen Ereignissen zu erfahren, muss man nicht unbedingt Feindsender hören. Hinter vorgehaltener Hand sprechen die Erwachsenen von einer »Kriegswende«. Propagandaminister Joseph Goebbels hält am 18. Februar im Berliner Sportpalast eine Rede an das deutsche Volk. Unter den Schülern wird dieser kleine Mann mit dem Hinkefuß, der immer so laut schreit und tobt, manchmal heimlich »Humpelstilzchen« genannt. Das leuchtet Ina unmittelbar ein. Sie stellt sich dabei die Illustration in ihrem Grimmschen Märchenbuch vor, auf der ein sonderbar gekleidetes hässliches Männlein um ein Feuer tanzt. Dieser miese kleine Zwerg will der Königin ihr Kind wegnehmen, falls sie seinen Namen nicht errät. Seit Ina weiß, dass die Geschichte gut ausgeht, kann sie sich jedes Mal ausschütten vor Lachen, wenn die Königin fragt: »Heißt du vielleicht Rippenbiest oder Hammelwade oder Schnürbein?« Ina denkt sich dann selbst immer noch abenteuerlichere Namen für den Zwerg aus.

Aber leider ist das hier gar nicht lustig und gut ausgehen tut es wohl auch nicht, denn das »Humpelstilzchen« wird mit dem, was es vorhat, noch vielen Müttern ihre Kinder wegnehmen: »Ich frage euch«, schreit Goebbels aus dem Radio, »glaubt ihr mit dem Führer und mit uns an den endgültigen totalen Sieg des deutschen Volkes?« Und das Volk, zumindest das im Sportpalast, stimmt lauthals zu. Aber um den totalen Sieg zu erringen, muss man erst einmal totalen Krieg führen. Und so fragt er: »Wollt ihr den totalen Krieg? Wollt ihr ihn, wenn nötig, totaler und radikaler, als wir ihn uns heute überhaupt noch vorstellen können?« Und wieder brüllt das Volk sein begeistertes »Ja!«.

Die Rede endet in halbstündigem Beifall, der in

voller Länge im Radio übertragen wird. Muma schaltet nach wenigen Minuten das Radio aus, aber aus der Nachbarwohnung schallt noch lange das Klatschen der johlenden Menge aus dem Volksempfänger herüber. Die beiden schauen sich an; Muma hat die Stirn in Falten gelegt, und Ina läuft eine Gänsehaut über den Rücken. Wieder sieht Ina das tanzende Männlein aus ihrem Märchenbuch vor sich, aber diesmal bedroht es auch ihr eigenes Leben, und es gibt kein Zauberwort, mit dem man den bösen Zauber bannen kann.

Die angekündigten »weiteren Opfer und größeren Anstrengungen« bekommen Muma und Ina bald im Alltag zu spüren. Neben den Kriegsfronten im Westen und Osten gibt es nämlich inzwischen die so genannte »Heimatfront«, und die reicht bis auf die Dominsel. Da die Männer, die bisher die um die Stadt postierten Flakgeschütze bedient haben, nun ebenfalls an die Front müssen, werden Schüler und Lehrlinge für den Dienst an den Flugabwehrkanonen eingezogen. Lottes großer Bruder zum Beispiel, der erst siebzehn ist, wurde als Luftwaffenhelfer eingesetzt. Dagegen ist Fäustlingestricken ein Kinderspiel.

Der Frühling bringt weitere Pflichten. Die Schülerinnen der höheren Klassen müssen Kräuter sammeln. Wegen der angespannten Versorgungslage werden aus Haselnuss-, Birkenblättern und Brennnesseln Kräutertees gemischt. Echter schwarzer Tee ist kaum mehr zu bekommen. Jede muss 200 Gramm getrocknete Blätter abliefern. Das klingt nach wenig, ist aber viel Arbeit: Um am Ende 200 Gramm getrocknete Blätter zu haben, muss man ein Vielfaches an frischen sammeln. Außerdem darf man nur die ganz zarten, jungen und unversehrten nehmen. Und nur von oben, wo die Hunde nicht hinpinkeln. Hauptsache, man wird nicht für Brennnesseln eingeteilt. Zu zweit macht das Pflücken immerhin mehr Spaß; Ina und Lotte verabreden sich für den Nachmittag.

Als sie mit ihren Körben am Waldrand zwischen den Haselbüschen sitzen, fragt Lotte: »Hast du auch so einen Zettel bekommen wegen der Kinderlandverschickung?«

»Nö, wieso?«

»Alle Zehn- bis Vierzehnjährigen in Brandenburg können ab Mai für ein halbes Jahr ins Ferienlager der HJ. Ich find das toll. Stell dir vor, so lange Ferien! Angeblich gibt's dort auch Unterricht, aber das wird schon nicht so wild sein. Wir haben bestimmt einen Riesenspaß. Ich muss sehen, dass meine Schar sich geschlossen anmeldet, damit wir zusammenbleiben. Willst du nicht auch mitkommen?«

»Meinst du denn, das geht? Muss man dazu nicht bei den Jungmädeln sein? Aber Muma würde das sowieso nicht erlauben.«

»Probieren kannst du's doch immerhin mal.«

Ina kommt ziemlich zerkratzt, aber mit einem vollen Korb Blätter nach Hause. Die müssen jetzt auf Zeitungspapier ausgebreitet und getrocknet werden. Vor der Waage in der Schule kommt dann der Moment der Wahrheit.

Während Ina die Blätter auf dem Boden der Speisekammer auf Zeitungen ausbreitet, überlegt sie, ob sie das eigentlich will, ein halbes Jahr mit so vielen Kindern in ein Ferienlager. Bilder aus dem Kinderheim in Tsingtau tauchen auf: heiße Milch und in Zweierreihen aufstellen, singen und Kreisspiele. Im KLV-Lager kämen noch Morgenappell und Fahnengruß hinzu, schlafen in Schlafsälen oder Zelten, kein Ort, wo man allein und in Ruhe sein kann, keine Muma, die einen auf ihre stille, verhaltene Art tröstet. Und dann ist da noch die Sorge, dass sie so lange nichts von Papa gehört hat, nicht weiß, wie es ihm geht und wie sich die militärische Lage im gespaltenen, teilweise von Japanern besetzten China entwickeln wird. Und nun steckt sie selbst mittendrin in diesem totalen Krieg. Das alles lässt nicht gerade Ferienstimmung aufkommen. Als Ina ihre Blätter auf der Zeitungsunterlage verteilt hat, steht ihr Entschluss fest. Sie wird Muma gar nicht erst fragen, ob sie in dieses Lager darf. Wenn Lotte dann morgen nachfragt, sagt sie einfach, Muma hat es nicht erlaubt.

Doch diese Notlüge bleibt Ina erspart. Am nächsten Morgen im Unterricht gibt die Lehrerin bekannt:

»Ich kann euch heute mitteilen, dass dreizehn von dreiunddreißig Schülerinnen dieser Klasse in diesem Sommer am Ferienlager der Kinderlandverschickung teilnehmen werden, das für euch dankenswerterweise organisiert wurde.« Lauter Jubel in Teilen der Klasse. »Verständlicherweise ist Ausländern die Teilnahme nicht gestattet.« Die Lehrerin schickt einen kurzen Seitenblick zu Ina hinüber, dann fährt sie fort: »Ihr werdet an frischer Luft Körperertüchtigung betreiben, bei Heimabenden das deutsche Liedgut pflegen und auf dem Sportkampfplatz eure Kräfte messen. Natürlich werdet ihr durch Sammeln von Kräutern und Altmaterial euren Beitrag an der Heimatfront leisten.«

Ein Stöhnen von Lotte: »Oh, wie ich diese Brennnesseln hasse!«

»Die Lager sind weitab von den bombardierten Gebieten, und auch für zeitweilige schulische Unterweisung ist gesorgt.«

Mehrstimmiges Stöhnen.

»Da hätt ich doch glatt drauf verzichten können«, zischelt Lotte.

»Die verbleibenden zwanzig Schülerinnen werden mit denen aus der 9 b zusammengelegt.«

Jetzt fühlt sich der andere Teil der Klasse bemüßigt aufzustöhnen, denn man ist sich einig, dass die Mädchen der Parallelklasse mehrheitlich doof und überhaupt unerträglich sind.

»Das trifft sich insofern gut, als deren Klassenlehrer, der Kollege Kautz, uns in wenigen Tagen verlassen und an die Front gehen wird.«

Nun bricht die ganze Klasse in ein enttäuschtes »Oh« aus, denn der Biologielehrer, »Käuzchen« genannt, ist allseits beliebt.

»Ich werde also künftig die Leitung der zusammengelegten Klasse innehaben und erwarte von euch noch mehr Disziplin und Einsatz.« Tiefe Stille. »So leistet in diesen Kriegszeiten jeder an dem ihm zugewiesenen Platz nach besten Kräften seinen Beitrag zum deutschen Endsieg!« Die Lehrerin hat beim letzten Satz bereits die Stimme gehoben, und nun fällt die Klasse mit einem schmetternden »Sieg Heil!« ein.

Es ist zwar schön, im Unterricht so laut schreien zu dürfen, aber Ina hat in letzter Zeit ihre Zweifel bei so viel Siegesgewissheit. Außerdem ist ihr schon lange nicht mehr klar, wen sie sich als Sieger dieses endlosen, verwirrenden Krieges wünschen soll. Im Grunde möchte sie nur, dass das alles schnell aufhört. Auch das ist ein Grund, warum sie bei Muma bleiben muss. Schließlich muss sie wissen, was in der Welt vor sich geht, und das erfährt sie nicht von den Jugendleitern des KLV-Lagers und auch nicht aus den offiziellen Programmen des Volksempfängers, sondern nur durch Mumas heimliches Abhören des Feindsenders. Die beiden haben in dieser Sache inzwischen ein stillschweigendes Einverständnis. Natürlich weiß Ina offiziell nicht, dass Muma so etwas tut, und sie hütet sich, abends überraschend im Wohnzimmer zu erscheinen. Aber wenn Muma etwas über die Lage in Asien erfährt, dann erzählt sie Ina davon.

Wenn ihr jetzt meint, ich sei traurig, dass ich nicht mitdarf in euer blödes Lager, dann habt ihr euch getäuscht, denkt Ina trotzig. Doch als der Blick auf ihre Banknachbarin Lotte fällt, wird ihr doch traurig zumute. Ein ganzer Sommer ohne Lotte. Der Freundin scheint es ähnlich zu gehen. Fast etwas beschämt wegen ihrer Begeisterung für die Sache tastet sie unter der Bank nach Inas Hand und drückt sie kurz. Bevor Lotte etwas sagen kann, unterbindet die Lehrerin jeden weiteren Kommentar mit der Aufforderung: »Und jetzt nehmt eure Bücher heraus, wir beginnen heute mit Lektion sieben.«

So still und unmerklich sich Inges Abschied vollzogen hat, so laut und fröhlich wird der von Lotte gefeiert. Ihre Eltern geben zu Hause auf der Terrasse ein Abschiedsfest, zu dem Lotte alle ihre Freundinnen eingeladen hat. Die meisten sind Jungmädel aus Lottes Schar und werden ebenfalls ins Lager fahren. Es ist einer der ersten warmen Maitage, und der Tisch ist auf der Terrasse gedeckt, die Brauselimo fließt und es gibt meterweise Plattenkuchen, mit Streusel, mit Mohn und mit Pflaumenmus. Wo haben die bloß all die Eier und die Margarine her, die man für so viel Kuchen braucht, überlegt Ina, die inzwischen auch schon den praktischen Hausfrauenblick für Fragen der Lebensmittelbeschaffung entwickelt hat. Aber Lottes Vater ist Arzt. Da hat man vielleicht andere Möglichkeiten. Manche Patienten bezahlen den »Herrn Doktor« mit Lebensmitteln.

Laut und fröhlich geht es zu. Die Vorfreude der Mädchen, die sich morgen in aller Herrgottsfrühe mit dem Bus auf den Weg machen, ist überhaupt nicht zu bremsen. So aufgedreht, wie die sind, werden sie wohl gar nicht erst schlafen und im Bus dem Namen ihres Liederbuches *Die Mädel singen* alle Ehre machen.

Ina fühlt sich ganz erschlagen und auch ein bisschen ausgeschlossen, als sie gegen sechs Uhr Lottes »Privatinsel« verlässt und sich auf den Heimweg Richtung Dom macht.

Jetzt ist auch meine zweite beste Freundin weg, denkt sie sich. Zwar nur für ein halbes Jahr, aber ein Sommer ohne Lotte und ihr freches Mundwerk, das sie schon so oft zu Inas Verteidigung eingesetzt hat, kommt ihr endlos vor. Nicht dass Ina inzwischen nicht für sich selbst reden könnte, aber es hat doch immer gut getan, eine so energische, wehrhafte Freundin zur Seite zu haben. Und mit wem soll sie spielen? Wie soll sie diese öde Kräutersammelei ohne Lottes bissige Kommentare überstehen?

Genauso langweilig, wie sich Ina den Sommer vorgestellt hat, wird er dann auch. Ein bisschen helfen die Leseabende mit Muma. Um den heroischen Programmen des Volksempfängers zu entgehen, liest sie mit Ina Schiller-Balladen. Die findet bald Gefallen an der klangvollen Sprache, die so leicht ins Ohr geht und sich im Gedächtnis festsetzt. Manche der Geschichten sind ja auch richtig spannend, von Mutproben und Liebesgeschichten handeln sie, von Treue und Verrat. Da ist doch mehr los als beim pietätvollen Wu Meng und seinen sirrenden Moskitos. Wenn der Taucher, nachdem er alles so gut überstanden hat, noch einmal in den tiefen Wasserschlund springt, bloß wegen der Königstochter, dann findet Ina das jedes Mal ziemlich blöd. Viel besser gefällt ihr *Der Handschuh*, vor allem die Schilderung der »greulichen Katzen«, die nicht daran denken, sich zur Belustigung des Königs zu zerfleischen:

Und er winkt mit dem Finger,
Aufthut sich der weite Zwinger,
Und hinein mit bedächtigem Schritt
Ein Löwe tritt
Und sieht sich stumm
Rings um,
Mit langem Gähnen
Und schüttelt die Mähnen
Und streckt die Glieder und legt sich nieder.

Dieser Ritter, der zwar die Mutprobe besteht, aber anschließend der sein Leben so leichtfertig aufs Spiel setzenden Dame die kalte Schulter zeigt, ist ihr wesentlich sympathischer als der selbstmörderische Taucher. Ellerbätsch, meine Dame – so was tut man nicht, schon gar, wenn man jemanden gern hat.

Aber die Abende mit Muma ersetzen nicht das Spielen mit der Freundin. Lotte hält zwar ihr Versprechen zu schreiben – die erste Karte kommt sogar noch von unterwegs, aus Nürnberg –, aber was nützt es, vom Spaß der anderen zu lesen. Auch das Strandbad ist ohne eine Clique kichernder Freundinnen nur das halbe Vergnügen. Ina hat sich für den Fahrtenschwimmer angemeldet und geht regelmäßig hin, um dafür zu üben. Aber keiner feuert sie an und drückt ihr die Daumen, als sie die Prüfung – eine halbe Stunde Schwimmen und einen Sprung vom Drei-Meter-Brett – macht, und keiner klatscht und feiert mit ihr, als sie es auf Anhieb schafft.

Wider Erwarten ist es Marta, die für den einzigen Höhepunkt dieses tristen Sommers sorgt. Sie hat inzwischen eine Stelle in einem Kindergarten und darf nun endlich eine richtige Kindergartentante sein. Da sie kaum noch Zeit hat, nach Brandenburg zu kommen, hat sie Ina für ein Wochenende nach Berlin eingeladen.

Zuerst ist Muma ganz dagegen: »Ich kann dich doch nicht ganz allein nach Berlin fahren lassen.«

Inas Einwände, dass man mit 13 Jahren sehr wohl allein die knappe Stunde mit der Eisenbahn nach Berlin zurücklegen kann, wenn man zuvor um die halbe Welt gefahren ist, nützen nichts.

»Und was ist, wenn ein Fliegeralarm kommt?«, hält Muma dagegen.

Am Ende löst eine von Mumas Freundinnen das Problem. Sie will ihre verheiratete Tochter in Berlin besuchen und würde Ina mitnehmen. Das beruhigt zumindest einige von Mumas Ängsten. Nach langem Hin und Her ist sie einverstanden. Ein Wochenende wird ausgemacht, und Ina marschiert an der Seite von Frau Kuchenreuther zum Bahnhof.

Alles geht glatt und sie erreichen ohne Unterbrechung oder Verspätung den Potsdamer Bahnhof. Unwillkürlich muss sie an ihre erste Ankunft in dieser Stadt denken. Damals waren sie von Genua kommend am Anhalter Bahnhof ausgestiegen, über dessen passenden Namen sie sich immer wieder amüsieren kann – klar, wo doch alle Züge dort anhalten –, obwohl sie natürlich längst in Heimatkunde gelernt hat, dass damit die mitteldeutsche Region Anhalt gemeint ist. Diesmal ist es Marta, die sie am Bahnsteig erwartet. Artig verabschiedet sich Ina von ihrer Begleiterin, und man verabredet sich für die Rückfahrt am Sonntagabend.

Die Zeiten, als die Cousinen, sobald sie unter sich waren, ganz automatisch ins Chinesische wechselten, sind längst vorbei. Für Ina jedenfalls ist das Deutsche inzwischen die Sprache, die ihr viel näher, viel vertrauter ist. Wie mit ihrem Tagebuch, so spricht sie auch mit sich selber Deutsch, wenn sie über etwas nachdenkt.

»Marta, weißt du noch, wie wir vor sechs Jahren hier angekommen sind? Wie anders da alles war. Ich konnte kaum Deutsch, nur die paar Brocken, die du mir während der Überfahrt beigebracht hattest. Und vor Muma hatte ich damals ziemlich Angst. Und erinnerst du dich noch an die Leute auf dem Schiff, an den Kindergeburtstag, den wir dort gefeiert haben …«

Sofort entsteht, trotz der eigentlich fremden Sprache, die alte Weißt-du-noch-Vertrautheit zwischen ihnen, das schöne Gefühl, dass da jemand ist, mit dem man eine Wegstrecke der eigenen Vergangenheit gemeinsam zurückgelegt hat.

Und dann Berlin! Als Ina damals aus China kam, war ihr die Stadt – zumindest der kleine Ausschnitt, den sie davon gesehen hatte – im Vergleich zu Schanghai unendlich ruhig und geordnet vorgekommen. Als sie jetzt, nach sechs Jahren Brandenburg, wieder auf den verkehrsreichen Bahnhofsvorplatz tritt, erscheint sie ihr als der Inbegriff großstädtischen Lebens. Fast wie Schanghai.

»Wir gehen erst mal zu mir nach Hause und stellen deine Tasche ab. Dann können wir überlegen, was wir heute Nachmittag unternehmen wollen.«

Da muss Ina nicht lange überlegen: »In den Zoo«, platzt sie heraus.

»Ich dachte, du wolltest dir vielleicht das Schloss ansehen und die Kaiser-Wilhelm-Gedächtniskirche. Und dann gibt es noch viele interessante Museen.«

Typisch Lehrerin Marta, denkt Ina. Sie will es ja nicht gleich mit der Cousine verderben, aber das mit dem Zoo wird sie schon noch hinkriegen. Seit sie einmal ein Foto vom Eingang des Berliner Zoos gesehen hat, will sie unbedingt dorthin. Ein großes geschwungenes Tor mit roten und goldenen Verzierungen, das aussieht wie ein chinesischer Tempel. Davor sitzen zwei riesengroße steinerne Elefanten, wie sie in China die Kaisergräber bewachen. Und dann all die echten Tiere, die es drinnen zu bestaunen gibt: »greuliche Katzen«, wie in der Schiller-Ballade, und die frechen Affen. Da muss sie einfach hin. Die Pläne der Cousine jetzt schon zu durchkreuzen, wäre unklug. Auf dem Weg zu Martas Wohnung gibt es sowieso erst mal genug zu sehen.

»Die breite Straße, die wir jetzt gleich überqueren, ist der Ku'damm«, erklärt Marta und Ina kichert. »Nein, nicht, was du denkst. Ku ohne h, eine Abkürzung für Kurfürstendamm. Und wenn du nach links schaust, siehst du am Ende der Allee einen hohen Kirchturm, der gehört zur Kaiser-Wilhelm-Gedächtniskirche. Die wurde zum Andenken an den ersten Kaiser des Zweiten Deutschen Kaiserreiches, Wilhelm der Erste, gebaut. Die schauen wir uns später an.«

Marta wohnt in einer ruhigen Straße im Stadtteil Wilmersdorf. Dort hat sie in der Wohnung einer alten Dame ein Zimmer zur Untermiete. Hier ist alles ausladender und prächtiger als in Brandenburg. Nachdem sie die breiten gebohnerten Treppen hinaufgestiegen und durch die herrschaftliche Wohnungstür und den großen Flur in Martas Zimmer gelangt sind, lässt sich Ina aufs Bett fallen und sagt: »Das ist ja ein bisschen wie bei Muma, nur größer.«

»Nein, das ist kein bisschen wie bei deiner Muma. Frau Mühlendonk ist keine Pflegemutter, sondern eine Vermieterin und eine besonders knauserige dazu. Die Miete für dieses winzige Zimmer ist schon hoch genug, und dann berechnet sie mir auch noch jedes Bad extra. Und die Küche darf ich überhaupt nicht benutzen. Sie sagt, diese fremdländischen Gerüche duldet sie nicht in ihrer Küche. Dabei hätte ich mir sowieso nur gelegentlich eine Suppe oder einen Tee gemacht.«

»Aber wie machst du dir dann was zu essen?«

»Mit dieser Kochplatte hier. Aber ich esse meistens in der Schulkantine, und abends esse ich nur ein paar Brote. Es ist ohnehin kaum was zu kriegen. Nicht mal auf Marken. Da habt ihr's noch gut in Brandenburg, mit all der Landwirtschaft in der Umgebung. Du kannst dir gar nicht vorstellen, wie hart das Leben hier in der Großstadt ist. Und dann der ständige Fliegeralarm.«

Ina versucht es. »Und was machst du, wenn Alarm kommt? Wir hören bei uns im Keller immer die Flieger, die Richtung Berlin fliegen.« Die Vorstellung, dass Marta dann ganz auf sich gestellt ist, erregt Inas tiefes Mitgefühl.

»In der Schule haben wir einen eigenen kleinen Bunker, in dem wir mit allen Kindern unterkommen. Aber nachts muss ich hier im Haus in den Keller. Ich hasse es, da so allein zu sitzen. Keiner redet.«

Ina sieht sich im Zimmer um. »Hast du auch so einen Koffer, wo alles drin ist?«

»Klar. Bei mir ist es nur eine Tasche mit den wichtigsten Papieren und Dokumenten. Die muss ich auch jeden Tag mitnehmen, wenn ich mit der S-Bahn zur Arbeit fahre. Leider liegt die Schule ziemlich weit draußen.«

»Ess-Bahn? Das ist praktisch. Da kannst du ja dann gleich frühstücken.«

»Schön wär's, Dummerchen. Das hat nichts mit Essen zu tun. Der Buchstabe S steht für Stadtbahn. Man merkt, dass du aus Brandenburg kommst. Ein richtiges Landei bist du geworden.«

Diese Bemerkung überhört Ina ganz gelassen. Die schlaue Marta wird gleich merken, wie gut es ist, ein »Landei« in der Familie zu haben.

»Ach, übrigens hat Muma mir ein Glas Leberwurst

für dich mitgegeben«, sagt sie beiläufig und kramt in ihrer Tasche. Dann setzt sie triumphierend hinzu: »Vom Bauern.«

»Ach, die Gute. Das ist ja eine echte Kostbarkeit. Hab mir schon Sorgen gemacht, wie ich dich hier satt kriegen soll, Dickerchen. Ins Restaurant kann man nämlich auch nicht mehr so einfach gehen. Da braucht man jede Menge Marken.«

Als Ina dann am Sonntagabend müde und erfüllt von den vielen neuen Eindrücken wieder im Zug neben Frau Kuchenreuther sitzt, wird ihr langsam klar, wie einsam sich die Cousine in der großen Stadt fühlen muss, seit ihr Bruder Heinrich in die Schweiz versetzt wurde. Und Robert ist sowieso schon lange weit weg an der Ostseeküste. Die harte Wirklichkeit des Krieges ist hier viel stärker zu spüren als in Brandenburg. Auf den Straßen hat sie in die Gesichter verhärmter, schlecht gekleideter Frauen geblickt, die abends, rechtzeitig vor der Verdunklung, nach Hause eilten. Männer waren kaum unterwegs, die sind alle an der Front. Auch ist sie bei ihren Ausflügen an vielen ausgebombten Häusern mit leeren dunklen Fensterhöhlen vorbeigekommen. Wo sind die Leute hin, die dort gewohnt haben?

Der große, feierliche Bau der Kaiser-Wilhelm-Gedächtniskirche hat Ina dann doch gefallen. Mit seinen vielen Türmchen wirkt er viel verspielter als der strenge, Ehrfurcht gebietende Dom zu Hause. Und in den Zoo hat sie es natürlich auch noch geschafft. Aber der Besuch dort war ziemlich enttäuschend. Viele Käfige waren leer, und der Anblick eines Orang-Utans mit traurigen Augen, der lustlos auf einem Ast herumkaute, hat ihr fast die Tränen in die Augen getrieben. Sie konnte dem Tier gut nachfühlen, wie es da in kaltem Klima und fremder Umgebung, ohne Artgenossen und mit vermutlich zu knappem, ungeeignetem Futter in seinem Käfig hockte. Der Krieg macht auch vor dem Zoo nicht halt. Was machen Affen bei Fliegeralarm?

Am 22., 23. und 24. November müssen Ina und Muma drei Tage hintereinander in den Luftschutzkeller. Fliegeralarm. Jeden Abend brummen britische Fliegerstaffeln Richtung Berlin. Sie fliegen mit ihrer tödlichen Fracht über Brandenburg hinweg, werfen die Bomben aber nicht ab. Wenig später hört man sie wieder zurückkommen. Kurz darauf folgt die Entwarnung. Im Keller von Sankt Petri ist man erleichtert, aber Ina und Muma tauschen besorgte Blicke. Seit Ina in Berlin war, denkt sie viel öfter an Marta und die Gefahren, die die Cousine dort zu bestehen hat.

Zurück in der Wohnung sehen sie vom Balkon, dass der Himmel im Osten rot ist vom Feuerschein. Sofort stellt Muma das Radio an: »Zum wiederholten Mal griffen starke Bomberverbände der Royal Air Force in der Reichshauptstadt militärische Ziele, Elektrizitätswerke, Lokomotivfabriken, aber auch Wohngebiete an. Mit schweren Verlusten ist zu rechnen …«

»Ich mach mir Sorgen um Marta.« Muma spricht aus, was sie beide schon die ganze Zeit denken. Wenn auch Wohngebiete betroffen sind und von schweren Verlusten gesprochen wird, dann muss es wirklich schlimm sein. »Wenn wir doch nur Martas Schule erreichen könnten, um zu fragen, wie es ihr geht.«

Aber sie haben keine Telefonnummer und vermutlich wären die Leitungen ohnehin zerstört.

Drei Tage nach der schlimmsten Bombardierung Berlins kommt ein Brief von Marta. Muma reißt ihn noch im Flur auf.

Berlin, den 26. November 1943

Liebe Frau von Steinitz,
sicher haben Sie von den schrecklichen Bombardierungen erfahren, die ganze Stadtteile zerstört haben. Sie können sich nicht vorstellen, wie es hier aussieht. Die Brände sind zum Teil bis heute nicht gelöscht, überall qualmende Häuser, Ruinen und Obdachlose. Von der Kaiser-Wilhelm-Gedächtniskirche steht nur noch ein Teil des Turms. Ich bin zum Glück unversehrt geblieben, weil ich mich während der Angriffe im Bunker der Schule befand, die etwas außerhalb am Stadtrand liegt, aber das Haus, in dem ich wohnte, ist völlig zerstört. Ich bin fürs Erste in der Schule untergekommen, die jetzt ein provisorisches Spital für

Verwundete ist. Dort kann ich mich auch gleich nützlich machen. Heinrich hat mir ja immer wieder geschrieben, ich solle doch zu ihm in die Schweiz kommen. Das werde ich jetzt wohl tun, da die Schule auf unbestimmte Zeit geschlossen bleiben muss. In Bern ist es wenigstens sicher, und vielleicht kann ich mit meinem Abschluss dort auch eine Anstellung als Lehrerin finden. Ich hoffe, einen Zug Richtung Süden zu erwischen. Leider werde ich es vorher nicht mehr bis zu Ihnen nach Brandenburg schaffen. Die Strecke ist gesperrt. Aber was machen wir mit Ina? Ich werde sofort schreiben, wenn ich dort bin. Vielleicht kann sie nachkommen, wenn es hier zu gefährlich wird. Bitte erklären Sie ihr, warum ich nicht mehr kommen konnte, und grüßen Sie mein Dickerchen ganz herzlich von mir. Danke für alles, was Sie für mich und für Ina getan haben. Ich melde mich aus Bern, sobald es geht.
Mit den besten Grüßen und ganz herzlich
Ihre Marta Chen

»Gott sei Dank, Marta hat die Angriffe heil überstanden.« Muma muss sich erst mal auf einen der Küchenstühle setzen.

»Was schreibt sie denn?«

»Sie ist ausgebombt und vorerst in ihrer Schule untergekommen, aber sie wird versuchen, zu Heinrich in die Schweiz zu fahren. Ich finde das sehr vernünftig.«

»Für länger?«

»Ich denke, schon. Sie möchte versuchen, dort eine Anstellung zu finden.«

»Können wir sie vorher noch mal treffen?«

»Das wird wohl kaum gehen. Die Zugverbindung zwischen Berlin und Brandenburg ist unterbrochen. Wer nicht wirklich muss, sollte jetzt nicht unterwegs sein. Aber sie hat mir aufgetragen, ihr Dickerchen ganz herzlich zu grüßen.«

Von wegen Dickerchen. Liuma wäre entsetzt, wenn sie mich jetzt sähe, denkt Ina. Die würde sofort ihren Wok anheizen und was Leckeres kochen – *hen bu* – etwas besonders Nahrhaftes, wie zum Beispiel ein schwarzes Huhn oder Reisbrei mit acht Köstlichkeiten. Ina ist im letzten halben Jahr so schnell gewachsen, dass ihr sämtliche Ärmel und Röcke zu kurz geworden sind, und dank der kargen Kost der Kriegsjahre hat sie kein Gramm überflüssiges Fett auf den Rippen.

Plötzlich dämmert ihr die Tragweite dessen, was sie da eben gehört hat. Sie schluckt. Jetzt geht auch noch Marta weg! Gegen ihren Willen beginnen die Mundwinkel zu zucken, das Kinn zittert, die Kehle ist wie zugeschnürt, die Schultern beben. Sie senkt den Blick, um die aufsteigenden Tränen zu verbergen. Da legt sich ein Arm fest um ihre Schultern.

»Ich versteh dich ja, Ina. Und wenn du weinen musst, dann lass die Tränen ruhig laufen. Auch ich werde Marta vermissen. Aber bei Heinrich in Bern ist sie im Moment wirklich besser aufgehoben. Sie hat versprochen, gleich zu schreiben, wenn sie dort angekommen ist. Wir sollten jetzt erst mal froh sein, dass deine Cousine unverletzt ist. In Berlin sind viele, viele Menschen umgekommen, ganze Stadtteile wurden zerstört, sogar die Kaiser-Wilhelm-Gedächtniskirche am Ku'damm ist von einer Bombe getroffen worden.«

»Aber da war ich doch erst neulich mit Marta«, stößt Ina unter Schluchzen hervor. Auf einmal ist der Krieg ganz nah. Der Gedanke, dass dieses riesige Bauwerk nun in Trümmern liegt, macht ihr plötzlich Angst, mehr Angst als all die Stunden im Luftschutzkeller.

Muma spürt, wie ein neuer Weinkrampf die schmalen Schultern schüttelt.

»Immerhin hast du sie noch heil und unversehrt im Gedächtnis. Das ist jetzt deine Gedächtniskirche, die kann dir niemand mehr wegnehmen.« Im Stillen aber denkt sie: Was machen wir bloß mit Ina?

Brandenburg 1944

WAS MACHEN WIR MIT INA?

Diese Frage hat Muma sich seither viele Male gestellt. Von Inas Vater ist schon seit fast zwei Jahren keine Nachricht mehr gekommen. Auch mit den Überweisungen, die für Inas Unterhalt von einer amerikanischen Bank regelmäßig auf ihr Konto erfolgten, ist es seit der Kriegserklärung an die Vereinigten Staaten schwierig geworden. Doch was nutzt Geld, wenn es dafür ohnehin nichts zu kaufen gibt. Es fehlt an allem. Selbst Muma, die gut im Improvisieren ist, gehen langsam die Ideen aus.

Erst neulich hat sich Ina mit ihren Schlittschuhen, die mit einem Schlüssel an die Schuhe angeschraubt werden, den Absatz von einem der Winterstiefel gerissen. Der Schuster, zu dem sie den Schuh brachte, hatte aber weder Leder noch Gummi, um den Schaden zu reparieren. Deshalb hat er ihn notdürftig mit einem Absatz aus Holz ausgebessert. Ina findet es zwar schick, dass ihr einer Absatz beim Gehen jetzt damenhaft klappert, aber Muma lebt schon in Angst vor dem nächsten Malheur. Das Schlittschuhlaufen will sie Ina deshalb aber auch nicht verbieten; es ist so ziemlich der einzige Spaß, den die Mädchen in ihrer Freizeit noch haben.

Aber schwerer noch als die Versorgungsfragen wiegt die Verantwortung für das ihr anvertraute Kind angesichts der militärischen Lage. Schon im vergangenen Sommer sind englische und amerikanische Truppen auf Sizilien gelandet. Die Alliierten sehen dem Vorrücken der deutschen Armee nicht länger tatenlos zu. Sollten die deutschen Linien fallen, wird sich der Kriegsschauplatz immer mehr ins Deutsche Reich hinein verlagern. Wenn man doch nur Kontakt mit Inas Vater aufnehmen könnte. Muma weiß, wie sehr diese Ungewissheit auch Ina belastet.

Von einer Nachbarin, deren Sohn in Gefangenschaft ist, erfährt Muma von den 25-Wörter-Briefen, die durch das Internationale Rote Kreuz zugestellt werden. Eigentlich sind sie nur für Gefangene vorgesehen, aber vielleicht könnte man auf diese Weise Verbindung zu Inas Vater herstellen. Schließlich weiß man nicht, in welcher Lage er sich befindet. Ina ist gleich Feuer und Flamme, als Muma ihr davon erzählt, und sie besorgen sich das dafür vorgesehene Standardformular, das auch ein Feld für die Antwort des Adressaten enthält.

»Aber was sollen wir schreiben«, fragt Ina, als sie mit dem Vordruck am Wohnzimmertisch sitzen, und nach weiterem Nachdenken: »Und in welcher Sprache?«

Inas Chinesischunterricht liegt, seit Martas Lehreifer sie nicht mehr antreibt, brach. Ihre Kenntnis an Schriftzeichen ist längst nicht ausreichend für eine solche Mitteilung. Bekümmert kaut sie am Bleistift und starrt auf das weiße Papier, das ihr Muma für das Konzept gegeben hat.

»Welche Fremdsprachen kann denn dein Vater?«

»Englisch hat er in seiner Bank immer gesprochen und Französisch kann er auch.«

»Du lernst jetzt seit vier Jahren Französisch, Ina, da müssten wir doch gemeinsam einen Brief hinkriegen«, schlägt Muma vor und holt schon mal das Wörterbuch aus dem Bücherschrank. »Aber lass uns zuerst auf Deutsch überlegen, was überhaupt drinstehen soll in dem Brief. 25 Wörter sind nämlich nicht viel.«

Wie soll man die Erlebnisse, die Ängste und die Ungewissheit so vieler Monate in so wenige Wörter packen?

»Auf jeden Fall können wir alle Artikel und überflüssigen Füllwörter weglassen«, schlägt Muma vor.

Ina beginnt: »Papa! Geht Dir gut? Hier alles wohlauf. Marta und Heinrich in Bern.« Das klingt komisch, ist aber immerhin verständlich.

»Und ich muss deinen Vater unbedingt fragen, was wir tun sollen, wenn sich die militärische Lage hier verschlechtert.«

»Meinst du denn …?«, fragt Ina, wird jedoch von Muma ungewohnt barsch unterbrochen.

»Ich meine gar nichts, aber solche schwerwiegenden Entscheidungen kann ich nicht allein treffen. Er wird hoffentlich über die Lage hier in groben Zügen informiert sein. Also schreib noch: ›Wohin im Fall von nahender Front?‹ Wie viel haben wir jetzt?«

Ina zählt: »Oje, das sind ja schon 18 Wörter! Was ist denn noch wichtig?« Wie gern würde sie ihrem Vater erzählen, dass sie den Fahrtenschwimmer gemacht hat, dass sie inzwischen ins Lyzeum geht, dass sie eine Freundin hat, die Lotte heißt, und dass eine andere namens Inge jetzt in Schanghai ist, und ob er vielleicht herausfinden kann, wie und wo. Aber letztlich ist das alles nicht so wichtig. Wichtig wären Fragen wie: Wann, glaubst du, werden wir uns wiedersehen? Und wo wird das sein? Aber die würde ihr Vater wohl auch nicht beantworten können. Wenn er überhaupt antwortet, denn wer weiß, ob ihn dieser Brief je erreicht.

Dann schreibt sie: »Wo ist Liuma? Es grüßt Deine Dich liebende Tochter.« Muma schaut ihr über die Schulter und nickt lächelnd.

»Mal sehen, wie viel das auf Französisch gibt. Im Zweifelsfall können wir den Abschiedsgruß noch ein bisschen kürzen.«

Dann mühen sie sich gemeinsam mit der Übersetzung und haben schließlich einen Text von genau 25 Wörtern beisammen, den Ina in das entsprechende Feld des Formulars überträgt. Als Adresse benutzen sie den Absender seines letzten Briefes in Tschungking. Dann klebt Ina das Formular an den dafür vorgesehenen Stellen andächtig zu. Dabei stellt sie sich vor, dass ihr Vater das Formular genau an jenen Stellen aufreißen wird, nachdem es seine lange Reise hinter sich hat.

Gemeinsam bringen sie den Brief zur Rote-Kreuz-Station, und Muma erklärt dem dortigen Beamten die Situation. Der runzelt zwar bedenklich die Stirn: »Nach China?«, aber Muma besteht darauf, dass er den Brief losschickt. Auf der ganzen Welt kennt man diese international gebräuchlichen Formulare und wird versuchen, den Adressaten ausfindig zu machen. Doch selbst wenn der Brief sein Ziel erreichen sollte, werden sie lange auf eine Antwort warten müssen.

Im weiteren Verlauf des Jahres bestätigen sich Mumas Befürchtungen. Die Ostfront ist eingebrochen. Sichtbares Anzeichen dafür sind die Flüchtlingsströme und Lazarettzüge, die durch Brandenburg kommen. Sie bringen Verwundete und solche, die mit der wenigen Habe, die sie auf Kinderwagen und in Rucksäcken transportieren konnten, vor der Roten Armee geflohen sind. Hier können Ina und ihre Mitschülerinnen sich nützlich machen.

Die schönste Weihnachtsüberraschung für Ina war Lottes Rückkehr aus dem KLV-Lager gewesen. Obgleich später als vorgesehen, kam sie gerade noch rechtzeitig zur »Sonnwendfeier«, wie das bei ihren Jungmädeln heißt. Aber wie auch immer, Ina war überglücklich, ihre fröhlich-freche Freundin zurückzuhaben, und die beiden schmetterten Seite an Seite *Hohe Nacht der klaren Sterne* bei der Schulfeier zur »Volksdeutschen Weihnacht«.

Inzwischen ist das Jahr fortgeschritten. Der Schulbetrieb ist auch außerhalb der Ferien auf ein Minimum beschränkt, da es an Lehrpersonal fehlt und die Kinder zum Sammeln und für andere Hilfsdienste eingesetzt werden. Bereits die Siebzehnjährigen machen das »Notabitur«, um anschließend direkt an die Front zu gehen. Seit der Landung der Alliierten in der Normandie Anfang Juni wird alles verfügbare »Menschenmaterial« mobilisiert, um den feindlichen Truppen etwas entgegensetzen zu können. Die Mädchen machen Einweisungsdienst für Flüchtlinge am Bahnhof.

Die Flüchtlinge, die alles verloren haben oder zurücklassen mussten, sind zum Teil viele Tage und Nächte in überfüllten Güterwaggons unterwegs gewesen. Hungrig, durstig, ausgezehrt und schmutzig kommen sie in Brandenburg an. Aber noch viel schlimmer sind die Verwundeten dran: durchgeblutete Verbände, stinkende Eiterwunden, fehlende Gliedmaßen.

Ina steht hinter einem Klapptischchen in der Bahnhofshalle und bietet den Ankommenden Tee aus einer großen Kanne an. Bei den vielen Durstigen, die sich um ihren Tisch drängen, schafft sie es kaum, zwischendurch die Emailbecher auszuspülen. Sie trägt eine Binde am Arm, die sie als Hilfspersonal kenntlich macht. Lotte und weitere Schülerinnen, ebenfalls mit offiziellen Armbinden, helfen den Flüchtlingen, ihre wenige Habe auf Handkarren zu laden, und bringen sie zur Schulturnhalle, die als vorläufige Massenunterkunft dient. Von dort aus werden sie in freistehenden Wohnraum eingewiesen. Jede Familie muss Zimmer, die sie nicht nachweislich selber nutzt, bei der Stadtverwaltung melden und bekommt Flüchtlinge einquartiert.

»Wie gut, dass du mich hast«, hat Ina zu Muma gesagt, bevor der Beamte zum Kontrollieren kam. »Eigentlich bin ich ja auch ein Kriegsflüchtling. Ich musste doch wegen der Japaner von zu Hause weg. Du kannst ihm sagen, dass du schon eine Einquartierung hast.«

»Ja, es ist gut, dass ich dich habe, und nicht nur wegen dem Herrn von der Einquartierung.« Und tatsächlich müssen die beiden nicht weiter zusammenrücken.

Doch angesichts des Elends, mit dem sie bei ihren Bahnhofseinsätzen konfrontiert ist, kommt es Ina fast vermessen vor, sich als Flüchtling zu bezeichnen. Schließlich ist sie hier zu Hause. Sie hatte schon befürchtet, wieder ähnliche Kommentare hören zu müssen wie damals beim Sammeln fürs Winterhilfswerk. Aber diese Sorge ist unbegründet. Die Menschen, die da mit Sack und Pack aus den Zügen taumeln, sind so erschöpft und so sehr mit ihrem eigenen Leid beschäftigt, dass sie nicht darauf achten, welchen Augenschnitt das freundliche dunkelhaarige Mädchen hat, das ihnen einen Becher warmen Tee reicht. Und die japanischen Verbündeten sind ihnen erst recht egal. Die »Achse« kann ihnen mittlerweile gestohlen bleiben, hier geht es um ein Dach über dem Kopf und etwas Warmes im Bauch.

Solche Einsätze sind immer noch besser, als frierend im Unterricht zu sitzen. Auf diese Weise kann man wenigstens etwas Sinnvolles tun und sich zwischendurch mal die Hände an der Teekanne wärmen. Als es auf den Winter zugeht, wird es im Klassenzimmer ungemütlich kalt. Die Schülerinnen sitzen in Mänteln und mit Mützen und Handschuhen im Unterricht. Wenn es gerade nichts zu schreiben gibt, steckt Ina die Hände in ihren mittlerweile schon etwas abgeschabten Muff. Jede ist gehalten, Heizmaterial mitzubringen, das dann in den Bullerofen in der Ecke des Klassenzimmers eingeschürt wird. Aber wie soll man das beschaffen? Kohlen kann man längst nicht mehr einfach bestellen und sich nach Hause liefern lassen. Das ist kriegswichtiges Material, das den Lokomotiven und Heizkraftwerken vorbehalten ist. Also bleibt nur Holzsammeln im Wald. Aber da das alle tun, ist der Wald so aufgeräumt wie ein ordentliches deutsches Wohnzimmer. Kein Fitzelchen Brennbares liegt mehr herum.

Manchmal gehen Lotte und Ina zum Kohlenklauben. Mit einem Umhängebeutel aus Stoff laufen sie die Bahnstrecken um Brandenburg ab in der Hoffnung, dass die Heizer, wenn sie die Kohlen aus dem Tender der Dampfloks schaufeln, das eine oder andere Kohlestück verlieren, oder es gar absichtlich zu ihnen herunterwerfen. Ina ist darin besonders gut. Sie winkt freundlich zum Führerstand der vorbeifahrenden Loks hinauf, und da fliegt ihnen dann schon mal einer der begehrten schwarzen Brocken zu. Am Ende wird die Beute geteilt.

»Du bist eben der China-Ina-Eins-A-Prima Kohlenklau«, hat Lotte anerkennend gedichtet, als die Ausbeute wieder mal überraschend gut war.

»Wieso Kohlenklau? Wir klauen doch gar nicht. Wir klauben bloß auf, was andere verlieren.« Was die deutsche Sprache anbelangt, kann man Ina inzwischen nichts mehr vormachen.

»Dann eben Kohlenklaub, wenn dir das lieber ist«, sagt Lotte und hakt sich bei Ina unter. Gemeinsam marschieren sie, ihren neuen Reim singend, nach Hause.

Muma vergeht jedes Mal schier vor Angst, wenn die beiden sich als Streckengeher betätigen. Aber andererseits wird das Heizmaterial dringend gebraucht. Ina will schließlich auch ihren Beitrag zur Fütterung des Kanonenöfchens im Klassenzimmer leisten. Und Muma nimmt sie ja auch nicht zum Hamstern mit.

Dabei ist das so ein schönes Wort. Ina stellt sich dabei jedes Mal plastisch vor, wie die possierlichen Tierchen sich die Backen vollstopfen.

»Ich will nicht, dass du auf diese Weise für deinen Lebensunterhalt sorgen musst, das ist schließlich meine Aufgabe«, sagt sie und fährt mit dem Fahrrad und ihrer Einkaufstasche in die umliegenden Dörfer. Dort wird heftig getauscht, denn an Geld ist niemand mehr interessiert. Die Bauern wissen genau, dass ihre Lebensmittel in solchen Notzeiten Überlebensmittel sind, und lassen sich entsprechend bitten und bezahlen. Sogar von Teilen ihres Schmucks hat Muma sich schon getrennt, um einer Speckschwarte, Butter und Eier willen.

Inzwischen kommt der Fliegeralarm auch tagsüber, oft sogar mehrmals am Tag. Die Zeiten, als die Kinder sich über den Ausfall von Unterrichtsstunden freuten, sind längst vorbei. Wie froh wäre man jetzt über regelmäßigen, ungestörten Unterricht in geheizten Schulstuben, über ordentlich geschmierte Pausenbrote, über Lehrer, die nicht an die Front müssen. Deshalb ist der Jubel auch nur verhalten, als bekannt gegeben wird, dass die Weihnachtsferien diesmal früher beginnen und im neuen Jahr auf unbestimmte Zeit andauern. »Kohleferien« nennt sich das.

»So ein blöder Name«, bemerkt Ina. »Das Problem ist doch gerade, dass keine Kohlen da sind.«

Mitte Januar wird den Schülerinnen des Lyzeums mitgeteilt, dass ihre Schule als Lazarett für die von der Ostfront eintreffenden Verwundeten gebraucht wird. Sie werden künftig täglich zwei Stunden in der Saldria, der Oberschule für Knaben, unterrichtet werden. Das klingt immerhin spannend. »Aber«, so stellt Lotte gleich ernüchtert fest, »die Großen, die für uns interessant wären, sind ja sowieso bei der Flak oder an der Front. Und außerdem ist es da genauso ungeheizt wie in unserer Schule.«

»Also weiter frieren und konjugieren«, fasst Ina die Lage zusammen.

Brandenburg 1945

ABSCHIED

»Muma, meinst du, wir bekommen noch Antwort von Papa?«, fragt Ina eines Abends. Über ein halbes Jahr ist vergangen, seit sie ihren Brief aufgegeben haben. Letztlich weiß Ina selbst, dass Muma darauf keine Antwort hat, aber ihre Ungewissheit und Sorge braucht endlich ein Ventil. Eben haben sie gemeinsam einen Artikel über die militärische Lage in China in der Zeitung gelesen. Dort haben die Japaner in der so genannten Ichigo-Offensive weitere Vorstöße ins Innere des Landes unternommen, Tschungking bedroht und die Truppen Tschiang Kaischeks und seiner amerikanischen Verbündeten weiter in den Westen des Landes zurückgedrängt. Und ein neuer Unsicherheitsfaktor ist hinzugekommen: Die Kommunisten unter der Führung Mao Tsetungs gewinnen in der Bevölkerung immer stärker an Unterstützung. Zunächst hatte Mao in einer Einheitsfront an der Seite Tschiang Kaischeks gegen die Japaner gekämpft, doch nun droht auch noch ein Bürgerkrieg.

»Man kann wirklich nicht wissen, wie es deinem Vater ergangen ist«, versucht Muma Inas Frage so ehrlich wie möglich zu beantworten. »Sein letzter

Brief kam aus Tschungking, aber wenn die Japaner auf dem Vormarsch sind, ist er vielleicht schon gar nicht mehr dort. Es ist fraglich, ob der Brief ihn in all dem Durcheinander erreicht hat. Auf jeden Fall wird er seinerseits versuchen, mit uns Kontakt aufzunehmen, sobald er die Möglichkeit dazu hat.«

Doch dann kommt die erhoffte Nachricht aus einer ganz unerwarteten Richtung. Nämlich aus der Schweiz und in Form eines Briefs von Heinrich. Er schreibt:

Liebe Frau von Steinitz,
wir haben in der diplomatischen Vertretung hier Nachricht von Onkel Chen, Inas Vater, erhalten. Er ist wohlauf und hält sich noch in Tschungking auf. Allerdings macht er sich Sorgen über die militärische Lage im Deutschen Reich und möchte, dass Ina in die neutrale Schweiz ausreist, solange das noch möglich ist. Marta und ich haben uns beraten. Wir würden sie zunächst bei uns aufnehmen und uns dann hier um ihre weitere Schulausbildung kümmern.
Die Frage ist nur, wie sie nach Bern kommt. Allein zu reisen ist für ein Kind in diesen Zeiten viel zu gefährlich. Wenn Sie einverstanden sind, werde ich mit unserer Vertretung in Berlin Kontakt aufnehmen. Die dortigen Beamten unternehmen gelegentlich Dienstreisen in den Süden. Vielleicht könnte ein Kollege Ina mitnehmen. Bitte geben Sie mir Bescheid, damit ich Entsprechendes veranlassen kann.

Onkel Chen lässt Sie und Ina ganz herzlich grüßen und bedankt sich für Ihre Fürsorge. Auch Marta und ich schicken die herzlichsten Grüße,
Ihr Heinrich

»Stell dir vor, Ina, dein Vater ist noch in Tschungking, und es geht ihm gut. Er lässt dich herzlich grüßen.«

»O Gott, bin ich froh«, stößt Ina hervor und merkt erst hinterher, dass sie für ihre Erleichterung sogar Mumas Herrgott bemüht hat. »Aber wie ist das gegangen? Hat er unseren Brief bekommen? Warum hat er nicht direkt an uns geschrieben?«

»Das weiß ich nicht. Heinrich hat nichts davon erwähnt, aber dein Vater ist über die Lage hier recht gut informiert. Ihm war klar, dass wegen des Vorrückens der Alliierten ein Brief nur sehr schwer zu uns durchkommen würde. Irgendwie muss er erfahren haben, dass Heinrich in der Schweiz ist, und er hat sich an die dortige Botschaft gewandt. Heinrich hat dann über die Vertretung in Berlin an uns geschrieben.«

»Schreibt er auch was von Liuma?«

»Davon sagt Heinrich nichts, aber er teilt uns einen anderen Vorschlag deines Vaters mit.« Hier schluckt Muma, und sofort wird Ina hellhörig. Diese beherrschte Frau zeigt nur selten ihre Gefühle, aber das heißt nicht, dass sie keine hat, und Ina hat inzwischen gelernt, auch kleinste Anzeichen zu deuten. Ihre Nackenmuskeln spannen sich.

»Dein Vater möchte, dass du zu Marta und Heinrich in die Schweiz gehst.« Jetzt muss auch Ina schlucken. »Und ich finde das sehr vernünftig«, fährt Muma tapfer fort. »Der Südwesten Deutschlands ist bereits von alliierten Truppen besetzt, das weiß ich aus dem Radio, und von Osten her setzt der große Rückmarsch ein, das hast du ja bei deinem Bahnhofsdienst mit eigenen Augen gesehen. Es wird immer schwieriger für dich werden, von hier wegzukommen. Auch Schulunterricht gibt es kaum noch. Außerdem sind die ständigen Angriffe viel zu gefährlich. So gern ich das möchte, Ina, aber ich kann es einfach nicht verantworten, dich länger hier zu behalten. Die Schweiz ist ein neutrales Land. Dort herrscht Frieden und eine sehr viel bessere Versorgungslage. Du kannst deine Schulausbildung in Ruhe abschließen und wirst in der Obhut deiner Verwandten sein.«

Muma ist ganz außer Atem; sie scheint sich mit all diesen Argumenten selbst überzeugen zu müssen.

In ihrem ersten Schreck kann Ina zunächst gar nichts erwidern, ihre Gefühle fahren Achterbahn: Der Vater lebt, es geht ihm gut! Aber weg von Muma? Von Brandenburg, ihrem Zuhause, von ihren Freundinnen? Im Grunde ihres Herzens weiß sie, dass dieser Plan vernünftig ist, dass Trennung und Abschied wieder mal unausweichlich sind. Doch Verstand und Gefühl senden unterschiedliche Signale aus.

Muma und Ina versuchen jeweils auf ihre Art, mit

dieser Nachricht fertigzuwerden, die in ihren häuslichen Frieden eingeschlagen ist wie eine Bombe – eine Bombe, vor der kein Luftschutzkeller schützt. Mumas Schutzmechanismus ist, wie immer, die Geschäftigkeit.

»Ich werde noch heute an Heinrich schreiben, dass wir uns bereit machen und alles für deine Abreise vorbereiten. Wenn die Alliierten weiter mit solchem Tempo vorrücken, ist jeder Tag kostbar. Außerdem wissen wir ja nicht, wann der Herr von der Botschaft reisen wird.«

Ina sagt gar nichts. Als sie vom Wohnzimmertisch aufsteht, merkt sie, dass sie ganz weiche Knie hat. »Ich geh mal in mein Zimmer«, ist alles, was sie herausbringt.

Muma weiß, dass Ina jetzt erst einmal Zeit braucht. »In einer halben Stunde gibt's Abendessen. Gebräunte Grießsuppe. Ich ruf dich dann.«

Ach ja, der alte Trick von Liuma.

Kann man auch Abschiednehmen lernen? Wenn ja, denkt sich Ina, dann bekäme ich in diesem Fach eine Eins mit Stern. So oft hat sie das jetzt schon geübt. Aber ihre Erfahrung sagt ihr, dass man das nicht üben kann, dass es jedes Mal von Neuem wehtut, wenn man von denen, die man liebt, getrennt wird. Sie sitzt auf der Bettkante und lässt den Blick durchs Zimmer streifen, als sähe sie das alles hier zum ersten Mal: die Kommode mit der emaillierten Waschschüssel und der Wasserkanne, das Fenster mit den weißen Gardinen und dem Blick auf den Dom.

Seit Ina zum ersten Mal in diesem Zimmer aufgewacht ist, hat sich vieles geändert. Das Bücherregal quillt über von Büchern. An der Wand über dem Bett hängen Kunstdrucke und Postkarten, den Stuhl schmückt ein Stuhlkissen, das sie unter großem Stöhnen im Handarbeitsunterricht gehäkelt hat, in der Ecke sitzen die Puppen in ihren von Muma genähten Kleidern, darunter auch einige, die sie von Inge adoptiert hat. Werden die jetzt noch mal ihre Puppenmutter verlieren? Das Zimmer ist angefüllt mit siebeneinhalb Jahren Leben. Und das soll jetzt alles wieder in einen Koffer gepackt und in ein anderes Land getragen werden? Was hat schon Platz in einem Koffer! Jedenfalls nicht das, was wirklich zählt: die lieben Menschen, die vertraute Sprache, das Gefühl, ein Zuhause zu haben. Weinen, das zumindest hat Ina gelernt, kann zwar manchmal helfen, ändert aber nichts.

Als Muma aus der Küche zum Essen ruft, hat Ina bereits wie gewohnt den Tisch im Esszimmer gedeckt.

Schon wieder steht ein gepackter Koffer bereit. Aber diesmal geht es nicht nur bis in den Keller. Ina lebt wie auf Abruf. Jeden Tag kann das Telegramm aus Berlin kommen. Frau Hoffmann ist noch einmal da gewesen und hat ein altes Kleid von Muma für Ina abgeändert und ihr aus einem Jackett von Herrn von

Steinitz eine Jacke geschneidert. Stoff gibt es, wie so vieles andere, längst nicht mehr zu kaufen, und Ina, die einen weiteren Wachstumsschub hinter sich hat, ist aus fast allem herausgewachsen. Schlank und beinahe so groß wie Muma, das dicke, schwarze Haar schulterlang, sieht sie mit ihren gerade mal 15 Jahren recht erwachsen aus in der grauen Reisejacke über dem dunkelblauen Rock mit der Kellerfalte. Die weiße Bluse ist aus einem von Mumas guten Aussteuerlaken entstanden.

Am letzten Schultag vor den Osterferien bekommt Ina noch das Abschlusszeugnis der 10. Klasse ausgehändigt. Lehrer und Mitschüler verabschieden sich bis nach den Ferien.

»Ach, ich muss dir ja noch den *Nesthäkchen*-Band zurückgeben, den du mir geliehen hast«, sagt eine Klassenkameradin zu Ina.

»Das reicht auch nach den Ferien noch«, erwidert Ina, dabei wird ihr schlagartig bewusst, dass sie dann ja nicht mehr da sein wird. Im allgemeinen Trubel hat sie völlig vergessen, dass dieser letzte Schultag für sie ja ein viel grundsätzlicherer Abschied ist als für die anderen, die nach den Ferien wiederkommen. Doch sie korrigiert ihre Antwort nicht; sie wird das Buch ohnehin nicht mitnehmen können.

Inas neue Lieblingslehrerin, Frau Kümmerle, die erst seit Kurzem Biologie unterrichtet und für den eingezogenen Herrn Kautz eingesprungen ist, hat ihr sogar noch etwas ins Poesiealbum geschrieben, das Gedicht *Stufen* von Hermann Hesse. Zwei Zeilen davon haben sich Ina fest eingeprägt:

Und jedem Anfang wohnt ein Zauber inne,
der uns beschützt und der uns hilft zu leben.

Das ist immerhin etwas, das man mitnehmen kann, ein tröstlicher Gedanke, der keinen Platz im Koffer wegnimmt.

Die Osterfeiertage rücken näher, und jeden Tag ist mit dem gefürchteten Telegramm zu rechnen. Wenn sie dann kurzfristig abfahren muss, braucht Ina als Ausländerin eine Ausreisegenehmigung. Das Visum für die Schweiz wird Heinrich besorgen, der sie an der Grenze treffen soll.

Natürlich hat die Stelle, die Ausreisegenehmigungen erteilt, nur an Werktagen geöffnet. Bisher haben sie immer noch abgewartet, denn eine solche Bescheinigung hat nur 3 Tage Gültigkeit, aber mit den Osterfeiertagen ist das zu riskant. Also machen sie sich am Gründonnerstag zum Ausländerreferat im Rathaus auf.

Der Beamte ist ein freundlicher Mann, den Muma aus der evangelischen Kirchengemeinde kennt. Als sie ihm die Situation erklärt, datiert er die Genehmigung zwei Tage vor. »Die Schweizer werden sich kaum wundern, wenn sie feststellen, dass die effektiven Preußen sogar am Ostersonnabend arbeiten«, witzelt er noch, als er Inas Passbild an dem Formular befestigt und alles mehrfach abstempelt. Dann reicht er Ina das Papier. Nun hat sie es schriftlich, dass sie das Deutsche Reich innerhalb von drei Tagen verlassen muss. Ein Einreisevisum für die Schweiz ist nur in Berlin zu bekommen, und der Herr von der Vertretung wird es für sie besorgen.

Auf dem Heimweg geht Ina schweigend neben Muma her. Sie sieht ihre Umgebung plötzlich mit ganz anderen Augen. Was sie sonst selbstverständlich nahm und keines weiteren Blickes gewürdigt hat, will sie sich jetzt einprägen, einen Bildervorrat für eine ungewisse Zukunft anlegen. Aus dem Rathaus treten sie auf den Neustädtischen Markt mit dem schön verzierten Kurfürstenhaus. Der Roland allerdings, der hier immer wachte und den Ina zeitlebens mit dem dicken Mann, der sie für eine Japanerin hielt, in Verbindung bringen wird, ist wegen der Luftangriffe ausgelagert worden. Wo der wohl Unterschlupf gefunden hat? Sie gehen über den Mühlendamm, vorbei an dem imposanten Wasserstandsanzeiger und an den Buden, wo die Fischer früher ihren fangfrischen Fisch verkauften. Dann biegen sie zum Dom ein, und das Nachbarhaus mit der Aufschrift Gartenbaubetrieb Georg Gaertner kommt in den Blick. Ina erinnert sich, wie lange es gedauert hat, bis sie sich über dieses schöne Zusammentreffen von Name und Beruf amüsieren konnte.

Wie in dieser Stadt, so ist sie inzwischen auch in der deutschen Sprache heimisch geworden, kann deren Nuancen und Feinheiten verstehen und damit spielen. Wenn sie es sich genau überlegt, ist das die einzige Sprache, in der sie das kann. Das Chinesische ist längst in die hintersten Winkel ihres Kopfes gerutscht. Außerdem ist Inas Chinesisch eine Kindersprache – die Fabel von Wu Meng im Kontrast zu Schillers Balladen. Vielleicht wird das ja anders werden, wenn sie dann bei Marta und Heinrich wohnt. Aber Ina hat keine Lust, noch einmal ein sprachliches Kleinkind zu sein, das dem Belehrungseifer der Cousine ausgesetzt ist.

Nein, jetzt nicht voraus denken. Die Zeit hier mit Muma, mit den Freundinnen ist zu kostbar, um sie durch Gedanken an die Zukunft zu verderben. Hinter Muma geht sie die knarrenden Stufen des Treppenhauses hinauf, schwingt sich andeutungsweise um den Knauf des Geländers am Treppenabsatz, schnuppert den vagen Geruch nach Bohnerwachs und Malzkaffee. Jetzt werden sie erst einmal schöne Osterfeiertage haben, da wird hoffentlich kein Telegramm kommen. Und morgen, am Karfreitag, wenn Muma in der Kirche ist, hat Lotte versprochen vorbeizukommen.

Pünktlich um zehn steht die Freundin vor der Tür. Sie hat ihren Rucksack auf dem Rücken und sieht aus, als wollte sie mit ihrer Schar auf große Fahrt gehen.

»Tag, Ina.« Als sie Inas erstaunten Blick sieht, erklärt sie: »Ich weiß, dass du nur wenig Gepäck mitnehmen kannst. Da dachte ich, du könntest vielleicht meinen Klammeraffen gebrauchen. Den fandest du doch immer so klasse. Ich sag einfach, ich hätte ihn in der Elektrischen liegengelassen. Da wird mir schon was einfallen.« Damit reicht sie Ina den olivgrünen Segeltuchrucksack mit den braunen Lederschnallen.

Ina probiert ihn gleich an. Kein Vergleich zu dem inzwischen schon ziemlich abgeschabten Schulranzen, den Muma ihr als zusätzliches Gepäckstück empfohlen hat. Und außerdem weiß man nie, ob man mit einem Schulranzen nicht unangenehm auffällt. Da ist dieser Rucksack doch tausendmal besser.

»Ach, Lotte«, mehr bringt Ina vor Rührung, Dankbarkeit und Abschiedsschmerz nicht heraus. Stattdessen fällt sie der Freundin um den Hals.

»Ich hab auch was für dich.« Sie gehen in Inas Zimmer, wo Ina schon Bücher, Schulsachen und ihre Sammlung mit Kunstpostkarten hergerichtet hat.

»Vielen Dank«, sagt Lotte, als sie die Sachen durchgesehen hat. »Das würde mich ja alles sehr freuen, wenn's nicht so traurig wäre. Kann dieser doofe Krieg uns denn nicht in Ruhe lassen? Ich hab das alles so satt, das ewige in-den-Keller-Rennen, das Knausern und Sparen. Und dann wird einem auch noch die beste Freundin weggenommen.« Typisch Lotte, trotz ihrer BDM-Begeisterung hat sie sich den Sinn für das

Wesentliche bewahrt. Und auch den Mut, es laut zu sagen.

»Aber wenn er auf der andern Seite der Weltkugel nicht angefangen hätte, wäre ich vermutlich gar nicht hergekommen«, gibt Ina zu bedenken.

Doch Lotte ist nicht der Typ für komplizierte Gedankenspiele. Sie denkt praktisch.

»Auf jeden Fall ist die Schweiz nicht weit, und dort gibt es massenweise Schokolade, du Glückspilz. Wie auch immer das hier ausgeht, wir werden uns schreiben und besuchen. Du musst mir auf jeden Fall gleich deine Adresse mitteilen.«

Sie sitzen noch eine Weile auf Inas Bett und reden über alles Mögliche, so als würden sie sich morgen wiedertreffen. Dann muss Lotte gehen. Ihr Vater hat heute Notdienst, und ihre Mutter hilft in der Praxis, weil es in diesen Zeiten viel zu tun gibt für einen Arzt, nicht nur an Hälsen, Ohren und Nasen. Da muss Lotte das Mittagessen für die kleineren Geschwister aufwärmen. Beide wissen, dass der Abschied jetzt schnell gehen muss.

»Tschüss, Lotte.«

»Tschüss, Ina, mach's gut. Vielleicht sehen wir uns ja noch.«

Ina hört die Freundin die Treppe hinunterpoltern, dann klappt unten die Tür.

April 1945

REISE INS UNGEWISSE

Am Sonnabendmittag sitzen Muma und Ina am Küchentisch und malen Eier an. Schließlich ist trotz allem Ostern. Vorausschauend hat Muma die wenigen Eier, die es in den letzten Wochen überhaupt noch gab, nicht einfach aufgeschlagen, sondern vorsichtig ausgeblasen, gereinigt und aufbewahrt. Ina hat den Wasserfarbenkasten vor sich und versucht sich an einem »chinesischen« Ei, auf das sie Bambus zu malen versucht. Das ist sehr viel schwieriger, als es auf den Tuschmalereien immer aussieht, wo aus wenigen Strichen ein ganzer Bambuswald entsteht. Und dann sind diese Eier auch noch so hinterhältig rund und glatt. Ina ist so vertieft, dass sie im ersten Moment die Sirenen nicht wahrnimmt: Fliegeralarm.

Der Koffer ist ohnehin fertig gepackt, Muma greift nach ihrer Luftschutztasche, und sie rennen in den Keller. Die Nachbarn, aus ihren Feiertagsvorbereitungen gerissen, treffen nur zögerlich ein. Herr Meinke meckert schon. Kaum hat er die Tür geschlossen, ist das Dröhnen der Flieger zu hören. Heute zieht Ina kein Buch heraus, sie schmiegt sich eng an Muma, die neben ihr auf der harten Holzbank sitzt. Niemand sagt etwas. Quälend langsam vergeht die Zeit, tropft zäh wie das Kondenswasser von den Heizungsrohren über ihren Köpfen. Plötzlich ein ohrenbetäubendes Krachen, das die Kellerwände beben lässt; Kalk und Putzteile rieseln von der Decke. Instinktiv lassen sie sich von der Bank zu Boden gleiten, wo sie dicht zusammengedrängt kauern. Ina muss schlucken, weil ihr die Druckwelle der Explosion die Ohren verschließt. Muma hat die Arme um sie gelegt und presst sie an sich. Trotz ihrer Angst genießt Ina diese Nähe, die es unter normalen Umständen kaum je gegeben hat. Jemand betet laut. Alle verharren wie gebannt, so als könnte man dadurch weiteres Unheil abwenden. In der Kehle kitzelt der Staub, brennt in den Augen. Nach einer scheinbaren Ewigkeit gibt die Sirene Entwarnung. Langsam rappelt sich einer nach dem andern auf, verlässt zögerlich diesen stickigen, beengten, aber schützenden Raum. Man lebt und ist dankbar dafür. Aber was wartet draußen?

Feuchte Tücher vor Mund und Nase gepresst, tasten sie sich die mit Trümmern und Glasscherben bedeckte Kellertreppe hinauf. Die Luft ist hier noch staubiger als unten im Luftschutzraum, man muss sich am Geländer nach oben hangeln. Als sie den Treppenabsatz des Erdgeschosses erreicht haben, sehen sie sich vorsichtig um. Auch hier ist alles mit Scherben und herabgefallenem Putz übersät, aber die Treppe ist noch da, wo sie immer war. Also weiter hinauf. Bei Frau Krause im ersten Stock hat die Druckwelle die Wohnungstür aus den Angeln gehoben. In allen Fenstern des Treppenhauses fehlt das Glas. Mühsam arbeiten sie sich vor. Ihre Tür ist noch intakt, Muma schließt sie auf. Der Boden im Flur und in den Zimmern ist übersät mit Glas, Kalkstaub und Putz, der große Leuchter im Wohnzimmer ist ein Häuflein Scherben, aber sonst scheint alles in Ordnung, kein Brand- oder Gasgeruch. Erst als sie durch eine der zerbrochenen Fensterscheiben auf die Straße hinunterschauen, erkennen sie das Ausmaß des Schadens, den der Angriff auf der Dominsel angerichtet hat – und das Glück, das sie beide gehabt haben. Die Vorderfront des Nachbarhauses der Gaertners ist schwer beschädigt, in der Straße davor klafft ein tiefer Krater. Im Haus gegenüber versuchen die Bewohner mit ihren Feuerklatschen einen Brand unter Kontrolle zu bringen. Aus einem der Nachbarkeller werden Menschen herausgetragen. Muma zieht Ina vom Fenster weg. Später erfahren sie, dass die dortige vierzehnköpfige Luftschutzgemeinschaft ausnahmslos ums Leben gekommen ist.

Während Ina noch unentschlossen und wie betäubt dasteht, greift Muma schon zu Besen und Kehrschaufel.

»Erst mal müssen wir hier saubermachen, Ina. Wir werden obdachlose Nachbarn bei uns aufnehmen müssen. Du ziehst am besten zu mir ins Schlafzimmer.«

Da erwacht auch Ina aus ihrer Erstarrung und räumt ihre ohnehin schon geschrumpften Habseligkeiten in Mumas Schlafzimmer. Die Aufräumarbeiten werden dadurch erschwert, dass es weder Wasser noch Gas oder Elektrizität gibt. Nicht einmal einen wärmenden Tee kann man sich kochen. Doch jetzt halten die Nachbarn zusammen: Wasser holt man am Hydranten auf der Straße, Frau Krause von unten hat ein Kanonenöfchen, das sie gleich anheizt und auf dem die einzelnen Parteien nacheinander ihre Wasserkessel zum Kochen bringen, Kerzen und die mit geölter Wellpappe eingefassten Hindenburg-Lichter hat in diesen Zeiten sowieso jede Familie griffbereit. Die kaputten Fenster werden gegen die Kälte notdürftig verhängt oder mit Brettern zugenagelt. Gegen Abend kommt Lotte. Sie schleppt einen riesigen Topf, der noch warm ist.

»Bei uns ist alles in Ordnung, aber wir haben gesehen, dass es die Dominsel voll getroffen hat. Da hat meine Mutter vorsorglich ein paar Pellkartoffeln mehr gekocht. Mein Vater ist unterwegs, um die Verwundeten zu versorgen. Ich hab ihr versprechen müssen, gleich wieder heimzukommen.«

»Wie lieb von euch, Lotte, dass ihr an uns gedacht habt«, sagt Muma und nimmt ihr den Topf ab. »Ich fülle die Kartoffeln um, dann kannst du den Topf gleich wieder mitnehmen.«

Ein bisschen verlegen und ungewöhnlich schweigsam stehen Ina und Lotte dabei, wie Muma die Kartoffeln in eine große Schüssel schüttet und mit einem Tuch zudeckt, damit sie warm bleiben. Wenn man den schmerzlichen Abschied schon hinter sich hat und sich dann noch einmal begegnet, ist das, als wäre man schon gar nicht mehr da. So jedenfalls empfindet es Ina.

Doch Muma rettet die Situation, indem sie sich an Lotte wendet: »Sag deiner Mutter vielen herzlichen Dank für dieses wunderbare Abendessen. Das reicht sogar noch für ein paar hungrige Nachbarn. Ich hätte sonst gar nicht gewusst, wie ich so viele Mäuler stopfen soll.«

»Frohe Ostern auch«, sagt Lotte im Gehen. Sie hat sich mittlerweile wieder gefangen. »Schau nicht so traurig«, sagt sie, knufft die Freundin aufmunternd in die Seite und flüstert ihr zu: »Denk an das doppelte Lottchen.«

Mehr brauch die Freundin nicht zu sagen. Bei der Erinnerung an die Fahrt in der Elektrischen zieht es Ina doch die Mundwinkel auseinander. Ach, Lotte, die Gute. Ina winkt ihr nach. Sie geht wegen der vielen Glasscherben sehr viel vorsichtiger die Treppen hinunter als gestern.

Später sitzen Muma und Ina mit den in Inas Zimmer einquartierten Nachbarn bei Kerzenschein um den großen Wohnzimmertisch. Nach überstandenem Schreck und dem ganzen Räumen und Putzen langen alle kräftig zu. So gut haben Ina Pellkartoffeln mit Salz noch nie geschmeckt.

Am nächsten Morgen erwacht Ina neben Muma im Ehebett. Es ist kalt im Zimmer. Durch die teilweise herausgefallenen Scheiben dringt frostige Frühlingsluft. Ostersonntag und der 1. April. Aber Ina ist nicht zu Scherzen aufgelegt.

»Die Osterfeiertage hatten wir uns anders vorstellt, nicht wahr, Ina?« Auch Muma ist inzwischen wach.

»Können auch sonntags Telegramme kommen?«, ist Inas erste Frage, noch bevor sie Muma frohe Ostern wünscht.

»Eigentlich schon, aber ich vermute, dass durch den schweren Fliegerangriff einiges durcheinandergekommen ist.«

Dennoch lauschen beide den Tag über ständig auf ein Klingeln oder Klopfen an der Tür. Ina fühlt sich, als sei sie aus der Zeit gefallen. Sie ist nicht mehr richtig da, aber auch noch nicht fort. Alles, was sie anschaut oder in die Hand nimmt, jede ihrer alltäglichen Verrichtungen hat den bitteren Beigeschmack des letzten Mals. Überdeutlich nimmt sie all die kleinen Dinge wahr, die sonst keine Bedeutung hatten. Da ist es gut, dass man sich mit den dringend nötigen Aufräumungsarbeiten ablenken kann. Immer wieder sagt sie sich, dass das Leid vieler Ausgebombter wesentlich schwerer wiegt als ihr Abschiedsschmerz, aber diese vernünftige Einsicht reicht nicht bis dorthin, wo es wehtut.

Am Montag in aller Frühe ist es dann so weit. Jemand poltert die Treppe hoch, klopft laut und ungestüm an die Wohnungstür: »Ein Telegramm für Sie!«

Muma nimmt es entgegen. Sofort ist Ina an ihrer Seite. Das Telegramm ist am Sonnabend aufgegeben worden und lautet:

Frl. Ina Chen: Montag, 2. April für Schweizreise bereithalten.
Go, Botschaftssekretär

»Ina, wir müssen mit dem nächsten Zug nach Berlin. Das Telegramm ist vom Sonnabend und durch den Fliegerangriff vermutlich aufgehalten worden. Hoffentlich wartet dieser Herr Go auf dich.«

Von da an ist alles ein einziger Strudel aus Hektik und Aktivität. Aber irgendwie ist Ina auch erleichtert, dass das lähmende Warten ein Ende hat. Ein paar letzte Dinge in den bereits gepackten Koffer legen, die Reisejacke anziehen, den Mantel darüber, eine Flasche Wasser und ein paar Brote im Klammeraffen verstauen, dann machen sie sich auf den Weg zum Bahnhof. Diesmal ist es andersherum: Ina trägt den Koffer, Muma hat sich die Handtasche unter den Arm geklemmt und Inas Rucksack über die Schulter geworfen. Unter normalen Umständen wäre eine Frau von Steinitz wohl kaum mit einem BDM-Rucksack in Brandenburg unterwegs, aber das sind eben keine normalen Umstände.

Es ist das erste Mal seit dem schlimmen Angriff, dass sie ihre unmittelbare Nachbarschaft verlassen, und jetzt sehen sie, wie viele Häuser dabei beschädigt, ja zum Teil völlig zerstört wurden.

»Das hätte ich dir gern erspart, Ina«, murmelt Muma, während sie den Mühlendamm entlanggehen.

Am Bahnhof herrscht reges Treiben. Der Bahnsteig ist voll mit ausgebombten Brandenburgern, die Unterschlupf bei Verwandten suchen wollen. Auf Fahrpläne ist längst kein Verlass mehr; unmöglich vorauszusehen, wann Züge eintreffen werden und wann sie weiterfahren. Gerüchte und Vermutungen laufen den Bahnsteig entlang. Doch sie haben Glück. Nach gut einer Stunde Wartezeit wird durch den Lautsprecher ein Zug nach Berlin angekündigt. Als er schließlich einfährt, halten sie sich fest an den Händen und drängeln zur nächstgelegenen Tür.

Ina kann nur staunen, wie Muma plötzlich alle Vornehmheit ablegt, den Waggon entert und sie samt Koffer nachzieht. Dicht gedrängt stehen sie in einem der Gänge, das Gepäck zu ihren Füßen. Tatsächlich rollt der Zug nach einer Weile an. Jetzt kann man nur beten, dass kein erneuter Alarm ihn unterwegs aufhält, dass die Gleise nicht zerstört sind, dass die Kohlen reichen. Wieder haben sie Glück und kommen ohne größere Verzögerungen am Potsdamer Bahnhof an. Dort ergattern sie, auch diesmal wenig damenhaft, eines der Taxis mit der schwarz-weißen Karoborte und fahren bis zur chinesischen Vertretung.

Kofferraum, denkt Ina wehmütig, als der Fahrer ihren Koffer dort verstaut. Das war eines meiner ersten deutschen Wörter.

In der Vertretung, die nun keine Botschaft mehr ist, wartet man schon. Muma erklärt, was passiert ist und dass das Telegramm erst heute morgen ankam. Ein kleiner, dicker Chinese mit schütterem Haar kommt auf Ina zu und streckt ihr die Hand hin.

»*Huanying, huanying, wo shi Go xiansheng.*«

»*Duibuqi*«, bringt Ina gerade noch heraus. »Entschuldigung, aber ich spreche kaum Chinesisch.«

»Das macht nichts«, wechselt er mühelos ins Deutsche. »Herzlich willkommen, ich bin Herr Go. Wir werden also zusammen an die Schweizer Grenze reisen, Fräulein Chen. Am besten, wir fahren gleich weiter zum Bahnhof. Die Zeit drängt. Die Alliierten rücken von Südwesten mit großem Tempo vor. Wir müssen sehen, dass wir Sie bei Bregenz noch über die Grenze bringen. Ihr Cousin ist verständigt. Er wird uns dort mit Ihrem Einreisevisum erwarten.«

Ina dreht sich Hilfe suchend nach Muma um, aber letztlich weiß sie, dass sie von nun an auf sich allein gestellt sein wird. Die chinesische Begrüßung hat ihr schlagartig klargemacht, dass sie jetzt den Schutzraum ihrer zweiten Heimat verlassen wird.

Wieder sitzen sie im Taxi. Auf der Rückbank umklammert Ina Mumas Hand. Diesmal müssen sie zum Anhalter Bahnhof, von wo die Züge Richtung Süden abgehen. Hier zeigt sich dasselbe Bild wie in Brandenburg, nur dass sich in der riesigen Bahnhofshalle noch viel mehr Menschen drängen: überfüllte Bahnsteige, Reisende mit Sack und Pack, lange Schlangen vor den Fahrkartenschaltern. Zum Glück hat Herr Go bereits eine Karte für Ina parat. Sie fahren erster Klasse, aber dort ist das Gedränge nicht weniger schlimm. Der Zug steht schon bereit, wann er abfahren wird, weiß niemand. Mühsam drängen sie sich in ihr Abteil, verstauen Inas Koffer im Gepäcknetz, den Rucksack behält sie neben sich. Dann stehen sich Ina und Muma im Gang gegenüber. Herr Go schaut diskret aus dem Abteilfenster.

»Vielen Dank für alles.«

Muma schließt Ina fest in die Arme, küsst sie auf die Stirn und auf beide Wangen, über die jetzt Tränen laufen.

»Du sollst nicht warten, Muma, nicht winken.« Ina weiß, dass das den Abschied nur noch schlimmer machen würde.

»Mein tapferes Mädchen.« Mumas Stimme zittert ein wenig. »Behüte dich Gott.«

Dann packt Frau von Steinitz ihre Handtasche und

verlässt den Waggon. Ina blickt der hochgewachsenen Frau mit dem inzwischen fast weißen Haarknoten nach, wie sie sich in Gegenrichtung ihren Weg durch die drängelnden Menschen bahnt.

Die Fahrt ist in Inas Erinnerung wie in einen grauen Nebel gehüllt, in dem kaum etwas Kontur gewinnt. Hinter dem Vorhang ihrer Tränen lässt sie sich gegenüber von Herrn Go in den Sitz sinken. Irgendwann fährt der Zug an, irgendwann machen sie ein wenig höfliche Konversation, irgendwann versiegt diese wieder. Draußen fliegen Städte, Dörfer, unterschiedliche Landschaften vorbei. Auch der Anblick weidender Kühe kann Ina diesmal nicht aus ihrer Schwermut reißen.

Plötzlich bleibt der Zug auf freier Strecke stehen: Fliegeralarm. Die Fahrgäste müssen mit ihrem Gepäck die Waggons verlassen und sich auf dem Feld neben dem Zug auf den Boden legen. Ina stolpert hinter Herrn Go her, wirft sich ins erste Frühlingsgras einer Viehweide. Eine Fliegerstaffel dröhnt über ihre Köpfe hinweg. In der Ferne sind Detonationen zu hören. Hinter einem Waldstück steigen Rauchpilze auf. Ina glaubt einen Moment lang, den Staub des Luftschutzkellers im Mund zu schmecken. Doch das ist nur Einbildung. In Wirklichkeit liegt sie auf einer grünen Wiese, im Hintergrund ein Waldrand und Hügelketten, die sich im Blau verlieren: heile Welt, nur die Flakwölkchen und Rauchpilze am Himmel stören die Illusion.

Dann dürfen sie wieder zurück in den Zug. Der fährt langsam an, zockelt im Schneckentempo durch das Wäldchen und bleibt dann endgültig stehen. Überall werden die Abteilfenster heruntergeschoben, Köpfe recken sich hinaus, man versucht zu ergründen, was los ist.

Ina reagiert auf all das mit eigentümlicher Gelassenheit, so als ginge sie das hier überhaupt nichts an. Nur einmal reißt es sie aus ihrer Lethargie. Auf der Suche nach ihrem Vesperbrot stößt Ina in der Außentasche des Rucksacks auf ein paar Tütchen Brausepulver. Die muss Lotte dort hineingetan haben: Waldmeister, Himbeere und Zitrone. Sie bedeuten für Ina viel mehr als eine prickelnde Erfrischung. Sorgsam packt sie die kostbaren Tütchen wieder in die Außentasche des Klammeraffen, nachdem sie sie lange durch die Finger hat gleiten lassen. Den vertrauten Genuss des Brauseprickelns will sie sich für einen ungestörteren Moment aufheben.

Irgendwann schält sich aus der allgemeinen Aufregung, in die auch Herr Go verwickelt ist, die Information, dass die vor ihnen liegende Strecke bei dem Bombenangriff zerstört wurde. Die Lokomotive kann nicht weiter. Also wieder alles aussteigen!

Herr Go hat auch in Erfahrung gebracht, dass sie sich unmittelbar vor der Ortschaft Oberstaufen im

Allgäu befinden. Die Berge sind jetzt schon ganz nah. Er nimmt Inas Koffer, sie schultert den Klammeraffen, und die beiden machen sich im Trupp der Reisenden zu Fuß auf den Weg. Zum Glück sind Ortskundige unter ihnen, die den Weg kennen. Nach fast zweistündigem Marsch erreichen sie das Städtchen. Die meisten Fahrgäste begeben sich in der Hoffnung auf eine Möglichkeit zur Weiterfahrt zum Bahnhof. Dort heißt es erneut warten. Die Bahnhofshalle gleicht einem Heerlager. Alles drängelt um Plätze, wo man sich notfalls auch für die Nacht einrichten kann. Herr Go bugsiert die erschöpfte, durchgefrorene Ina in eine Ecke des Wartesaals und lässt sie auf ihrem Koffer sitzend zurück, um weitere Erkundungen einzuziehen. Draußen ist es inzwischen dunkel geworden. Ina denkt an Muma, ob sie gut nach Brandenburg gekommen ist und wie es ihr geht in dem kalten, dunklen Haus ohne Licht und Heizung. Endlich taucht Herr Go in der Menge der Wartenden auf und berichtet, dass heute kein Zug mehr fahren wird, und dass auch morgen wegen des stündlich zu erwartenden Vormarschs der Alliierten das Weiterkommen ungewiss ist.

Wie Herr Go kann auch Ina bis drei zählen und weiß, dass ihre Ausreiseerlaubnis abgelaufen sein wird, wenn sie die Schweizer Grenze erreicht haben werden. Das bedeutet neue Probleme.

Und Heinrich? Wird er auf sie warten? Wie ihn

erreichen? Doch Ina hat in diesen schwierigen Zeiten gelernt, einen Fuß vor den anderen zu setzen und nicht drei Schritte vorauszudenken. Also knöpft sie sich den Mantel bis oben zu, klappt den Kragen hoch und stellt sich für eine Decke und heißen Tee an, die hilfreiche Geister in der kleinen Bahnhofshalle verteilen. Sogar eine dünne Suppe wird ausgeschenkt.

Aber so richtig warm ums Herz wird es ihr, als sie eine der freiwilligen Helferinnen in breitem Allgäuer Schwäbisch zu ihrer Kollegin sagen hört: »Guck amol, a Chinesin hemmer au.« So ganz versteht sie diesen Kommentar zwar nicht, aber er erinnert sie an den freundlichen Singsang der dicken Frau Müller. Und sie bemerkt mit einem gewissen Stolz, dass die »Chinesin« nun kein verkleinerndes »le« mehr hat.

Dann richten sie sich für die Nacht ein. Herr Go hat sogar einen Platz auf einer der Bänke ergattert, wo Ina sich mit dem Klammeraffen als Kopfkissen ein bisschen ausstecken kann. Er selbst nächtigt zu ihren Füßen auf dem Fußboden. Als es ganz dunkel und rundum lautes Schnarchen zu vernehmen ist, tastet sie schließlich doch in der Außentasche des Klammeraffen nach den Brausetütchen: Himbeere, weil's jetzt eh egal ist. Hier wird wohl niemand die Farbe ihrer Zunge kontrollieren. Bedächtig leckt sie sich ein Brausehäufchen nach dem anderen vom Handrücken, genießt das Prickeln auf der Zunge und schläft mit dem intensiven, künstlichen Beerengeschmack im Mund ein.

Als Herr Go sie wachrüttelt, weiß sie zunächst nicht, wo sie ist. Verwirrt richtet sie sich auf. Alle Glieder schmerzen von der harten Bank, die Haare sind zerzaust. Kämmen muss man sich hier nicht, aber der Gang zur überfüllten Toilette ist leider unvermeidlich. Als sie zurückkommt, reicht Herr Go ihr einen Becher mit Malzkaffee. »Muckefuck«, denkt Ina. Dieses Wort wärmt genauso wie die Blechtasse, um die sie ihre klammen Finger legt. Für sie liegt überhaupt nichts Verächtliches in diesem Wort, es hat nicht den Beigeschmack von Armut und Ersatz, sondern über die Jahre viele gute Erinnerungen angesetzt. Dieses bittere braune Gebräu hat sie vor der scheußlichen warmen Milch bewahrt. Es hat sie mit seinem Geruch nach verbranntem Reis an Liuma erinnert. Und inzwischen ist es der Geschmack, der wie kein anderer die Frühstücke mit Muma heraufbeschwört.

Ein Zug für die Weiterfahrt an die Grenze ist nicht in Sicht. Der Vormittag verrinnt. Die Wartenden vertreiben sich die Zeit mit Kartenspiel und Dösen. Niemand ist da, dem Ina Fingerraten beibringen könnte. Immer wieder wandert ihr Blick zu den beiden Zeigern der großen Bahnhofsuhr, die sich ruckartig vorwärts schieben. Herr Go versucht, irgendwo zu telefonieren, kommt aber nicht durch in die Schweiz.

Plötzlich gibt der Bahnhofslautsprecher ein heiseres Knacken von sich, das alle aufhorchen lässt. Dann kommt die Durchsage: »Ein Zug Richtung Bregenz wird auf Gleis 3 bereitgestellt.« Augenblicklich kommt Bewegung in die träge Menge. Herr Go ist sofort auf den Beinen und mahnt zur Eile. Ina hat nicht einmal mehr Zeit, ihre Decke ordentlich gefaltet zurückzulassen, wie es Muma von ihr erwarten würde. Sie rennt hinter Herrn Go auf die Sperre zu. Alles drängelt, knufft und schiebt. Zum Glück können sie sich einen Platz in einem der Waggons erobern. Wieder warten. Endlich setzt sich der Zug in Bewegung. Er scheint auf den Schienen dahinzuschleichen. Ina hat jegliches Zeitgefühl verloren, nimmt die draußen vorbeiziehende Landschaft kaum wahr.

Plötzlich schiebt sich eine riesige Wasserfläche vors Abteilfenster: der Bodensee. Herr Go greift nach seiner Aktenmappe. In Bregenz steigen deutsche Zollbeamte ein, langsam rollt der Zug Richtung St. Margarethen auf die Schweizer Grenze zu. Die Abteiltüren werden aufgerissen:

»Passkontrolle!« Ein Beamter mit Schaftstiefeln und grauer Militäruniform inspiziert Inas Pass und die Ausreiseerlaubnis. »Sie wollen das Deutsche Reich verlassen, Fräulein Chen?«

»Ja«, bringt Ina heraus und denkt sich, dass sie das eigentlich überhaupt nicht will.

»Ihre Ausreiseerlaubnis ist aber leider abgelaufen. Wir müssen Sie bitten, den Zug zu verlassen.«

Gerade will sie etwas von Ostern und Fliegerangriffen stammeln, als Herr Go aufsteht und ihren Koffer aus dem Gepäcknetz hievt.

»Wir folgen Ihnen, meine Herren«, sagt er zackig.

In der Zollbaracke wird Inas Pass noch einmal einer genauen Kontrolle unterzogen, während der Zug Richtung Schweiz davonrollt. Es wird verhandelt und telefoniert. Das alles übernimmt Herr Go. Sie ist nun doch sehr froh, den stillen, aber effizienten Mann, mit dem sie während der Reise nur das Nötigste gesprochen hat, an ihrer Seite zu haben.

Schließlich knallt der Zollbeamte doch noch seinen Stempel in Inas Reisepass. Das Aufklatschen des Gummis aufs Papier geht Ina durch und durch, es besiegelt ihr deutsches Leben.

Doch kaum ist dieses Problem gelöst, stellt sich bereits das nächste: Wo ist Heinrich mit den Einreisepapieren? Ohne Visum für die Schweiz sitzt sie fest im Niemandsland dieser Zollbaracke, kann nicht vor und nicht mehr zurück. Die schneidigen Herren mit den Schaftstiefeln erweisen sich als wenig kooperativ. Für sie ist der Fall Ina Chen erledigt. Herr Go wiederum darf das Deutsche Reich nicht verlassen, auch telefonieren lassen sie ihn nicht. Aber er weiß Rat. Er wendet sich an einen der Gepäckträger, einen Schweizer Staatsbürger, dem es gestattet ist, Gepäck zwischen den Bahnhöfen beider Länder hin- und herzutragen. Herr Go schildert ihm die Lage, gibt ihm Geld und bittet ihn, sich von der Schweizer Seite aus telefonisch mit der chinesischen Botschaft in Bern in Verbindung zu setzen. Ina blickt dem hilfsbereiten Dienstmann mit Mütze nach, bis er hinter dem Schlagbaum verschwunden ist. Dann setzt sie sich neben Herrn Go auf die Bank in der Zollbaracke.

»Jetzt können wir nur hoffen, dass wir uns auf ihn verlassen können. Wie lange es dauern wird, bis Ihr Herr Cousin aus Bern hier eintreffen wird, ist kaum zu sagen.«

Das ist Herrn Gos höfliche Art, zum Ausdruck zu bringen, dass sie sich in dieser Baracke, in der sie bestenfalls widerwillig geduldet sind, auf eine lange Wartezeit einrichten müssen. Noch dazu mit ungewissem Ausgang. Hier werden weder Decken noch heißer Tee oder Suppe ausgeteilt. Doch Hunger ist jetzt nicht das Problem, und ihre Wasserflasche füllt Ina am Wasserhahn auf der Toilette, die immerhin kaum benutzt wird und einigermaßen sauber ist. Die Stunden schleichen dahin. Längst haben sie aufgegeben, sich zu unterhalten. Jeder sitzt in die eigenen Gedanken versunken da.

Eine eigentümliche Gleichgültigkeit hat Ina erfasst. Damals auf dem Schiff hatte sie Angst vor dem Unbekannten, jetzt fühlt sie nur Benommenheit. Weder der Gedanke an das Wiedersehen mit den Verwandten noch die Aussicht auf »massenweise Schokolade«, die ihr Lotte mit auf den Weg gegeben hat, kann sie aufheitern.

Noch einmal greift sie zu den Brausetütchen, weniger aus Hunger, sondern um des tröstlichen Bitzelns willen. Inzwischen ist ihr auch egal, was Herr Go oder die grimmigen Zollbeamten denken, wenn sie sich grünes Pulver vom Handrücken leckt.

Unmöglich zu sagen, wie lange sie in dieser Baracke gesessen haben. Im Rückblick weiß sie nicht einmal, ob sie dort die Nacht verbrachten. Ein Bild jedoch ist ihr lebhaft im Gedächtnis: Heinrich, wie er im wehenden Mantel auf der anderen Seite des Schlagbaums auftaucht und winkt. Hat sie das nicht alles schon einmal erlebt?

18

Taipeh, Taiwan, 1955

WENN INA ZURÜCKDENKT

Gedankenverloren gibt Ina die leere Porzellanschale dem Straßenhändlers zurück. Die eine Sorte *tangyuan* war mit Sesam gefüllt, wie sie es gewohnt war, die andere mit Erdnuss. Auch nicht schlecht. Für Ina waren sie zudem prall gefüllt mit Erinnerungen, die sie mit dem Biss in die weiche, weiße Hülle freigesetzt hat. Sagte man in Deutschland nicht »Sesam öffne dich«, wenn man etwas Verschlossenes öffnen wollte? In ihrem Fall war es das Tor zur Vergangenheit gewesen, dass sich aufgetan hatte. Allerdings war nicht alles süß gewesen, was da an Erinnerungen hervorgesprudelt kam.

Das Drängeln neuer Käufer bringt sie jäh in die Gegenwart zurück. Wie lange sie hier gestanden hat, hätte Ina nicht sagen können, doch der Blick des Verkäufers ruht fragend und leicht vorwurfsvoll auf der jungen, schlanken Chinesin mit dem versonnenen Gesichtsausdruck. Viel zu lange also. Rasch lässt sie sich von der Menschenmenge unter den Arkaden weiterschieben.

Wenn Ina zurückdenkt, wundert sie sich jedes Mal

von Neuem, wie es zugegangen ist, dass sie hier auf dieser dem chinesischen Festland vorgelagerten Insel gelandet ist. Nicht im großen China, das inzwischen eine kommunistische Volkrepublik ist, sondern in der Republik China auf Taiwan, das man in Deutschland Formosa nannte.

Wei shenme – ja, warum eigentlich?

Wieder einmal war ein Krieg daran schuld, dass sie heute nicht auf dem Bund, der großartigen Uferpromenade ihrer Heimatstadt Schanghai, unterwegs ist, sondern in den engen, von Arkaden gesäumten Straßen Taipehs. Diesmal war es der Bürgerkrieg zwischen den Kommunisten unter Mao Tsetung und den Nationalisten unter Tschiang Kaischek. Kaum war mit der Kapitulation Japans die Einheitsfront gegen den gemeinsamen Feind zerbrochen, da wandten die Fronten sich gegeneinander und begannen von Neuem ihren Kampf um die Vorherrschaft in China. Und kurz nachdem Ina im September 1949 in der Schweiz die eidgenössische Matura »mit gutem Erfolg« bestanden hatte, hat Mao Tsetung vom Tor des Himmlischen Friedens in Peking die Volksrepublik ausgerufen. Die Kommunisten hatten gesiegt, die nationalistischen Truppen unter Tschiang Kaischek waren auf die Insel Taiwan geflohen.

Ihrem Vater war das nicht geglückt. Weil er für die »ausländischen Imperialisten« tätig gewesen war, kam er in ein kommunistisches Internierungslager, wo er zwei Jahre später starb. Ina hat ihren Vater seit dem Abschied auf dem Schanghaier Bahnhof nicht wiedergesehen: ein großer, gut aussehender Mann im weißen Leinenzug, der einem fahrenden Zug nachwinkt, aus dessen Abteilfenster sich ein verheultes kleines Mädchen beugt.

Immerhin war es einigen ihrer Verwandten gelungen, mit den Truppen der Nationalisten nach Taiwan zu kommen. Von der Schweiz aus blieb sie in Briefkontakt, und als es die ersten Flugverbindungen von Europa auf die Insel gab, haben sie für Ina einen Flug nach Taipeh organisiert. Aber was für ein Flug! Zunächst von Zürich nach Paris, wo sie den Flughafen wechseln musste. Das allerdings war einer chinesischen Staatsbürgerin ohne Visum und Aufenthaltsgenehmigung nicht gestattet. Und diesmal war kein Cousin im wehenden Mantel zur Stelle. Aber Ina nahm es sportlich: Den nationalsozialistischen Grenzern in ihren bedrohlich schwarzen Schaftstiefeln war es seinerzeit nicht gelungen, das junge Mädchen aufzuhalten, also würden das die charmanten französischen Zollbeamten mit der jungen Frau erst recht nicht schaffen. Es gelang ihr, sie mit fließendem Französisch und gleichermaßen charmantem Lächeln zu überzeugen. Ein Polizist eskortierte sie im Taxi quer durch die Stadt zu dem Flughafen, von dem die außereuropäischen Fluglinien starteten, in ihrem Fall die Air Vietnam nach Saigon. Eine Stadtrundfahrt durch Paris stellt man sich anders vor.

Auch ihr nächstes Reiseziel, Saigon, war kein Touristenort. Trotz des international kontrollierten Waffenstillstands von 1954 war es weiterhin ein politischer Unruheherd. Gerade mal fünf Passagiere befanden sich an Bord der Maschine. In der von nordvietnamesischen Truppen bedrohten Stadt kam es immer wieder zu Straßenkämpfen und Anschlägen. Nur wer unbedingt musste, flog dorthin. Über Nizza und Haifa und mit einer unfreiwilligen Zwischenlandung wegen Motorschadens in Kalkutta erreichten sie Saigon mit großer Verspätung. Da war das nur einmal wöchentlich verkehrende Flugzeug nach Hongkong schon weg.

Fünf Tage musste Ina in einem Hotel ausharren, das zu verlassen nicht ratsam war. Ihre Zimmergenossin war eine junge Vietnamesin, deren Mann in Hanoi in Kriegsgefangenschaft geraten war. Ein fröhlicher Aufenthalt war das nicht; Ina musste die in Tränen aufgelöste Frau immer wieder trösten.

Fast hätte sie dann die Maschine verpasst, die sie endlich nach Hongkong bringen sollte, und von dort weiter nach Taipeh, in die Republik China, für die sie natürlich auch kein Visum besaß. Immerhin gelang es ihr, vom Hongkonger Flughafen aus ein Telegramm zu schicken. Man würde sie erwarten.

Aber die Ankunft im Schoß der Familie war auch eine Ankunft in erneuter Sprachlosigkeit. Das Chinesisch ihrer Kindheit hatte sie weitgehend vergessen, es reichte gerade noch zum Kauf von Süßigkeiten. Daran hatten auch Martas Bemühungen nichts geändert. Nie wird Ina die Szene vergessen, die ihr diese Tatsache in grotesker Verkehrung bewusst machte. Als sie am Taipeher Flughafen die Gangway der Maschine herunterkam, augenblicklich eingehüllt in die feuchtwarme Decke eines subtropischen Sommertags, redete der dort wartende Beamte ganz selbstverständlich chinesisch auf sie ein. Vermutlich hatte, was er sagte, mit ihrem nicht vorhandenen Einreisevisum zu tun. Aber Ina verstand kein Wort, reichte ihm nur stumm ihren Pass und das Schreiben mit dem Briefkopf der Botschaft in Bern, das Heinrich ihr vorsorglich mitgegeben hatte. Da kam plötzlich eine Frau mit blonden Locken aus dem Flughafengebäude auf das Flugfeld gerannt, wedelte mit einem Stück Papier und rief: »*Ta bu hui jiang zhongwen!*« – Sie kann nicht Chinesisch sprechen!

Ausgerechnet die blonde Margret hat sie aus dieser Verlegenheit gerettet. Sie ist die Frau ihres ältesten Cousins Robert. Auch er hatte bei Frau von Steinitz gewohnt, dann in Deutschland studiert und ist mit einem Diplom in Schiffsbau und einer deutschen Frau nach Taiwan gekommen. Inzwischen wohnt die Familie mit zwei kleinen Kindern in Keelung, dem Hafen an der Nordspitze der Insel. Und was für ein

Glück ist das für Ina. Margret ist die Einzige, die sie versteht, und nicht nur sprachlich. Margret kann sie ihr Herz ausschütten – an Tagen, wenn die Hitze unerträglich scheint, wenn Heimweh sie plagt und Fluchtgedanken sie umtreiben. An Tagen, an denen sie am liebsten verzweifeln möchte, weil sie die richtige Anrede für die einzelnen Mitglieder der weitläufigen Familie nicht findet, die man nicht mit Namen, sondern mit der Bezeichnung für ihre Stellung innerhalb der Familienhierarchie anreden muss. In dieser Hinsicht ist das Chinesische sehr genau und erfindungsreich: Wie nennt man doch gleich die Frau des dritten Cousins väterlicherseits? Und wie redet man dessen Mutter an? An Tagen, an denen die Buchhalterin der Handelsfirma, für die Ina die fremdsprachige Korrespondenz erledigt, ihr ein Steuerformular zum Ausfüllen in die Hand drückt, über das ausschließlich die winzigen, hinterhältig verschwiegenen Schriftzeichen kriechen. An Tagen, an denen ein Straßenverkäufer sie wieder einmal mit diesem verständnislosen *wei shenme*-Blick ansieht und sie keine Lust hat, zum hunderttausendsten Mal zu erklären, warum sie eine Chinesin ohne Sprache ist. An einem Tag wie diesem, wo das Gefühl des »Ich halt's nicht aus« die Oberhand zu gewinnen droht.

Aber Margret ist Margret, und man muss sie nicht als Frau des ersten Cousins väterlicherseits anreden.

Deshalb steigt Ina an Tagen wie diesen kurzerhand in den Bus nach Keelung, wo es immer regnet, wo die Wände schimmelgrün sind und die Mopeds Regenschilde aus Plastik haben.

»Wie hältst du das nur aus, Margret?«, hat Ina die Cousine gleich beim ersten Besuch in dem Haus mit Blick über den Hafen gefragt. »Diese Hitze, diese ewige Feuchtigkeit, die ekligen Kakerlaken, Termiten, Moskitos!«

Mit Margret kann man über alles reden. Auch über das Entsetzen, das sie gepackt hat, als ihr klar wurde, dass die meisten Häuser auf Taiwan noch kein Wasserklosett haben und man den Nachttopfinhalt in einen Holzkübel schüttet, und vors Haus stellt, wo er am nächsten Morgen geleert wird.

»Ach, Ina«, lacht Margret und schüttelt die blonden Locken, »das ist mir am Anfang genauso gegangen. Ich weiß noch genau, wie es mich gegraust hat und ich am liebsten auf der Stelle wieder umgekehrt wäre. Aber man gewöhnt sich dran. Und was blieb mir anderes übrig? Ich hab ja meine beiden Halbdrachen. Da kann ich nicht einfach weglaufen. Außerdem sind Kinder ein gutes Training, was die Schmutztoleranz anbelangt.«

Mit den Halbdrachen meint sie ihre beiden Söhne, ein und vier Jahre alt, die die hellen Augen und die hohe Nase der Mutter, die schwarzen Haare und den Augenschnitt des Vaters haben. Ihnen ist ihr

Anderssein ins Gesicht geschrieben, überlegt Ina, das ist einfacher. Bei mir passte das Gesicht nie zur Sprache.

Die Kleinen kommen wie auf Stichwort hereingerannt und begrüßen stürmisch ihre Tante; der Jüngere mit einem breiten Grinsen, das seine ersten Zähne zeigt, der Ältere mit konkreten Wünschen: *»Yinna ayi, ni gei women zuo Pfannkuchen ma?«*

Auch ihre Sprache ist ein heilloser Mischmasch, was Ina sehr entgegenkommt. Sie fühlt sich wohl mit dem Kinderchinesisch der beiden. Das ist in etwa der Sprachstand, der in einem Hinterstübchen ihres Kopfes die Jahre in Deutschland und der Schweiz überdauert hat. »Machst du Pfannkuchen für uns, Tante Yinna?«, soll das heißen.

Hier ist Ina wieder Yinna, das Silbermädchen. Manchmal wird ihr ganz schwindelig, wenn sie sich fragt, wer sie denn nun eigentlich ist. Eine deutsche Ina mit chinesischem Gesicht, eine chinesische Yinna, die deutsch denkt?

Ihre kleinen Neffen haben damit kein Problem. Für sie ist sie die chinesische *ayi*, die über die erstaunliche deutsche Fähigkeit verfügt, goldgelbe Pfannkuchen durch die Luft fliegen zu lassen und mit der Pfanne wieder aufzufangen. Denn natürlich meinen die Kleinen nicht die salzigen chinesischen Pfannkuchen mit Lauchzwiebeln, die es an jeder Straßenecke frisch zu kaufen gibt, sondern die aus dem Land ihrer Mutter, die man hier in Ermangelung von Apfelmus mit klebrig süßer Marmelade isst.

Nach dem gemeinsamen Essen kann sich Ina noch besser vorstellen, was Margret mit erhöhter Schmutztoleranz gemeint hat. Nachdem sie ihre Marmelade verschmierten Söhne gründlich gesäubert und zum Mittagsschlaf hingelegt hat, während Ina das Geschirr spült, setzen sich die beiden in Ruhe mit einer Tasse grünem Tee ins Wohnzimmer aufs Sofa.

»Wahrscheinlich bin ich einfach zu deutsch für dieses Land«, beginnt Ina zaghaft.

»Was soll denn ich da sagen«, erwidert Margret, ist aber klug genug, der Cousine jetzt nicht die eigenen Sorgen vor die Füße zu kippen. Sie merkt, dass da jemand sein Herz ausschütten muss.

»Komischerweise war das schon in der Schweiz so. Marta und Heinrich haben mit allen Mitteln versucht, mir dieses Internat schmackhaft zu machen, in das sie mich bald nach meiner Ankunft aus Deutschland geschickt haben. Na ja, es ging wohl nicht anders. Sie waren beide berufstätig. Heinrich musste jeden Tag in die Botschaft, und Marta hatte ihre Schule. Du weißt ja, was für eine leidenschaftliche Lehrerin sie ist.«

Margret nickt nur zustimmend zu dieser Charakterisierung ihrer Schwägerin.

»Und ich war so klein und dumm und hab mir unter einem Internat was ganz Tolles vorgestellt. Ich dachte, da ginge es ›international‹ zu, wie der Name sagt. Da wäre ich nicht die einzige Fremde, würde nicht auffallen. Aber so war es nicht. Der Berghof lag zwar wunderschön oberhalb der Ortschaft, mit Blick ins Hochgebirge, wie auf einer Postkarte, aber in Wirklichkeit war's schrecklich. Ich hab es gehasst dort. Die Mädchen hatten verschiedene Muttersprachen, das schon. Einige sprachen von Haus aus Französisch oder Italienisch, aber gegen mich waren sie sich plötzlich einig, weil ich für sie eine Reichsdeutsche war und aus dem Land der Nazis kam. Da haben sie sich dann in ihrem unverständlichen Schwitzerdütsch unterhalten und gesagt, ich sei ›chalbe dütsch‹. Sie haben mich gehänselt, weil ich nach der Schrift gesprochen habe, und weil ich so pünktlich und ordentlich war, wie Muma es mir eben beigebracht hat. Mein Spitzname war ›die Preußin‹. Das musst du dir mal vorstellen, so was haben die zu mir, einer Chinesin, gesagt.«

Margret kann ein Schmunzeln nicht unterdrücken, legt aber dann verständnisvoll ihren Arm um die Cousine, die ihr trotz ihrer fünfundzwanzig Jahre plötzlich klein und schutzbedürftig vorkommt.

»Die hätt ich auch nicht verstanden. Aber mit ›chalbe dütsch› hatten sie vielleicht gar nicht so unrecht. Du hast tatsächlich viel Deutsches an dir nach den Jahren bei Frau von Steinitz. Deshalb verstehen wir uns ja auch so gut.«

»Wahrscheinlich hast du recht. Ich merke das erst jetzt, wo ich wieder unter meinen Landsleuten bin. Auf jeden Fall hatte ich schrecklich Heimweh. Heimweh nach Brandenburg«, präzisiert Ina sofort. »In Deutschland hat man von der Schweiz wie von einem Paradies gesprochen. Dort gäbe es Schokolade und Milch und Honig, eine funktionierende Heizung, warme Kleidung und Schuhe, eben alles, was es im kriegszerstörten Deutschland nicht gab. Aber was nützte Schokolade, wo mir Muma gefehlt hat. Das Schlimmste war, dass ich ihr nicht mal schreiben konnte. Sie lebte ja in der SBZ, der sowjetischen Besatzungszone. Und mein Vater war im Lager bei den chinesischen Kommunisten. Mit ihm konnte ich immerhin über die 25-Wörter-Briefe Kontakt aufnehmen. Als seine erste Antwort kam, wär ich am liebsten sofort zu ihm nach China gefahren. Aber das hat er mir ausgeredet. Ich sollte die Schule zu Ende machen, eine Ausbildung haben. Das Geld dafür haben Marta und Heinrich aufgebracht. Er konnte ja keins mehr schicken. Und dann kam die Mitteilung, dass er an Herzversagen gestorben ist. Herzversagen – mit Ende fünfzig!«

Inas Stimme wird brüchig, als sie den letzten Satz herauspresst. Margret beeilt sich, ihr mit einer Frage über dieses traurige Thema hinwegzuhelfen.

»Und was hast du nach dem Abitur gemacht, als du aus diesem Internat weg bist?«

»Auf meinem Zeugnis stand: ›Zugelassen zu jedem Studienfach außer Medizin‹. Das durften Ausländer in der Schweiz grundsätzlich nicht studieren. An den Noten lag's nicht. Aber wer hätte bezahlen sollen? Marta und Heinrich hatten schon genug für mich getan. Also hab ich ein Jahr Handelsschule gemacht, um schnell eigenes Geld verdienen zu können. Dort hat man Handelskorrespondenz, Steno, Buchhaltung und Maschineschreiben und so was gelernt. Praktische Dinge, die mir heute nützlich sind. Zuerst hab ich noch kurz bei Marta und Heinrich gewohnt, aber Heinrich ist dann versetzt worden, und Marta hat geheiratet. Da bin ich in ein möbliertes Zimmer gezogen. Die Wirtin hat mich an die von Marta in Berlin erinnert, sie war genauso knauserig und hat mich immer misstrauisch beäugt: eine Chinesin, die nach der Schrift spricht.«

»Und Frau von Steinitz? Hast du von ihr wieder gehört?«

»Ja, zum Glück haben später ihre Verwandten in Hamburg die Verbindung wiederhergestellt. Über diesen Umweg habe ich ihr geschrieben und Päckchen geschickt. In das erste hab ich ein paar dicke warme Hausschuhe gepackt. Ich hab mir vorgestellt, wie sie friert in der schlecht geheizten Wohnung. Und weißt du, was sie mir geantwortet hat?«

Margret zuckt fragend mit den Schultern.

»Sie hat geschrieben, ob ich denn meine, dass sie

mit Pantoffeln in der Wohnung herumgeht. Man muss sich doch ordentlich kleiden, auch zu Hause.«

»Das ist typisch Frau von Steinitz, immer die korrekte Offizierswitwe. Aber gefreut hat sie sich bestimmt trotzdem, auch wenn sie's nicht so gezeigt hat. Ich hab sie ja mal kennengelernt, bei einem kurzen Besuch mit Robert.«

»Klar hat sie sich gefreut. Seitdem sind wir in Briefkontakt, aber von hier dauern Briefe eine Ewigkeit.«

Es sind Momente wie diese, die für Ina die Besuche in Keelung so kostbar machen. Hier, im fernsten Osten, jemanden zu haben, der sich bei dem Wort Muma die gleiche alte Dame mit streng geschnittenem Wollkostüm und »ordentlichen Schuhen« vorstellen kann, in einer Wohnung im zweiten Stock des Hauses St. Petri 2. Das ist unendlich tröstlich.

Ihre Fluchtgedanken möchte Ina der angeheirateten Cousine denn doch nicht anvertrauen. Was sollte sie, der es anfangs sicher ähnlich gegangen ist und die nicht einfach kneifen konnte, auch dazu sagen? Trotzdem will Ina manchmal einfach nur weg von dieser Insel, mit der sie im Grund nichts verbindet. Aber wohin? In die Schweiz mag sie auf keinen Fall zurück, wenn, dann ins vertraute Deutschland. Nach Brandenburg, das inzwischen in der Deutschen Demokratischen Republik liegt, kann sie nicht. In Deutschland gibt es, genau wie in China, zwei Republiken mit unterschiedlichen Ideologien. Also vielleicht nach Berlin, das von den Alliierten in Sektoren aufgeteilt wurde, wie seinerzeit Schanghai? Oder nach Hamburg, in diese schon immer international gesinnte Hafenstadt? Aber beides sind zerbombte, vom Krieg gezeichnete Städte, in denen sie keine Menschenseele kennt. Das Leben wird wohl auch nicht viel angenehmer sein als hier im subtropischen Taipeh, vermutet Ina. Aber wenigstens wäre es nicht so heiß, nicht so feucht, nicht so schmutzig, nicht so chaotisch, begehrt die »Deutsche« in ihr sofort auf, nicht so sprachlos und – wenn auch ohne Familienanschluss – nicht so fremd.

»Kommst du am Wochenende? Wir könnten mit den Kindern an den Strand gehen«, unterbricht Margret ihre Gedanken. Sie war ins Schlafzimmer gegangen, um nach den Kindern zu sehen, und hat jetzt den verschlafenen *didi*, den Jüngeren, auf dem Arm, der eine neue Windel braucht. Bald wird auch sein *gege*, der ältere Bruder, aufwachen, und dann ist die Ruhe ihres mittäglichen Plauderstündchens vorbei.

»Weiß noch nicht«, erwidert Ina ausweichend. »Ich hab mich mit einer Arbeitskollegin verabredet.«

Margret zieht fragend die Augenbrauen hoch. Das gab's ja noch nie. Ein guter Anfang. Daher hält sie sich mit weiteren Fragen und Kommentaren zurück.

Ina verabschiedet sich rasch und ist selbst erstaunt, wie spontan und selbstverständlich sie gerade geflunkert hat. Die Arbeitskollegin ist in Wirklichkeit nämlich ein Student der Geschichte, den sie kürzlich bei der Hochzeitsfeier eben jenes dritten Cousins väterlicherseits kennengelernt hat. Der Nachmittag war ein einziges Spießrutenlaufen gewesen. Sie wurde unendlich vielen entfernten und entferntesten Verwandten vorgestellt, die natürlich alle von ihr und ihrer abenteuerlichen Vorgeschichte wussten, die sie selbst aber kaum auseinanderhalten und richtig ansprechen konnte. Das Gespräch war nach der ersten Neugierde jedoch rasch wieder verebbt. Es ist eben mühsam, sich länger mit einer radebrechenden, immer wieder die Töne verfehlenden Verwandten aus Deutschland zu unterhalten. Bis Ina schließlich diesem jungen Mann aus einer befreundeten Familie vorgestellt worden war, der ihr Problem offenbar sofort erkannte und mühelos ins Englische hinüberwechselte. Er studiert an der Taiwan Universität und steht kurz vor seinem Abschluss. Als Zeitgeschichtler zeigte er Interesse an ihren Berichten aus dem Kriegs- und Nachkriegseuropa, kannte sich aus, stellte intelligente Fragen und wusste einzuordnen, was sie da aus erster Hand erzählte. Zum ersten Mal seit ihrer Ankunft hat sie sich ernst genommen und verstanden gefühlt. Mittlerweile sind sie sich schon mehrfach im Haus der Jungvermählten begegnet. Und für Samstag haben sie sich nun zum ersten Mal verabredet: um zwei auf dem Uni-Campus, vor dem Lesesaal der Bibliothek.

Wenn es doch bloß nicht so schrecklich heiß wäre, denkt Ina und wischt sich den Schweiß von der Stirn, der aber wegen der hohen Luftfeuchtigkeit sofort von Neuem zu rinnen beginnt. Sie ist auf dem Weg zu ihrer Verabredung und kann jetzt keine Schwitzflecken auf ihrer Bluse gebrauchen. In den belebten Arkaden um die Markthalle herrscht Wochenendbetrieb. Die Leute schleppen Taschen voll Gemüse und Obst nach Hause. In Taipeh sind die meisten Gebäude zweistöckig: im Parterre ein Laden mit überdachtem Gehweg, damit man auch bei Taifun oder den sommerlichen Monsungüssen trocken einkaufen kann, darüber eine Wohnetage.

Ina überquert die Straße, auf der vor allem Fahrräder und Rikschas unterwegs sind, und steuert auf den Eingang der Universität zu. Das Tor mit dem Pförtnerhäuschen gleicht einer Festung. Dahinter erstreckt sich eine schnurgerade Allee, gesäumt von hohen Palmen. Dort liegen aufgereiht die Gebäude der 1928 von den Japanern gegründeten »Kaiserlichen Taipeh Universität«, die jetzt Nationale Taiwan Universität heißt. Die fünfzig Jahre währende japanische Besatzungszeit hat viele Spuren in der Stadt hinterlassen. Alle offiziellen Bauten – Bahnhof, Regierungsgebäude, Universität – sind im japanischen Zuckerbäckerstil erbaut: roter Backstein, weißer Stuck und viele Attribute westlicher Architektur wie Säulen und Rundbögen.

Gleich linker Hand liegt das imposante Bibliotheksgebäude. Es hat eine Säulenvorhalle, die auch vor einer der Brandenburger Kirchen stehen könnte. Nur dass sie dann echt romanisch wäre und nicht falsch japanisch; da kann man Ina inzwischen nichts mehr vormachen. Aber Kunstgeschichte ist jetzt nicht ihr Anliegen. Sie merkt, dass ihre Handflächen feucht sind, und das nicht nur wegen der Hitze. Zum Glück ist es hier nicht üblich, sich zur Begrüßung die Hand zu geben.

Sei bloß nicht albern, ermahnt sie sich, du hast ihn doch schon öfter getroffen. Trotzdem ist es heute anders: Sie werden miteinander allein sein, und das mit Absicht. Sie holt noch einmal tief Luft und betritt das kühle Treppenhaus.

Natürlich ist sie, ein Muster deutscher Pünktlichkeit, wieder mal viel zu früh dran. Aber das macht nichts. Es ist gut, einen Moment zu verschnaufen. Sie genießt die ruhige, fast feierliche Atmosphäre dieses Gebäudes, steigt langsam die breite Treppe hinauf.

Vom Vorraum aus wirft sie einen Blick durch die Flügeltüren in den großen Lesesaal. Jeder Platz wird erleuchtet von einer Leselampe mit grünem Glasschirm. Die hohen Fenster an der gegenüberliegenden Seite gehen auf einen Innenhof mit exotischen, großblättrigen Bäumen hinaus. Die üppige Vegetation draußen und das grüne Licht drinnen verleihen dem Raum eine unwirkliche Stimmung. Man könnte Tage und Wochen in diesem grün schimmernden Aquarium des Wissens verbringen, ohne zu merken, dass inzwischen der Dschungel übers Dach gewachsen ist.

Viele Studenten beugen die schwarzen Haarschöpfe über Bücher und Zeitschriften. Nicht mehr lange, dann wird einer von ihnen aufschauen, einen Blick auf die große Wanduhr werfen, sein Buch zuklappen und zu ihr herauskommen.

Vielleicht hält Ina es ja doch noch ein bisschen aus auf dieser Insel.

Zeittafel

	Europa	*Asien*
1900		Boxeraufstand: Im Sommer erheben sich chinesische Geheimbünde gegen den wachsenden Einfluss westlicher Ausländer in ihrem Land und belagern das Pekinger Diplomatenviertel, wobei der deutsche Gesandte von Ketteler ermordet wird. Daraufhin marschiert eine internationale Armee, darunter auch deutsche Truppenverbände, in Peking ein. Kaiser Wilhelm II. verabschiedet sie mit der sogenannten »Hunnenrede« in Bremerhaven. Seither werden die Deutschen in England auch »Hunnen« genannt.
1914–18	Erster Weltkrieg	
1931/32		Einmarsch japanischer Truppen in die Mandschurei. Erste schwere Bombardierungen Schanghais.

	Europa	*Asien*
1933	In Deutschland wird Adolf Hitler zum Reichskanzler gewählt. Das sogenannte »Ermächtigungsgesetz« ermöglicht es ihm, ohne Billigung des Reichtags Gesetze zu erlassen.	
1934	Reichspräsident von Hindenburg stirbt und Hitler macht sich als »Führer und Reichskanzler« zum Staatsoberhaupt.	
1937		Mit dem Zwischenfall an der Marco-Polo-Brücke nahe Peking beginnt der chinesisch-japanische Krieg. Japanische Truppen rücken nach Süden vor. Im Dezember werden bei der Besetzung von Nanking Zehntausende von Zivilisten grausam getötet.
1938	Im März marschieren deutsche Truppen in Österreich ein, das durch den »Anschluss«	

	Europa	*Asien*
1938	dem deutschen Reich als »Ostmark« einverleibt wird. Nach immer stärkeren Einschränkungen und Schikanen für Juden in Deutschland kommt es nach dem Attentat des Juden Herschel Grynspan auf den deutschen Gesandtschaftsrat vom Rath in Paris (7.11.) in der Nacht vom 9./10. November zu organisierten Ausschreitungen gegen jüdische Geschäfte, die so genannte »Reichskristallnacht«. Aber es gehen nicht nur Fensterscheiben zu Bruch; Synagogen werden niedergebrannt und Juden misshandelt, verhaftet und getötet. Man spricht deshalb heute von Reichspogromnacht nach dem russischen Wort »pogrom«, das »zerstören, verwüsten« bedeutet. Als »Sühneleistung« wird den deutschen Ju-	

	Europa	*Asien*
1938	den eine kollektive Strafe von einer Milliarde Reichsmark auferlegt; sie müssen die an ihrem Eigentum verübten Schäden sofort und auf eigene Kosten beseitigen. Ab 15.11.1938 dürfen jüdische Kinder keine deutschen Schulen mehr besuchen. Nach der Reichspogromnacht, der ersten organisierten offenen Aggression gegen jüdische Mitbürger, kommt es zu einer Ausreisewelle. Viele westliche Demokratien verschärfen daraufhin ihre Einreisebestimmungen, verlangen Vermögensnachweise und führen ein Quotensystem ein. Nur nach Schanghai können Flüchtlinge noch ohne Visum und Bürgschaft einreisen. Zwischen März 1938 und Ende 1939 konnten sich schätzungsweise	

	Europa	*Asien*
1938	17 000 deutsche und österreichische Juden nach Schanghai retten, die sonst keine Ausreisemöglichkeit mehr gehabt hätten. Sie leben dort ab 1939 in dem von den Japanern kontrollierten Stadtteil Hongkou, werden aber nicht verfolgt.	
		China ist inzwischen in drei Einflusszonen geteilt. Im Norden hat sich eine chinesische Marionettenregierung unter japanischer Oberhoheit etabliert, Tschiang Kaischek, Generalissimus und Führer der Nationalisten (Kuomintang), musste seinen Regierungssitz nach dem Fall der Stadt Nanking in den weiter westlich gelegenen Jangtse-Hafen Tschungking verlegen. Und im Nordwesten hat Mao Tsetung nach dem Langen Marsch seine kommunisti-

	Europa	Asien
1938		schen Anhänger in Yan'an um sich versammelt.
1939	Nachdem am 1. September Hitler einen angeblichen polnischen Überfall auf den deutschen Sender Gleiwitz mit dem Angriff deutscher Truppen beantwortet, erklären Frankreich und Großbritannien dem Deutschen Reich am 3. September den Krieg. Der – später so genannte – Zweite Weltkrieg hat begonnen.	
1940	Der am 27.9.1940 in Berlin zwischen dem Deutschen Reich, Italien und Japan geschlossene Dreimächtepakt hat das Ziel, eine im faschistischen Sinne »neue Ordnung« in Europa und im »Großasiatischen Raum« zu schaffen und gemeinsam aufrechtzuerhalten. Seine Mitglieder werden die Achsenmächte genannt. Er wird 1942 durch ein Militärbündnis zwischen diesen Staaten vertieft.	
1941		Am 7.12.1941 versenken japanische Flugzeuge im amerikani-

	Europa	*Asien*
1941		schen Stützpunkt Pearl Harbour Teile der amerikanischen Pazifikflotte, vier Tage später folgt die Kriegserklärung des mit Japan verbündeten Deutschen Reichs. Tschiang Kaischek und das von ihm regierte Tschungking-China sieht sich nun seinerseits gezwungen, dem Deutschen Reich den Krieg zu erklären. Damit wird aus dem europäischen und dem pazifischen Krieg im Wortsinn ein »Weltkrieg«, der zweite dieses Jahrhunderts.
	In Deutschland müssen sich die Juden ab 1.9. durch einen gelben Judenstern an ihrer Kleidung kenntlich machen.	
1942	Die britischen Luftangriffe erfolgen nun nicht mehr in Wellen, sondern als massive Flächenbombarde-	

	Europa	*Asien*
1942	ments. Als erste deutsche Stadt wird im März Lübeck bombardiert. Dort starben 320 Menschen, 785 wurden verletzt. Wegen des Russlandfeldzugs werden die Mannschaften, die bisher die Flakbatterien bedienten, an die Front eingezogen. Sie werden ersetzt durch Schüler und Lehrlinge als Luftwaffenhelfer. Zur Flak werden ab Jan. 1943 bereits Jugendliche im Alter von 17 Jahren eingezogen.	
1943	Die russische Stadt Stalingrad, die Hitler zum »Symbol deutschen Siegeswillens« erklärt hatte, fällt Ende Januar. Von den 284 000 im Kessel von Stalingrad eingeschlossenen Soldaten fallen 146 000, 14 000 bleiben verschollen, 90 000 kommen in russische Gefangenschaft.	

	Europa	*Asien*
1943	Von da an spricht man von der »Kriegswende«, doch Propagandaminister Joseph Goebbels nutzt die Katastrophe, um die letzten Reserven zu mobilisieren. Im Berliner Sportpalast ruft er in einer Brandrede zum »totalen Krieg« auf. Bei den Bombardierungen Berlins vom 18.11. bis 3.12. gibt es 27 000 Tote und 250 000 Obdachlose. In Juli landen erste alliierte Truppenverbände auf Sizilien und an der Südspitze Italiens. Die in Schanghai und Peking lebenden Ausländer werden – außer den Deutschen, die ja Verbündete sind – von den Japanern in Lagern interniert. Nur die Juden in Schanghai müssen nun auch dort in Lagern leben, weil Japan die nationalsozialistische Politik der Deutschen unterstützt.	

	Europa	*Asien*
1944	Am 5.6. landen die West-Alliierten in der Normandie (D-Day). Verstärkte Angriffe über dem dt. Luftraum Die Sowjetunion unternimmt eine Gegenoffensive, bei der die Rote Armee viele von Deutschen besetzte Städte zurückerobert. Die Ostfront bricht zusammen, erste Flüchtlingsströme und Verwundetentransporte treffen im Reich ein.	
		Japanische Truppen dringen in der Ichigo-Offensive (das bedeutet: Nummer 1) weiter in den Westen Chinas bis nach Tschungking vor und zerstören dort vor allem Flughäfen und Industrieanlagen. Tschiang Kaischek und seine amerikanischen Verbündeten müssen sich weiter zurückziehen.
1945	Ab Februar dringen die westlichen Alliierten	

	Europa	Asien
1945	auf deutsches Gebiet vor. Am 30.4. begeht Hitler in Berlin Selbstmord. Am 7.5. unterschreibt der Chef des Wehrmachtführungsstabes, Generaloberst A. Jodl, im alliierten Hauptquartier in Reims die bedingungslose Kapitulation der Wehrmacht.	
		Der Krieg im Pazifik endet, nachdem die Amerikaner am 6. und 9. August ihre ersten Atombomben auf Hiroshima (92 000 Tote, 37 000 Verletzte) und Nagasaki (40 000 Tote, 60 000 Verletzte) abwerfen. Am 16.8. befiehlt der japanische Kaiser seinen Truppen die Einstellung des Feuers.
		Die Tschiang-Kaischek-Regierung nimmt nach dem Abzug der Japaner ihren Regierungssitz Nanking wieder ein. Doch brechen danach die

	Europa	*Asien*
1945		während der nationalen Einheitsfront gegen Japan ausgesetzten Feindseligkeiten zwischen Nationalisten und Kommunisten erneut aus.
1949		Der daraufhin einsetzende chinesische Bürgerkrieg dauert von 1946 bis 1949 und endet am 1.10. mit dem Sieg der Kommunisten und der Ausrufung der Volksrepublik China durch Mao Tsetung. Tschiang Kaischek zieht sich mit seinen Truppen und politischen Anhängern auf die Insel Taiwan zurück, die von 1895 bis 1945 von Japan verwaltet worden war. Dort etabliert er in der Folge der von Sun Yatsen 1911 auf dem Festland gegründeten Republik die Republik China auf Taiwan.
	Auch im besiegten Deutschland entstehen	

	Europa	*Asien*
1949	zwei deutsche Staaten unter verschiedenen ideologischen Vorzeichen. Die Sowjetische Besatzungszone (SBZ) wird zur Deutschen Demokratischen Republik (DDR) und das von den West-Alliierten besetzte Gebiet zur Bundesrepublik Deutschland (BRD). Berlin wird zur geteilten Stadt; ihr Ostsektor ist Hauptstadt der DDR. Der vom übrigen Bundesgebiet abgetrennte Westsektor Berlins verbleibt bis zum Fall der Berliner Mauer 1989 unter der Verwaltung der drei Westmächte.	

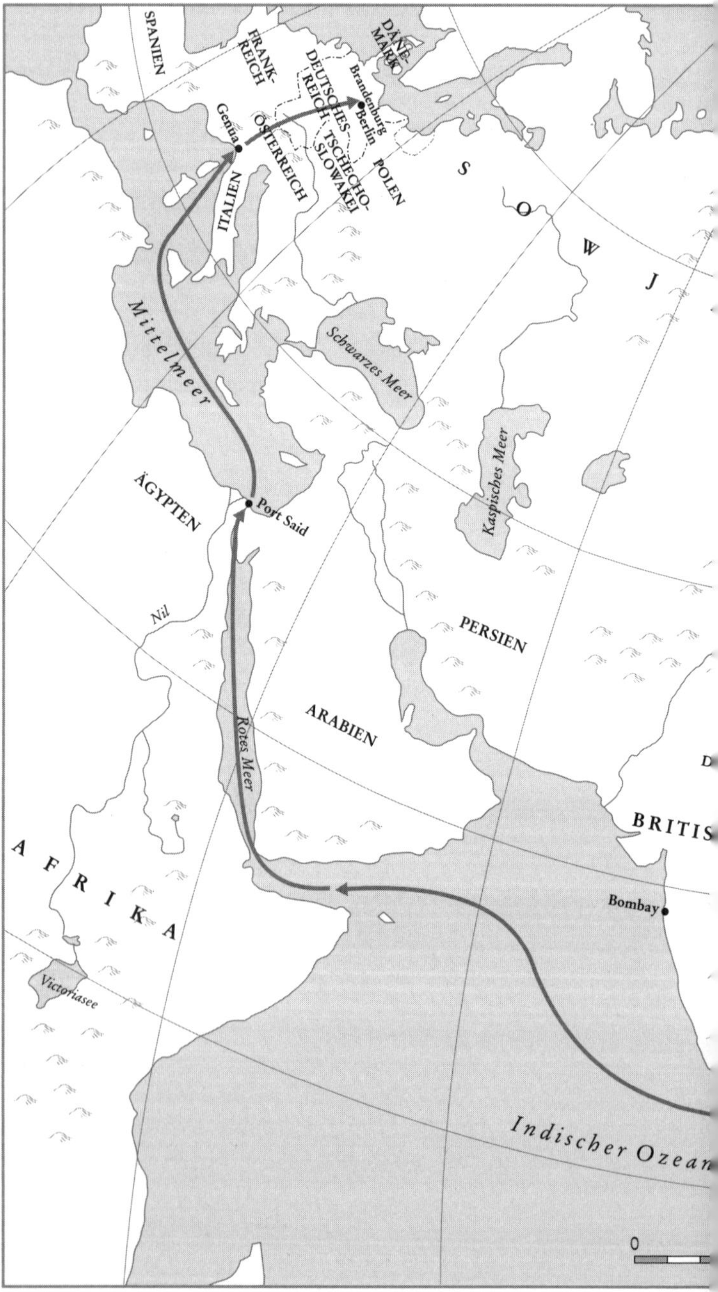
SPANIEN
FRANK-
REICH
DÄNE-
MARK
DEUTSCHES
REICH
Brandenburg
Berlin
Genua
ÖSTERREICH
TSCHECHO-
SLOWAKEI
POLEN
ITALIEN
Mittelmeer
Schwarzes Meer
Kaspisches Meer
ÄGYPTEN
Port Said
Nil
PERSIEN
ARABIEN
Rotes Meer
Bombay
AFRIKA
Victoriasee
0

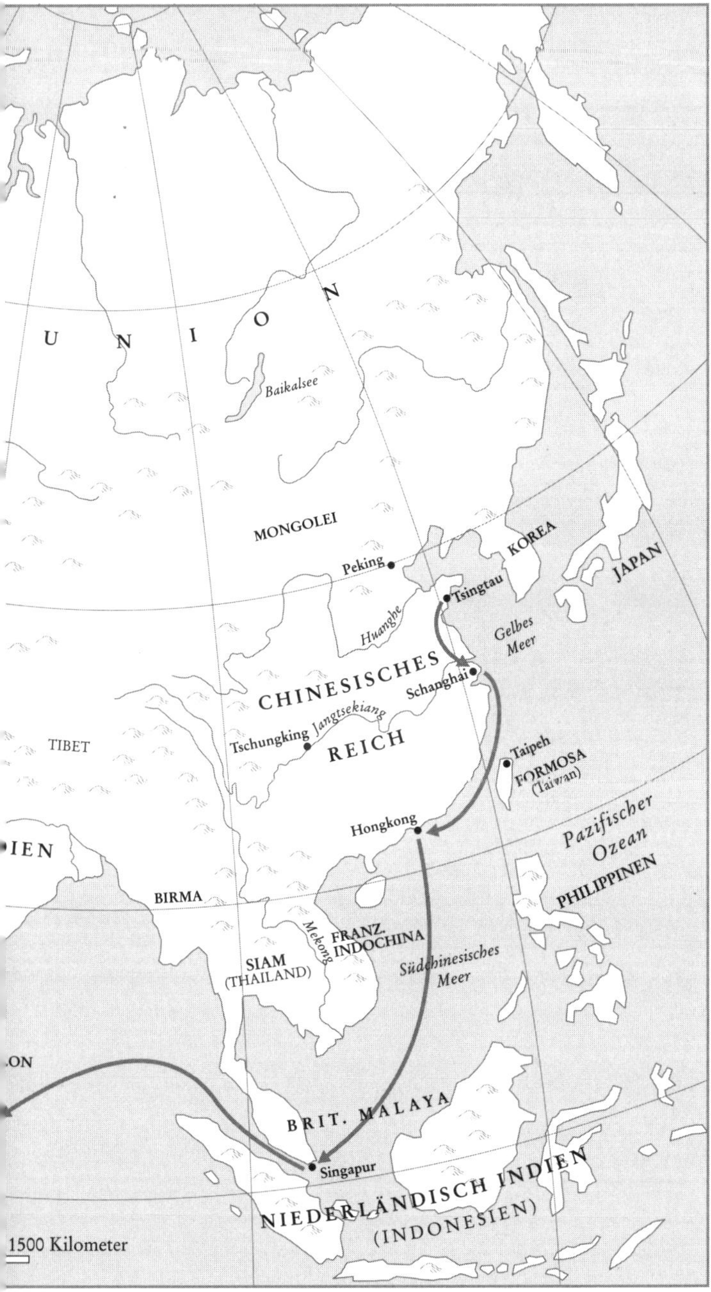
U N I O N
Baikalsee
MONGOLEI
Peking
KOREA
JAPAN
Tsingtau
Huanghe
Gelbes Meer
CHINESISCHES REICH
Schanghai
Jangtsekiang
Tschungking
TIBET
Taipeh
FORMOSA (Taiwan)
Hongkong
Pazifischer Ozean
PHILIPPINEN
IEN
BIRMA
Mekong
FRANZ. INDOCHINA
SIAM (THAILAND)
Südchinesisches Meer
ON
BRIT. MALAYA
Singapur
NIEDERLÄNDISCH INDIEN (INDONESIEN)
1500 Kilometer